新潮文庫

最高処刑責任者

上巻

ジョゼフ・フィンダー
平賀秀明訳

わが野球狂の娘、エマに捧《ささ》ぐ。

最高処刑責任者

上巻

主要登場人物

ジェイソン・ステッドマン………	エントロニクス社の営業マン
ケイト……………………………	ジェイソンの妻
スージー・グレイザー…………	ケイトの姉
クレイグ…………………………	スージーの夫
イーサン…………………………	〃　息子
カート・セムコ…………………	元陸軍の特殊部隊員
ディック・ハーディ……………	エントロニクス社のＣＥＯ
ケント・ゴードン（ゴーディ）…	〃　営業担当上級副社長
ジョーン・トゥレック…………	〃　エリア・マネジャー
トレヴァー・アラード…………	〃　営業マン
ブレット・グリーソン…………	〃　営業マン
キャル・テイラー………………	〃　営業マン
リッキー・フェスティノ………	〃　営業マン
フィル・リフキン………………	〃　エンジニア
デニス・スキャンロン…………	〃　保安部長
ヨシ・タナカ……………………	〃　マネジャー
ジム・レタスキー………………	ＮＥＣの営業マン
グレアム・ランケル……………	ジェイソンの旧友。麻薬常習者

弟子の機熟せば、師おのずから現わる（仏教俚諺《りげん》）

プロローグ

　これまで拳銃《けんじゅう》を撃ったことは一度もない。

　実際、今夜まで手にしたことさえなかったのだ。

コルト四五口径。その半自動式拳銃はずっしりと重く、違和感がひどく、グリップを握る手のなかで一向になじまなかった。きちんと狙《ねら》いをつけることさえできないくらい。それでも、これほどの至近距離なので、胸の中心部に一発見舞うことぐらいはできそうだった。いまここで殺《や》らなければ、間違いなく私が殺られてしまう。そもそも敵《かな》う相手ではなかった。そのことは私も彼も、十二分に知っていた。

　すでに深夜零時を回っており、私たちを除くと、この二十階のフロアには、あるいはビル全体でも、誰も残っていないはずだ。ここは私のオフィスで、外には照明の消えた四角い小部屋《キュービクル》が迷路のように並んでいる。昼間そこで働く同僚や部下の顔を、私はたぶん、二度と見ることができないだろう。

手の震えは止まらなかったけれど、それでも私は引き金を引いた。

私はきっと、ほんの数日前まで、順風満帆なエグゼクティヴに見えたはずだ。美しい妻を持ち、会社でも大きな権限を誇っていた。一点の曇りもない人生。ごく稀《まれ》に、しまったと思うのは、歯を磨かぬままベッドに入ってしまったときぐらい。しかし、いまの私は、このまま生き延びて、無事に夜明けを迎えられるのかさえ定かでなかった。

自分は一体どこで間違えたのだろう。どこまで遡《さかのぼ》れば、人生の順路にふたたび戻ってこられるのだろう。ショーン・ハーリヒーのやつに雪つぶてをお見舞いした小学校一年のときだろうか。ペケから三番目にようやくキックベースの正選手になれた四年生のときだろうか。

いいや、いつ迷い道に踏みこんだのか、私はその正確な日時を知っていた。

それはいまから十カ月前のことである。

第一部

1

そうとも、悪いのは私だ。

愛車「ホンダ・アキュラ」が側溝にはまったのは、あまりにも多くのことを一度にやろうとしたからだ。レディオヘッドのアルバム「ザ・ベンズ」をガンガンかけながら、私は帰宅を急いでいた。いつものように退社が遅かったのだ。左手でハンドルを握りつつ、右手で「携帯情報端末《ブラックベリー》」のキーに親指を走らせて、新規の大口顧客との商談に目処《めど》をつけるべく、メール作業に没頭していた。ほとんどのやりとりは、最近ソニーに移籍したうちの事業部副社長、クロウフォードの後始末だった。とそのとき、携帯電話が鳴ったのだ。ブラックベリーを助手席に置くと、私はケータイにすばやく手を伸ばした。

着信音から妻のケイトだと分かっていたので、カーステレオのボリュームをしぼることはしなかった。夕食の準備のため正確な帰宅時間が知りたいというものの用件だろう。ケイトはこの数カ月間、豆腐ダイエットに凝っていた。豆腐とか、玄米とか、ケールとかを主体にした食生活である。きっと本当に身体《からだ》にいいのだろう。だって、あんなにまずいのだから。しかしもちろん、口が裂けてもそんなことは言えない。

だが、用件は献立方面ではなかった。ケイトの声を聞いた瞬間、私はすぐに察した。彼女は泣いており、理由は言わないうちから分かっていた。

「ディマルコから電話があったわ」と彼女は言った。ディマルコというのは、この二年あまり、ケイトをなんとか妊娠させようとしてきた「ボストンＩＶＦ（体外受精）病院」の担当医の名前である。私自身は大して期待していなかったし、試験管で子づくりをした人間が周囲にいなかったこともあって、これまでずっとある種の疑いの目を持ちつつ、成り行きを見守っていた。ハイテクなんてものは、出産関係ではなく、プラズマ・テレビに用いるべきだと常々考えていたからだ。それでも、この知らせはやはり、ボディーブローのように効いた。

ただ、いま最も心配すべきは、ケイトに及ぼす悪影響のほうである。最近の彼女はホルモン注射のせいで、精神がやや不安定になっていた。だから、この知らせは、彼女の背中を良からぬ方向へぽんと一押しするきっかけとなりかねないのだ。

「残念だったね」私は言った。

「病院側は、いつまでも挑戦させてはくれないわ」ケイトは言った。「彼らが気にするのは成功率だけ。私たちのせいで、数字が下がりつづけているから」

「ケーティー。ＩＶＦというやつを、まだ三度しか試していない。いずれにしても、一回あたりの成功率はたしか一〇パーセントそこそこだったはずだ。まだ継続可能さ。大丈夫だよ」

「肝心なのは、もしIVFが効かなかった場合、どうしたらいいのかよ」そう言うケイトの声はやけに甲高く、しかも首を絞められたみたいにしゃがれており、聞いているだけで胸が痛んだ。「カリフォルニアへ行って、卵子の提供者でも探すとか？　でも、そんなの、私には無理。養子をもらうという手もあるけれど……ねえ、ジェイソン、あなたの声がよく聞こえないわ」

養子をもらうというオプションに、私としては、異存はなかった。というか、その方面には暗いので、判断しかねるところがあった。そうか、よく聞こえないのか。では、と私はカーステレオのボリュームをしぼるほうに注意を向けた。ハンドルには小さな操作ボタンが付いている。操作法はいまいち判然としないが、とりあえず運転しながら、その辺のボタンをとんとんと軽く押すと、ボリュームが突如として上がり、レディオヘッドが絶叫モードに変わった。

「ケイト」と言いかけた瞬間、車が路肩を乗り越え、道路から外れてしまった。携帯電話から手を放し、ハンドルを両手でぎゅっと握り、懸命に元へ戻そうとしたけれど、遅すぎた。

ガックンという大きな音が聞こえた。私はハンドルを回しながら、思いきりブレーキを踏みこんだ。

気味の悪い金属音が響く。私は前方に投げだされ、ハンドルに激突したのち、今度は反動で後方に弾《はじ》きとばされた。いきなり車体が片方に傾いた。エンジンは高速回転するものの、車輪は宙で空回りするだけだ。

大ケガは免れたらしい。肋骨《ろっこつ》の二、三本は痛めているかもしれない。おかしなことに、最初に思ったのは、昔よく見たモノクロ映画のことだった。受講者にショックを与え、安全運転を促そうとして制作されたその手の教育映画は、五〇年代から六〇年代にかけて頻繁に上映されたという。「最後のダンス・パーティ」とか「機械化された死」といったベタなタイトルが付いている。当時、警官はみな角刈り頭をし、カナダ騎馬警察みたいなつば広の帽子を被《かぶ》っていた。学生時代の友人がその手の教育スプラッター映画のテープを持っており、なるほど身の毛もよだつ内容だった。教習後に「最後のダンス・パーティ」を見せられて、それでもハンドルを握ろうなんて気を起こす人間が実際いるのだろうか。私には信じられなかった。

ともあれエンジンを切り、カーステレオをオフにする。そのまま数秒間、ぼうっと坐《すわ》っていた。そうだ、トリプルA（米国自動車協会）に電話をしなければ、と携帯電話を拾いあげた。

なんと電話はつながったままで、泣き叫んでいるケイトの声が聞こえた。

「おーい」と呼んでみた。

「ジェイソン！　あなた、大丈夫なの？」怯《おび》えたような声が返ってきた。「いったい何が起こったの」

「私は、大丈夫だ」

「ああ、ジェイソン。事故ったのね」

「大丈夫、心配はいらない。かすり傷ひとつ負っていない。すべて順調さ。心配ないって」

四十五分後、レッカー車がかたわらに停まった。大型の赤いトラックで、側面に〝M・E・ウォルシュ救難社〟と書かれている。金属製のクリップボードを手に、運転手が近づいてきた。背が高く、肩幅が広く、むさ苦しいヤギひげを生やし、額に巻いたバンダナをうしろで縛り、白髪まじりの長髪を後頭部に垂らすという一種のマレットにしており、ハーレー・ダビッドソンの黒革のジャケットを着ていた。

「ほう、ひどいなこりゃ」男は言った。

「いやあ、来てくれて助かったよ」と私。

「まあ、安心してくれ」ハーレー男は言った。「ううむ。どうやら運転中にケータイをかけていたようだな」

私は瞬《まばた》きをし、ちょっとためらったあと、「まあね」と恐るおそる答えた。

「危険きわまりないクソ道具だ」

「ああ、まったくだな」まるで携帯電話なしにビジネス社会を乗り切れるみたいな口調で、私は相づちを打った。たしかにこいつは、ケータイに使われるタイプには見えなかった。乗りまわすのはレッカー車とオートバイだけ。車内にはCB無線器があって、その並びには嚙《か》みたばこのレッド・マンとオールマン・ブラザーズ・バンドのCD。ダッシュボードの小物入れには、ティッシュの箱ではなく、トイレット・ペーパーが無造作に突っ込んである。日々を黙々とすごし、事故車を待つ。アメリカ国歌の最後の部分は「紳士諸君、エンジンをかけろ！」だと本気で信じている手合いだ。

「ケガはしなかったか？」ハーレー男は訊《き》いた。

「ああ、大丈夫だ」と私。

男はレッカー車をバックさせながら、アキュラの前方に回りこんだ。荷台のドアを開き、アキュラに引っかけたフックを、ウインチで持ちあげる。電動式の滑車が回りだし、わが愛車は側溝からずるずると揚がってきた。幸い、この辺りは車の往来があまり激しくなかった（フレーミングハムのオフィスからマス・パイク――マサチューセッツ有料道路《ターンパイク》――へ向かうとき、私はこの近道をいつも利用していた）ので、かたわらを猛スピードで駆け抜ける他の車をそれほど心配しなくてよかった。ふとレッカー車に目をやると、側面に黄色のリボン・ステッカーが貼《は》られていた。〝われらの兵士を支援しよう〟と読めた。フロントガラスにも黒と白のステッカーがある。POW（戦時捕虜）とMIA（戦闘中行方不明者）への支援を呼びかける内容だった。やれやれ、素手でのどぼとけを粉砕されたくなかったら、イラク戦争への批判は御法度《ごはっと》だぞ、と私は心のなかでつぶやいた。

「乗ってくれ」ハーレー男は言った。

レッカー車の運転席には、葉巻のけむりとガソリンの臭《にお》いが染《し》みついていた。ダッシュボードには特殊部隊のステッカー。ただそこに坐っているだけで、実戦に参加しているような気分を覚える不思議な空間だった。

「どこか知りあいの修理工場はあるか」荷台を操作する油圧装置がたてるウイーンという音のせいで、男のことばがよく聞き取れなかった。

じつは私には、車方面にやたら詳しい正真正銘のメカおたくの友人が一人いるのだが、私自身はキャブレターとカリブーの違いすら分からない口だった。「そう頻繁に事故るわけではないので」私は言った。

「たしかに、きみは自分でボンネットを開けてオイル交換をするようなタイプには見えないな」とハーレー男は言った。「私の知りあいが修理工場をやっている。ここからそう遠くないところだ。そこへ行くのはどうかな」

修理工場への道々、われわれはほとんど口をきかなかった。こちらから何度か会話を試みたけれど、湿ったマッチを擦るような反応しか返ってこない。

私は通常、どんな相手だろうと、どんな話題だろうと、話すことができた。スポーツだろうと、子供だろうと、犬だろうと、テレビ番組だろうと、何でもござれだ。なにせ、世界有数の家電メーカー（ソニーやパナソニックと肩を並べるほどの）につとめる敏腕営業マンなのだから。所属する事業部は、もっぱら薄型テレビを製造していた。みんなが欲しがる、あの巨大で美しい液晶テレビとプラズマ・テレビを造っているのがわが事業部である。どちらも他人に自慢できる逸品だ。真に優秀な営業マンは、もちろん弁がたち、たとえどんな相手とも話のきっかけをつかめる人間であらねばならない――というのが私の持論である。それこそまさに、この私だ。

だが、隣の男は他人との会話そのものに興味がないようだった。私はしばし試みたのち、あっさり諦《あきら》めることにした。暴走族《ヘルズ・エンジェルズ》くずれの運転するレッカー車の助手席に腰かけながら、なんとも尻《しり》が落ち着かなかった。なにせこちらは、チャコールの高級スーツを着込んでいるのだ。ビニール張りのクッションに付着しているかもしれないチューインガムとかタールとかその手のものはともかく願い下げだった。シャツの上から肋骨辺りを探ってみる。幸いどこも折れていないようだ。実際、それほど痛みもない。

気づくと、目はダッシュボードに貼られたステッカーを読んでいた。部隊旗らしきものには「死しても退かず」というモットーみたいなものが書かれている。「特殊部隊——いいのか、おいらは母ちゃんが絶対つきあうなと言う危険な男だぜぇ」なんて調子のものもあった。しばらくして、私は訊いてみた。「このレッカー車はきみのかい」

「いいや。友人がレッカー会社をやっていて、時おり手伝っているんだ」

やや口が緩んできたようだ。「その友人が、特殊部隊にいたのかな?」

おっと外したか。沈黙はずいぶんと長くつづいた。そもそも特殊部隊にいたかどうかなんて、質問すべきじゃなかったのかもしれない。そうだと肯定したら最後、必ず聞いた相手を殺すのだぞ、なんて指示されていたら、おまえ、いったいどうする気なんだ。いっそもう一度、同じ質問をしてみようかと思ったとき、ハーレー男が言った。「われわれはどちらも特殊部隊にいたことがある」

「へえ、そうなんだ」と相づちを打ったあと、二人とも、また黙りこんでしまった。ハーレー男はラジオをつけた。ちょうど野球中継をやっていて、地元のレッドソックスがフェンウェイ・パークでシアトル・マリナーズと対戦中だった。息詰まるような投手戦がつづき、私はひどく興奮した。じつはラジオの野球中継がたまらなく好きなのだ。自宅に戻れば、たしかに巨大な薄型テレビが待っている。社の家族友人優待を使って安く手に入れた逸品だ。超細密画面で観戦する野球ときたら、もう溜息《ためいき》をつくしかないほど素晴らしかった。だが、ラジオの野球中継はそれとは別格なのだ。カーンと乾いた快音が響くと、観客席のざわざわとした空気までがこちらに伝わってきた。途中に挟まる自動車ガラスのバカげたCMまでが、かけがえのないものに思えてくるから不思議だ。まさに百年たっても少しも変わらぬ、褪《あ》せることのない魅力である。アナウンサーの話しぶりは、私が子供のころと、その細部にいたるまで少しも変わらなかった。きっと亡《な》くなった父が子供だったころも、やはり同じ話し方をしていたにちがいない。そのどこか平板な、鼻にかかったような声音は、履き心地がよくて、あちこち傷《いた》んでいるけれど、足になじんだ古いスニーカーのようだった。くり返し使われることで年月に鍛えあげられた常套句《じょうとうく》の数々。「あっ、打ち上げてしまいました」とか「走者一、三塁です」とか「三タテに斬《き》って捨てました」とか。アナウンサーが突如としてボリュームを全開にし、絶叫モードに入るのも好きだった。「大きい、大きい! 入るか? 入るか?」

ふと気づくと、アナウンサーがレッドソックスの投手について、何やら蘊蓄《うんちく》を傾けていた。「……だが、彼は全盛期でも史上最高記録、時速一〇〇・九マイルには近づきもしませんでした。記録保持者は……ジェリー、ええと、誰だったけかな」

すると、相方が答えた。「ノーラン・ライアンだ」

「ノーラン・ライアン」アナウンサーが応じる。「そうです。一九七四年八月二十日、場所はアナハイム・スタジアムでした」たぶんプロデューサーがすぐさま調査してデータを入れ、アナウンサーはプロンプターを見ながら、その内容を右から左に紹介しているだけなのだろう。

私は言った。「いいや、違う」

ハーレー男がこちらを見た。「えっ、何だって」

「こいつら、何も知らないくせに、得意げにでたらめを語っているのさ。最高スピードの記録保持者はマーク・ウォーラーズだ」

「分かってるね」ハーレー男はうんうんとうなずきながら言った。「マーク・ウォーラーズ、一〇三マイルだ」

「そうとも」いささか驚きつつ、私は応じた。「時速一〇三マイル、一九九五年だ」

「アトランタ・ブレーヴズの春季キャンプだ」と言いながら、ハーレー男はひどく無防備な笑顔を見せた。きちんと揃《そろ》った、真っ白い歯が印象的だった。「ほかにも知っている人間がいるなんて、思わなかったよ」

「もちろん知っているさ。それに最速のピッチャーは、大リーグ所属ではないが……」

「スティーヴ・ダルコウスキーだ」とハーレー男は応じた。「時速一一〇マイル」

「アンパイアーのマスクを粉砕した」今度は私がうんうんとうなずく番だった。「おまえ、ガキのころからの野球マニアだな。何千枚も野球カードを集めていた口だろう」

ハーレー男はふたたびニヤリと笑った。「ア・タ・リ。トップスの箱に入っていた風船ガムはえらく安物の味がしたものだ」

「あいつのせいで、カードに変な染みがついたりしたんだ。だよな？」

男はケラケラ笑っていた。

「あんたのおやじは、フェンウェイ・パークによく連れていってくれたかい」私は訊いた。

「育ったのはこの辺じゃないんだ」男は言った。「ミシガン州だ。それに、うちのおやじは家に寄りつかなかった。しかも、野球場に行けるほど豊かでもなかった」

「オレだってそうさ」私は言った。「だから、いっつもラジオで聴いていた」

「こっちも同じさ」

「裏庭で野球をやったことは」私は訊いた。「よその家の窓ガラスを叩《たた》き割るとか」

「うちには裏庭はなかった」

「オレんちもそうさ。通りの向こうの公園まで、友だちと一緒に出かけていってプレーしたんだ」

ハーレー男はうなずきつつ、笑みをうかべた。

何か、昔からの知りあいのように思えてきた。この男と私は、同じ環境で生まれ育ってきたのだ。たぶん、カネや裏庭だけでなく、何もかも不足ぎみな家庭だったのだろう。唯一《ゆいいつ》の違いは、私は大学へ行き、スーツ姿でここに坐っており、一方この男は、私の高校時代の仲間の多くがそうしたように、陸軍へ入隊した——その一点だけだ。

われわれは、さらにしばらく中継を聴いていた。マリナーズの指名打者が打席に立ち、初球を叩いた。クリーン・ヒットを予感させるカーンという音が響く。「高くあがった。レフト深々と……」とアナウンサーが不安げな声をあげた。レッドソックスのレフトは守備がヘタなことで有名な、偉大な某スラッガーだったからだ。しかもこの男、トイレへ行くため、試合の真っ最中に守備位置から姿を消しかねないところがあった。まあ、いたらいたで、打球をお手玉したりするのだが。

「落下点に入った」アナウンサーが叫ぶ。「打球はグラブに向ってまっしぐら」

「きっと落とすぞ」私は言った。

ハーレー男は笑った。「だよな」

「見てろ、もうすぐだ」私は言った。

ハーレー男の声はさらに大きくなった。「待ってるだけで胸が痛む」

アーアという溜息が球場全体をつつみこんだ。「なんとグラブの甲に当たりました」とアナウンサー。「格好をつけてスライディング・キャッチを試みたのがいけませんでしたね。まったくメジャー・リーグ級の大失態です」

こちらも二人して、同時にうめき声をあげた。

ハーレー男がラジオのスイッチを切る。「もう聴く気になれん」

「まったくだ」私がそう言ったのと同時に、レッカー車は修理工場の駐車場に入った。

着いてみると、なんとも雑然とした場所だった。どうやら以前あったガソリン・スタンドを改造して工場に仕立てたようだ。看板には「ウィルキー自動車修理工場」と書かれている。当直の管理職はアブドゥルという名前の男だった。アブドゥルねえ。このご時世じゃ、さぞや空港のセキュリティー・チェックで苦労していることだろう。哀れなアキュラをすぐにも下ろすのかと思ったら、ハーレー男は待合室に入って行き、アブドゥルが私の保険情報をチェックするのを眺めていた。そこの壁にも〝われらの兵士を支援しよう〟と訴えるステッカーや、特殊部隊の関連グッズが並んでいた。

ハーレー男が言う。「ジェレマイアーは自宅か」

「ああ、そうだ」とアブドゥル。「もちろん。子供たちと家にいるよ」

「オレのダチなんだ。面倒見てやってくれないか」

えっとふり向いた。ハーレー男は私のことをダチと呼んだのだ。

「了解、カート」アブドゥルが答えた。

「ジェリーに伝えておいてくれ。オレが来たって」ハーレー男は言った。

彼がアブドゥルと作業場へ行っているあいだ、私は古びた『箴言集《しんげん》』を読んでいた。

二分ほどして、二人は戻ってきた。

「アブドゥルは、持てる技術のすべてを注いで、きみの車の面倒を見るそうだ」とハーレー男は言った。「ここの連中は腕がいい。コンピューター制御の塗料混合システムもあるし。じつに手堅い修理工場なんだ。きみら二人が書類手続きを済ませているあいだに、車は駐車スペースに運んでおくから」

「どうもいろいろありがとう」私は言った。

「じゃあ、そういうことで、カート。すぐ済むから」アブドゥルが言った。

数分後に戻ってくると、くだんのハーレー男はレッカー車に乗りこみ、エンジンをアイドリングさせながら、野球中継を聴いていた。

「おい」彼は言った。「家はどこだ？　途中で下ろしてやるよ」

「けっこう遠いんだ。ベルモントなんだが」

「車から私物を取ってきて、隣に乗れよ」

「いいのか」

「報酬は一件いくらではなく、かかった時間に対して出るんだ」

私は早速、愛車のフロアからCDコレクションを、また後部座席からブリーフケースとグラブを取ってきた。

「自動車修理工場で働いていた経験があるのかい」レッカー車の助手席にふたたび腰かけると、私は訊《き》いた。

無線器がガーガーとうなり声をあげる。ハーレー男はスイッチを切ってしまった。

「何でもやってきたさ」

「レッカー車の仕事が好きなのか」

彼はふり向くと、〝お前、頭がどうかしているんじゃないか〟という目でこちらを見た。「仕事なら、何だってやるさ」

「兵士を雇いたがる人間はもう以前ほど多くないのか」

「元兵士はいつだって引く手あまたさ」彼は言った。「DD付きの兵士以外はね」

「DDって何だい」

「不名誉除隊の頭文字さ。履歴書にDDの二文字があると、たちまち門前払いさ」

「そいつは……」私は言った。「つまらぬことを訊いてしまったな。余計なことだった、すまん」

「大したことはない。ただ無性に腹が立つだけだ。DDをくらうと、軍隊勤務に伴う各種の恩典や年金も、すべてチャラになるんだ。ひどい話さ」

「何でまた、そんなことに」私は言った。「こんなこと訊いて、気に障《さわ》ったら、ごめん」

またしばらく沈黙がつづいた。ハーレー男はウインカーを点滅させて、車線を変更した。「いいや、気になんか障らんさ」彼はそこでまた口を閉じたので、話す気になったのかどうか判然としなかった。と、いきなり口を開いた。「私はかつて特殊部隊のAチームに所属していた。ある日、そこの部隊長がメンバーの半分に、自殺も同然の任務を与えたんだ。ティクリットの町を威力斥候せよ――という無意味な命令だった。私は部隊長にかけあった。九九パーセントの確率で待ち伏せ攻撃に遭いますよと。で、実際どうなったと思う。出かけた仲間は、きっちり待ち伏せ攻撃に遭ったのさ。ロケット弾を浴びせられて。親友のジミー・ドナディオも戦死した」

ハーレー男はそこで黙ってしまった。ハンドルを握りながら、ただじっと前方を凝視している。「気のいい若者だった。もう少しで勤務明けになるはずだった。生まれたばかりの、一度も顔を見たことのない赤ん坊にも会えるはずだった。ジミーのことを、私は本当に可愛《かわい》がっていたのだ。それで、つい我を忘れた。部隊長のところへ行き、頭突きをくらわせた。やつは鼻の骨が折れてしまった」

「それはまた」私は言った。「なんというか。きみが悪いとは言えないな。それで、軍法会議とか、そういったやつに掛けられたのか」

彼は肩をすくめた。「陸軍刑務所《レブンワース》送りにならなかったのは、きっと幸運だったのだろう。偉いさんの誰ひとり、あの夜のことに注目が集まることを好まなかったし、CIDの詮索《せんさく》など、偉いさんが望みっこないからな。そんなことになれば、陸軍そのものの士気低下につながりかねない。もっと重要なことは、軍のイメージ・ダウンを怖《おそ》れたのだ。それで一種の手打ちがおこなわれ、刑期はないが、不名誉除隊さ」

「それはまた」私はまた同じ溜息をついた。CIDが何のことか分からなかったが、余計なことを訊くつもりはなかった。

「で、きみは、弁護士か何かかい？」

「営業マンだ」

「どこの？」

「エントロニクス社だ。フレーミングハムの」

「そいつはスゲーな。プラズマ・テレビを一台、融通してくれないか」

私はためらった。「じつは営業マンといっても、コンシューマー方面じゃないんだ。でも、口ききぐらいは可能かもしれない」

彼は微笑《ほほえ》んだ。「冗談だよ。たとえ卸売り価格でも、買える余裕なんかない。そうそう、さっき後部座席からグラブを取ってきたよな。怖ろしく上等なやつ。ボールが掌《てのひら》に吸いつくっていうローリングス・ゴールドグラブH・O・Hモデル。プロ野球選手が使うのと同じやつだ。しかも新品。いま箱から取りだしたみたいだった。買ったばかりなのかい」

「いいや、もう二年くらいになるかな」私は言った。「かみさんからのプレゼントなんだ」

「へえ、きみは、野球をやるのか」

「そんな大層なもんじゃないよ。もっぱら社内有志のチームでやっているんだ。しかも野球じゃなくて、ソフトボールだ。まあ、かみさんには区別がつかないのだが」実際、わがチームの戦績はみじめの一語だった。このところ連戦連敗で、かのボルティモア・オリオールズの歴史に残る不調シーズン、一九八八年のそれを彷彿《ほうふつ》とさせる体たらくだった。「きみは野球をやるのかい」

彼は肩をすくめた。「昔はやっていた」

そしてまた、長い沈黙。

「中学でかい、高校でかい」

「デトロイト・タイガースからドラフト指名されたんだが、結局サインしなかった」

「おいおい本気《まじ》かよ」

「私の最速スピードは九四〜九五マイルだった」

「ちょっと待て。それって、スゲーじゃねえか」私は彼のほうを向き、顔をまじまじと見た。

「でも当時は、プロ入りなんて考えもしなかったんだ。かわりに陸軍に入隊した。ところで、私はカートだ」彼はハンドルから右手を離して、私と固い握手をかわした。「カート・セムコだ」

「ジェイソン・ステッドマンだ」

そしてまた、長い沈黙。とそのとき、私はある考えを思いついた。

「ピッチャーに適任かもな」私は言った。

「何の話だ」

「うちのソフトボール・チームのことさ。あすの夜、試合があって、腕のいいピッチャーがいれば御の字なんだが。どうだろう、明晩、うちのチームでプレーしないか」

またまた長い沈黙。「社員でなくても参加できるのかい」

「誰が社員で、誰が社員じゃないかなんて、相手には分からないよ」

カートはまた静かになった。

一分待って、私はもう一押しした。「で、どうなんだい」

カートは肩をすくめた。「分からん」目は前方を凝視していたけれど、彼の口元には半分笑みがうかんでいた。

実際あのとき、なんとも愉快なアイデアではないかと、私は本気で思ったのだが。

2

私は妻を愛している。

うちのかみさんのように知性にあふれ、センスがよく、そしてもちろん信じられないくらい美しい女性が、こんな男と一緒になってくれたなんて、時おり自分でも本当だとは思えないくらいだ。あなたのプロポーズは、営業マン人生の最高傑作だったかもね、と彼女はよく冗談を言った。まあ、実際そのとおりなのだ。しかも、私のオファーは最終的に成約にいたったわけだし。

帰宅すると、ケイトはカウチに腰かけてテレビを見ていた。膝《ひざ》にはポップコーンの入った容器、前のコーヒー・テーブルには白ワインが載っていた。色の褪《あ》せた古い運動用ショーツを履いている。寄宿制の進学校以来ずっと愛用している短パンで、彼女の長くて形のよい脚にすごく似合っていた。私に気づくと、すぐにカウチから立ち上がり、駆け寄ってきて、ハグしてくれた。肋骨《ろっこつ》をかばって一瞬たじろいだけれど、彼女は気づかなかった。「ああ、よかった」ケイトは言った。「ずいぶん心配したのよ」

「大丈夫さ、言っただろう。傷ついたのは、ぼくのプライドだけだって。もっとも、レッカー車の運転手は、こちらをマヌケ男と思っただろうけど」

「本当にどこも悪くないの、ジェス。シートベルトは、きちんと締めていた？」ケイトはちょっと下がると、改めて私をチェックした。目は見事なハシバミ色で、たっぷりの髪の毛は黒々とし、きりっとしたあごの線、高いほお骨が印象的だった。髪の色はブルネットではないけれど、若いころのキャサリン・ヘップバーンにどこか似ていた。そのままで十分魅力的なのに、本人の評価は案外低かった。自分の容姿はおそろしく平凡なうえに、目鼻立ちがきつくて、しかも造作が大きすぎると考えているようだ。ただ、今夜の彼女はたしかに目が充血し、腫《は》れぼったかった。きっと泣きつづけていたのだろう。

「車が路肩を越えてしまって」私は言った。「身体《からだ》は大丈夫だが、車はおしゃかだよ」

「車がなによ」ケイトは却下という感じで、片手でシュッと空中を弾《はじ》いてみせた。まるで私のアキュラTLなど、トイレット・ペーパーの塊みたいな感じだった。こうした貴族的な身ぶりは、たぶん両親から受け継いだのだろう。なにしろ、かなりの資産家一族の出身だから。事実、一時は相当な財閥だったらしい。まあ、その財産もケイトの代までは保《も》たなかったけれど。彼女の実家、スペンサー一族は一九二九年の大恐慌《だいきょうこう》でかなりの打撃を受けた。市場が崩壊するなか、ケイトの曾祖父《そうそふ》が打った手はことごとく外れ、それでもなんとか手元に残ったなけなしの財産も、最終的にケイトの父親が使い果たしてしまった。親父《おやじ》さんはアルコール依存症で、カネの使い方は知っているが、運用法にいたっては少しも理解していなかったから。

だから、ケイトが受け継いだのは、やたらカネのかかる学校で受けた教育と、洗練された話し方と、いまや密《ひそ》かに彼女を憐《あわ》れんでいるリッチな友人たちと、豪邸いっぱいの骨董品《こっとうひん》だけだった。その骨董品の大部分を、彼女はベルモントの約一〇〇平米の敷地に建つ、わが3ベッドルームのコロニアル風住宅に詰め込んでいたのだ。

「どうやって帰ってきたの」

「そのレッカー車の男の車でだ。おもしろい奴《やつ》で、元特殊部隊員だそうだ」

「へえ」興味がないのに、あるようなふりをするときの、いつもの相づちだった。

「それが夕食かな？」コーヒー・テーブルにとりあえずという形で置かれているポップコーンを指さした。

「あーら、ごめんなさいね。今夜は料理する気分じゃなかったものだから。何か作ってほしい？」

冷蔵庫で密かに待ちかまえる豆腐の塊がたちまち目にうかび、私は思わず腰が退《ひ》けた。

「いや、いいんだ。自分で何か調達してくるから。それより、こっちへ」そう言うと、改めて彼女をぎゅっと抱きしめた。痛みもなんのその、今度は及び腰にならないでやり遂げた。「車なんかどうでもいいんだ。ぼくが心配なのは、きみのことだけだよ」

突然、私の腕のなかでケイトが泣きはじめた。感情が一気に噴き出したのだろう。彼女の胸は波打ち、熱い涙が私のワイシャツを濡《ぬ》らすのが感じられた。もっと強く抱きしめてやった。「本当にそう思っていたのよ。……今度こそはうまく行くって」とケイトは言った。

「たぶん次はうまく行くさ。根気よくがんばるしかないよ。そうだろう？」

「あなたは、悩みってものがないの？」

「ないね。それが最大の長所だから」と私は言った。

とりあえず、私たちはカウチに並んで腰かけた。その長椅子《ながいす》は、教会の会衆席のように硬く、坐《すわ》りごこちが良くなかったけれど、紛れもなく非常に高価な英国製アンティークだった。私たちはテレビでドキュメンタリーを見ていた。ディスカバリーチャンネルが流れていた。どう見てもわれわれ人類よりはるかに賢く、進化のすすんだ霊長類、ボノボの生態が紹介されていた。ボノボは女性優位の社会を形成しているようだった。画面はボノボの牝《めす》が両脚を広げ、牡《おす》の目の前に臀部《でんぶ》を高々と持ちあげ、しきりに誘惑するさまを映していた。この行為はプレゼンティングと呼ばれています、とナレーションが入る。すっかりご無沙汰《ぶさた》になっている、うちの夫婦関係について、うっかりしたことを口走らないよう、私は必死に自制した。不妊治療のせいかなんか知らないが、わが家のセックス・ライフは最近、ひどくお寒いものに変わってしまった。ケイトが最後にプレゼンティングしてくれたのは、いったい何時《いつ》のことだったか、思い出せないくらいである。

ポップコーンをひとつかみ手に取った。そいつは名ばかりのポップコーンだった。空気で膨らんだ直後に〝これがバターじゃないなんて信じられない！〟という商品名のマーガリンをかけた代物《しろもの》だ。嚙《か》むと、発泡スチロールでできたピーナッツのような味がした。角を立てずに吐きだす方法が思いつかなかったので、私は黙って嚙みしめ、ごくりと呑《の》みこんだ。

牝ボノボの誘惑作戦は当初の目論見《もくろみ》どおりには行かなかったが、彼女はいっこうにプレゼンティングをやめようとしない。片腕を伸ばし、売春婦に扮した無声映画のスター女優よろしく、上に向けた指で牡ボノボを籠絡《ろうらく》しようと試みていた。それでも、相手方は無反応のままだった。すると、彼女は牡ボノボに接近し、その睾丸《こうがん》を思いっきり握りしめたのだ。

「痛い！」私は思わず叫んだ。「この牝ボノボ、『そんな彼なら捨てちゃえば』を読んでないんだな」

ケイトは、まったく、あなたという人は、という感じで首をふりつつ、口元にうかびかけた笑みを押し殺した。

私は立ちあがり、トイレへ行き、鎮痛剤のアドヴィルを二錠のんだ。そのあとキッチンへ行き、自分用に大きなボウルいっぱいのブリガムズのバニラアイス（オレオ入り）を取ってきた。きみも要るかいなんて、ケイトには訊《き》かなかった。彼女はアイスクリームを断じて口にしないからだ。ていうか、彼女は肥満に少しでもつながるものは絶対食べようとしないのだ。

ふたたび腰をおろし、アイスクリームに夢中で取りくんでいると、ナレーターが言った。「牝たちは自分自身の特別の友人にキスしたり、ハグしたり、互いの生殖器をこすりつけたりします」

「で、牡ボノボはどこにいるんだ」私は言った。「リモコン片手にカウチに腰かけているのか？」

アイスクリームをドカ食いする私を、ケイトは睨《にら》みつけた。「ねえあなた、それは何かしら？」

「これかい？」私は言った。「脂肪分ゼロの、豆腐製アイスミルク代用品さ」

「ねえ、言ったでしょう。夜にアイスクリームを食べるのはやめたほうがいいって」

「朝食に食う気にはなれないんでね」

「私の言う意味は分かっているわよね」ケイトは見事に平らでつるりとした自分の腹部を触ってみせた。一方の私は、三十歳にしてすでに着々とたいこ腹になりつつあった。

ケイトは何を食べても太らない体質だった。実際、信じがたいほど優れた代謝系の持ち主なのだ。その点にかんし、女たちは彼女を憎んだし、私自身、いささか困惑を覚えていた。もし仮に、私が彼女みたいな代謝系を持っていたら、ブルグアとかテンぺみたいなものはいっさい口にしないだろう。

「何かほかの番組にしないか」私は言った。「こんなのを見ていると、その気になってしまうよ」

「ジェイソン、下品な物言いはよしてちょうだい」ケイトはリモコンを手に取ると、数百あるチャンネルを次々と切りかえていき、ようやくなじみの番組に行きついた。役者の顔ぶれをみて、ああ、あれかと気がついた。高校にかよう美しい兄と妹、離婚してしまった二人の父親（職業は離婚専門の弁護士！）が主役をつとめるフォックス系のテレビドラマ「SB」である。サンタ・バーバラを舞台に、イケメンの金持ち高校生たちと、彼らのそれぞれに壊れた家庭やダンス・パーティ、自動車事故や数々の離婚訴訟、麻薬や浮気を楽しむ母親などが描かれる。今シーズンでも最も話題の番組である。

しかも制作はわが義兄クレイグ・グレイザーときている。かの売れっ子プロデューサー氏は、ケイトの姉のつれあいだった。クレイグと私は、互いにうまくやっているフリをしながら暮らしていた。

「どうしてこんなクズ番組を見る気になるんだ」私はリモコンをひっつかむと、ふたたび「ナショナル・ジオグラフィック」系の教養番組へとチャンネルを変えた。今度のは、アマゾンのジャングルで原始生活をおくるヤノマモ族をとりあげたドキュメンタリーだった。

「その剝《む》きだしの敵意はなんとかしたほうがいいわよ。クレイグとスージーは来週、わが家にやってくるんだから」

「ぼくから敵意を除いたら、いったい何が残るんだ。どっちにしろ、ぼくが彼のことをどう思おうと、あの二人は気づきもしないさ」

「そんなことはないわ。スージーは気づいているわよ」

「なるほどクレイグに対するのと同じスタンスなんだな」

ケイトはきっと眉毛《まゆげ》を上げてみせたが、あえて何も言わなかった。

私たちはいささかげんなりした気分で、自然と人類の織りなす驚異の生態についてもう少し見ることにした。よく響く、育ちのよさそうな英国式アクセントのナレーションがつづく。ヤノマモ族は世界でも最も暴力的かつ攻撃的な社会生活をおくっています。争いの種は大抵、数の少ない女性をめぐるものです。

〝気性の激しい人たち〟との異名もあり、彼らはいつも戦いを演じています。

「こういうのはきみの趣味だよね」私は言った。「女をめぐって男たちが互いに戦いを演じるというのは」

ケイトは否定するように首をふった。「私はフェミニズムの授業でこの〝気性の激しい人たち〟について習ったわ。ヤノマモ族の男たちは自分の妻に対しても、武器の大なたをふるうのよ。そして女たちは、自分についたマチェーテの傷が多ければ多いほど、自分は夫に愛されていると考えるのよ」ケイトのベッド脇《わき》のテーブルには、フェミニズム関連の本がつねに何冊か置いてあった。いちばん最近見かけたのは、たしか『ひとつではない女の性』とか何とかいうタイトルの本だった。タイトルの意味はよくわからなかったが、まあ、幸いなことに試験に出るわけではないし。

ケイトはこの数年、アフリカや南米のあまりよく知られていない文化にずっと関心を寄せてきた。仕事柄なんだろうと思っていた。彼女はボストンの「メイヤー民俗奥地芸術財団」で働いていたから。この財団は、うちの八歳になる甥《おい》っ子が描いたといっても通ってしまうような、素朴な絵画や彫刻をつくる貧しいホームレスに、資金援助することをその活動目的にしていた。そんな太っ腹なのに、なぜか財団職員にはスズメの涙みたいな報酬しか払わないのだ。財団がケイトに支払っている金額は年間八千ドルにすぎなかった。うちで働けるという特権に浴せるのだから、むしろこちらがカネをもらいたいくらいだ、と財団側が考えていることは明らかである。なにしろ通勤にかかるガソリン代と駐車場代だけで、すでに持ち出しなのだから。

私たちはさらにしばらくテレビを見つづけた。ケイトはポップコーンを食べ、私はオレオ入りをかっこんだ。ナレーターは言う。ヤノマモ族の少年は切っ先を血で濡らす、つまり誰かを殺すことで、自分が一人前の男になったことを証明します。彼らは斧《おの》や槍《やり》や弓矢を用います。竹でつくった吹き矢筒を口に当て、先端に毒を塗った吹き矢を飛ばすこともあります。

「イケてるね」と私。

ヤノマモ族は死者を火葬にし、その遺灰をオオバコのスープに混ぜて飲みます。

そいつはどうも、イケていないようだ。

番組が終了したので、ケイトにわが社の最新ニュースを披露した。事業部副社長のクロウフォードが辞めてソニーに移籍した。そのさい、うちの腕利《うでき》き営業マン六人をいっしょに連れていった。おかげでうちの事業部にはぽっくりと大穴が開いてしまった。

「ひどいもんさ」私は言った。「おかげで大混乱だ」

「えっ、なになに」ケイトは俄然《がぜん》、興味を示しだした。「すごいじゃない、それって」

「どうも状況がのみこめていないようだね。わがエントロニクス社は先ごろ、オランダのマイスター社の米国子会社を買収すると発表したばかりなんだぜ」

「マイスター社の話はもう聞いたわ」ケイトの声にやや戸惑いが感じられた。「それとこれと、どんな関係があるの」

ロイヤル・マイスター・エレクトロニクスNVは、巨大な総合家電メーカーで、わが社にとって最大のライバル企業のひとつである。彼らはダラスに米国子会社を置き、うちと同じものを売っていた。液晶テレビ、プラズマ・テレビ、プロジェクト式テレビ、その他諸々《もろもろ》。

「つまりクロウフォードは巻き添えを食うのを必死に回避したんだ。何か知っていたにちがいない」

ケイトは背筋を伸ばし、両膝《ひざ》をかかえこんだ。「いいこと、ジェス。これがどういう意味か、あなたには分からないの。あなたにとって、千載一遇のチャンスが到来したのよ」

「チャンスだって」

「あなたって、もう何年も何年も地区レベルの営業マンでくすぶってきたじゃない。琥《こ》珀《はく》のなかで化石化した虫みたいに」

私の仕事に口出しすることで、今回の妊娠騒ぎをめぐる惨《みじ》めな結果を相殺《そうさい》しようとしているのだろうか。「別段、何の展望も開けなかったからね」

「分からないの、ジェス。よく考えてみて。クロウフォードが社から去った。しかも六人も腕利きを引きつれて。つまり、営業部はその穴を社内の誰かで埋めるしかないのよ。管理職へ昇進する絶好の機会だと思うわ。ここから本当の出世が始まるのよ」

「気苦労ばかりの穴だと思うけどね。ぼくはいまの仕事が気に入っているんだ。そのへんにごろごろいる中間管理職《ヴァイス・プレジデント》の一員になる気はないね」

「でも、あなたのサラリーって、もう頭打ちでしょ。これ以上、収入が増えるような当てがあるの」

「どういう意味だい。仕事は順調だぞ。三年前、ぼくがどれだけ稼いだか、忘れたのか」

ケイトはうなずき、私の目をじっと見つめた。これ以上言うべきかどうか思案している様子だった。彼女は口を開いた。「いい、あなた。三年前は例外中の例外だったのよ。プラズマ・テレビの出始めで、エントロニクス社は市場でわが物顔ができた。そうよね？ でも、あんなことはもう二度と起こらないわ」

「いいかい、ケイト。こういうことなんだ。社には同年齢のものを選り分ける人事メカニズムが存在するんだ。タマゴの大きさに合わせて、大、特大、そして超特大に分類する仕掛けがね」

「それで、あなたはどの程度のタマゴなの」

「ぼくは超特大のタマゴではない。人並みの営業マンにすぎない。それがぼくだ」

「でも、管理職に昇進すれば、ようやく本当の報酬がもらえるようになるんじゃなくて」

そういえば二年くらい前、ケイトはよく私に、出世の階段を昇れと発破をかけていたものだった。でも、そんな高望みはとっくに諦《あきら》めたと思っていたのだが。「上級管理職になるような奴《やつ》は、オフィスにずっと詰めっきりなんだ」私は言った。「たぶん足首には、どこにいても現在地を追尾できる『ロージャック』が嵌《は》められているのだろう。連日の会議会議で、もう青息吐息。追従《ついしょう》や媚《こ》びへつらい、はたまた〝社内営業〟に身をやつす。ダメダメ、そんなのぼく向きじゃないよ。なんで今更、こんな話をしなけりゃいけないんだ」

「まずは地区レベルの管理職から始めましょう。次に事業部副社長、さらにエントロニクスUSA社全体の副社長。そうやって経営陣の一角に食いこみ、最終的に会社全体を切り盛りするようになる。そして二年もすれば、一財産を築くことだって夢じゃないわ」

私は深い溜息《ためいき》をつき、なんとかケイトを論破しようとしたけれど、そんな試みはムダだった。このモードに入ってしまうと、ケイトはまるで自分の骨型犬用玩具《ナイラボーン》を決して離すまいとするテリアみたいになってしまうのだ。

要は、ケイトと私では「財産《フォーチュン》」とはなんぞやという世界観が異なるのだ。私の父は、エアコンや換気システム用にダクトやパイプを製造するウースターのとあるメーカーに勤める板金工だった。父は作業長まで昇進したし、板金工組合第六三支部でも盛んに活動したけれど、本来、人生にみずから積極的に係わるタイプの人間ではなかった。たまたま手近にあった仕事に就くことで社会人となり、適性があったので、そのまま板金工をつづけていただけなのだ。ただ、仕事に手を抜くようなことは決してやらなかった。残業は毎度のことで、超過勤務もあえて厭《いと》わない人だった。仕事が終わって帰宅すると、心身ともに疲れ切っており、テレビの前にゾンビのように坐《すわ》って、バドワイザーを飲む以外、何もできなかった。父の右手の指は二本、先端が欠けており、それを見るたびに、私は父の仕事の過酷さを改めて認識したものだ。おまえは大学へ行け、俺と同じ道を歩む必要はないぞと言ったとき、父は本心からそう言っていたと思う。

私たち一家は、ウースターのプロヴィデンス通りにある三階建てアパートメントのワン・フロアを借り切って暮らしていた。建物の外壁はアスベスト仕上げで、コンクリートを打った〝裏庭〟はぐるりと金網塀に囲まれていた。そんなところから出発して、いまやベルモントに自分自身のコロニアル風住宅を所有する一家の主《あるじ》にまで昇りつめたのだ。それはもう、途方もなく素晴らしいことだ、と私には思えた。

これに対して、ケイトが育ったウェルズリーの屋敷は、ハーバード大学時代に彼女が住んでいた学生寮のビルをも上回る豪邸だった。一度、夫婦でその前を車で通ったことがあった。石造りの途方もない大邸宅で、いつ果てるとも知れぬ広大な敷地を、鉄製の塀が取り囲んでいた。大酒飲みの親父《おやじ》さんがまぬけな投資を重ねた結果、わずかに残った財産もすべてすってしまい、スペンサー一族はオスターヴィルにある夏の別荘、そしてウェルズリーの屋敷まで、手放さなければならなくなった。だがそのあと、一家が尾羽打ち枯らして移り住んだ建物でさえ、現在ケイトと私が住んでいるこの家の倍はあるのだった。

ケイトは一瞬口を閉じたあと、不機嫌そうに言った。「ジェイソン、あなただって、キャル・テイラーみたいな末路はごめんでしょ」

「ずいぶんな言いようだな」キャル・テイラーは六十がらみの古参社員で、エントロニクス社がトランジスタ・ラジオや安物のカラーテレビを売っていた時代、エマーソンやケンウッドに負けまいと頑張っていた時代から、ずっと営業ひとすじでやってきた男である。キャルは生ける教訓物語といえた。彼のすがたを見るたびに、私はぞっとした。なぜなら、一歩間違うと、転落につながりかねないな、と心密《ひそ》かに思っている自分の特質がキャルに集約されていたからだ。すっかり白くなった髪の毛、ニコチンのせいで黄色くなった口ひげ、ジャック・ダニエルと銘柄まで分かるほどの酒臭い息、たばこの吸いすぎからくる空咳《からせき》、次から次へとくりだすお寒いジョーク。彼はまさに私自身の未来像を悪夢のように体現していた。すでに人生はどんづまりだったけれど、多年にわたって築きあげ、シコシコとその維持に努めてきたわずかばかりの人間関係《コネ》に頼って、なんとか現状に留まろうとする日和見《ひよりみ》主義者――それがキャル・テイラーだった。妻とは離婚し、孤独なやもめ暮らしをつづけ、食事はもっぱらTVディナー、ほぼ毎晩、近所の酒場に入り浸る生活。

ケイトは表情を幾分和らげると、小首を傾《かし》げてみせた。「ねえ、あなた」彼女はやさしく言った。人をたぶらかそうとするような、それはそれは甘い声だった。「この家を見て」

「この家の何を見るのさ」

「私たち、こんなところで子供を育てたくはないわよね」と彼女は言った。その声は一瞬かすれた。そこで突然、悲しそうな顔をした。「子供が思いっきり遊べるようなスペースはないし、裏庭だって申し訳程度だし」

「ぼくは芝刈りが大嫌いなんだ。それに、ぼくの育った家にはそもそも裏庭なんてなかったよ」

ケイトは言葉を切り、視線を逸《そ》らした。いったいいま、彼女は何を考えているのだろう。お城みたいな大邸宅《マンダレー》に戻りたいのなら、そもそも私と結婚したことが間違いなのだ。

「ねえ、どうしちゃったの、ジェイソン。あなたのあの野心はどこへ行ってしまったの。初めて出会ったときのあなたは、やる気満々、青天井の活気に満ちた若者だったじゃないの。忘れちゃったの」

「きみと結婚するために頑張ったんだ」

「そんなのは、冗談よね？　あなたはあふれんばかりの意欲に満ちていた。自分でもそんなこと、分かってたでしょう。それがいまじゃ……」一瞬の間があった。たぶん「幸せ太り」と言おうとしたのだと思う。賭《か》けてもいい。「気を抜きすぎている。そこなのよ。もうそろそろ、次の目標に向けてスタートする潮時じゃないかしら」

一方、私は〝気性の激しい人たち〟のドキュメンタリーについてずっと考えていた。私との結婚を決めたとき、彼女はきっと私のことを、仕込み方しだいで族長までのしあがれるヤノマモ族の若き戦士と考えていたにちがいない。

そう思いつつも、とりあえず言っておいた。「あす、ゴーディと話してみるよ」と。ゴーディこと、ケント・ゴードンは全営業部隊を統括する営業担当上級副社長だった。

「それがいいわ」ケイトは言った。「昇進を視野に入れて、適任かどうか面接を受けたいとしっかり申し入れるのよ」

「それは無理だ。そういうのはぼくのやり方じゃない」

「まあいいわ。ともかくゴーディになんらかの驚きを与えること。俺にも闘争本能《キラー・インスティンクト》があるんだぜってところを見せてやりなさい。彼はそういう人間が好きだから。殺すか、殺されるか、二つに一つだっていうのが。俺は殺す側の人間だって、彼に見せつけるのよ」

「ああ、そうだね」私は言った。「イーベイで、ヤノマモ族の吹き矢筒を一丁、手に入れることにしよう」

3

「結局、俺らは騙《だま》されたんだ」リッキー・フェスティノが言った。「まんまとしてやられたってわけだ」

リッキーはうちの営業部隊、自称バンド・オブ・ブラザースの一員だ。ここでいう〝うち〟とはエントロニクスUSA社映像システム事業部のことである。営業マンというと、誰も彼もが社交的で、人当たりがよく、背中なんかを気さくに叩《たた》き、遭えば必ず元気な声であいさつしてくるような人種と思われがちだが、この見方、リッキー・フェスティノには当たらない。彼はかなり毛色が違っていた。気むずかしくて、皮肉屋で、いささかきついジョークを飛ばし、得意分野は契約書にまつわる法律問題のみなのだ。リッキーはボストン大学法科大学院を一年でドロップアウトしたのだが、在学中唯一《ゆいいつ》好きだった教科が契約法だというのだから、どんな人間か、推して知るべしであろう。

私の知るかぎり、リッキーは自分の仕事を憎んでおり、自分のかみさんと子供（息子が二人）も大して好きではないように思われる。なるほど弟くんのほうは、毎日律儀《りちぎ》に私立学校へ送っていくし、お兄ちゃんのほうも、所属するリトルリーグの監督役なんか引き受けているので、理屈からいうと、良き父親と考えられなくもない。ただ、リッキーはそうした手間について始終文句を言っているのだった。そんな男がプロの営業マンとして、いったいどこからやる気を引き出しているのか、それは謎《なぞ》である。職を失う恐怖、そうかもしれない。嫌だからこそ、逆ギレ気味に踏ん張れているのか、そうかもしれない。まあ、人間というやつは、どんなことでも、やる気の種にできるものなのだ。

そんなリッキーが、なぜか私のことをひどく買っていた。そちらもいまいち謎だった。彼からすれば、私なんぞは〝超〟がつくほどの楽観主義者のはずだ。こちらがむかっ腹を立てたくなるほど軽蔑《けいべつ》しきってても、おかしくないのに、どういう加減か、まるで一家のペットを見つめるような優しい目を、この私に向けるのだった。きっと自分のことを唯一本当に理解してくれる存在、散歩に連れていくついでに、あれこれグチをこぼせる極楽トンボのゴールデン・レトリーバーぐらいに思っているのだろう。リッキーは時おり、私のことをトラーと呼んだ。例の『クマのプーさん』に出てくる元気このうえない、片時もじっとしておられない、そして基本的に血のめぐりの悪いプーの友人の虎《とら》である。私がトラーなら、さしずめ彼はロバのイーヨーだろう。

「騙されたって、何がさ」私は尋ねた。

「今回の買収劇だけど、きみはどう思うか。ああ、あのクソ野郎め」リッキーはぶつぶつ言いながら、どこへ行くときも必ず携行する小瓶から、抗菌洗浄液のきらきらする一滴を手のひらに垂らした。あまり激しく両手を揉《も》むので、アルコールの臭《にお》いが私のところまで漂ってくる。リッキーは自分でもどうしようもないほど潔癖性なのだ。「いまさっき、コンピュマックス社の人間と握手してきたんだが、そいつときたら、私の手をいつまでも放そうとしないんだ」

コンピュマックス社というのはシステム・ビルダーだ。つまり、各企業のため安価なノーブランド・コンピューターを組みあげて販売する会社である。うちの顧客のひとつではあるが、あまり上客とはいえない。そもそも彼らはブランドなるものにカネを払わないことでなりたっている業態だ。一方、うちは自他共に認める一大ブランド企業なのだから。リッキーはその彼らに、エントロニクス社が製造にいっさい関与していない液晶ディスプレー（一部の二線級韓国メーカーから入手して、うちのロゴを貼《は》りつけただけの代物《しろもの》）をある程度まとめ売りしようと試みていた。コンポーネントのひとつにエントロニクスの名前が付いているだけで、おたくのパソコン・システムにこれまでにない高級感が出てきますし、売り上げだって伸びますよと盛んに説得しているのだ。アイデア自体は悪くなかったが、コンピュマックス社はこの話に乗らなかった。話の持って行き方に問題があったんじゃないかと私は密《ひそ》かに思っていた。でも、自分の商談ではないので、あまり口出しするわけにもいかない。

「ジャップどもが、どうしてわれわれ西洋人を不潔と考えるのか、その理由がだんだんと分かってきたよ」リッキーの文句はつづく。「なにしろ、その男は片手でくしゃみを何度も受けたあと、その手で私と握手しようとしたんだ。いったいどうすりゃいいんだ。その汚い手を握ることを拒否すべきだったのか。まったく生ける微生物培養皿《ペトリシャーレ》だぜ。ほい、きみもどうだい」リッキーはそう言うと、抗菌洗浄液の小瓶を私に勧めた。

「ありがとう。だが、遠慮しておくよ」

「なにかの錯覚なのだろうか。きみのオフィスは、俺のところよりだいぶ小さく見えるんだが」

「内装の関係じゃないか。小部屋《キュービクル》の大きさはどれも同じはずだよ」といちおう答えたけれど、私のオフィスは見るたびに縮んでいくように思われた。わが営業部は、ボストン西方およそ三十二キロにあるフレーミングハムという町に鎮座して、周囲を圧するエントロニクス・ビルの最上階を占めていた。このビルは現在にいたるも町でいちばん高い建造物で、窓から見下ろすと、辺りには低層のオフィス・パークが広がっていた。およそ十年前にこの自社ビルを建てたとき、うちは地元住民と激しい戦いを演じた。デザイン的にはなかなかおシャレな建物なのだが、フレーミングハムの住民はみな、この建物を景観の破壊者と見なしたからだ。その屹立《きつりつ》する姿かたちから、フレーミングハム男根像《ファルス》というあだ名を賜っていた。もっと直截《ちょくせつ》にエントロニクス勃起《エレクション》と呼ぶものさえいた。

リッキーは来客用の椅子《いす》にどっかと腰をおろした。「今回のロイヤル・マイスター社をめぐる買収劇について、ここでひとつ仮説を提示してみたい。日本人ってやつは、つねに何らかのマスター・プランを持っている。それがどんなものか、彼らは決して公開しないが、そうした長期計画はつねに存在する。そして、われわれはその順列組み合わせゲームのコマにすぎないというわけだ。日本人がプレーしているのは、果たしてどんな戦略ゲームなのか」

「囲碁かな？」

「囲碁、まさにそうだな。囲碁というのは飛躍がある。囲碁は欺瞞《ぎまん》のゲームだ」リッキーのボタンダウンの青シャツを見ると、脇《わき》のしたが汗じみで黒くなっていた。エントロニクス社のオフィス内の温度は、夏でも冬でもつねに二十度に設定されており、どちらかというと寒すぎるくらいだが、リッキーはかなりの汗っかきなのだ。彼は私より二年年長で、やや盛りを過ぎようとしていた。腹がせり出し、ベルト付近がだいぶきつくなっており、頸《くび》回りもやはり、きつすぎるシャツの襟からはみ出しかけていた。彼は二年ぐらい前から髪の毛を染めだした。ただ、愛用の「ジャスト・フォー・メン」はいささか黒すぎると思う。

私はパソコン画面にちらりと目をやり、時間を確認した。ロックウッド・ホテル&リゾート・グループの担当に、正午前にこちらから電話すると言っておいたのだが、すでに十二時五分になっていた。「あの、リッキー、すまないんだが……」

「ほら、それがいけないんだ。いい人すぎるところが」そう言いながら、リッキーは意地悪そうに唇をまくりあげてみせた。「エントロニクス社はロイヤル・マイスター社の米国子会社を買収した、そうだな。だが、なんのためだろう。連中のプラズマ・テレビがうちのより高性能だからか」

「そんなことはない」リッキーを調子づかせないよう配慮しつつ、私は言った。

ロックウッド・ホテルの担当者にはあとで詫《わ》びるしかない。じつはいま、大型商談がまとまりかけていて、それでつい電話が遅れてしまったのだと。嘘《うそ》をつくのは本意ではないけれど、じつは商談の相手は、具体的名前は出せないが、おたくのライバル企業である五つ星高級ホテルで、すべての客室にプラズマ・テレビを設置しようとしているんだと暗に示唆《しさ》することにしよう。話の持って行き方しだいで、もしかするとその商談相手というのはフォー・シーズンズ辺りではないかと〝誤解〟させられるかもしれない。そうなれば、ロックウッドの担当者は、尻《しり》に火が点《つ》いたような気分に陥るかも。それとも、今度もまた、空ぶりで終わるのかな。

「そのとおり」リッキーはつづける。「狙《ねら》いはマイスター社の営業部隊だ。つまり、俺たちをお払い箱にしようという魂胆なのさ。東京のやつら、世界本部《メガ・タワー》の畳の部屋でこれはこれはと揉み手しつつ、俺たちより成績のいい営業部隊を買い取る算段をしたってわけだ。これは果たして何を意味するのか？　うちで営業成績が上位一〇パーセントの人間を除いて、営業部そのものを解体し、優秀なものだけダラスに異動させるという腹づもりなのだ。つまり組織再編さ。ダラスの不動産はボストンよりかなり安い。やつらはこのビルも売り払って、で、残った俺たちは不良在庫一掃だ。百パーセント間違いなしだ、ジェイソン。クロウフォードのやつがソニーに移籍した理由は、これだったのさ」

　私自身もすでに同じ結論に達していたけれど、リッキーは自分が権謀術数に長《た》けていると大いに自負していたので、そんなことはあえて口にしなかった。私はただうなずき、困ったもんだなという顔をしていた。

　とそのとき、細身の日本人が私のオフィスの前を通りすぎたので、私は軽く手をふってみせた。「やあ、ヨシ！」と声をかける。ヨシことヨシ・タナカは、パイロット御用《ごよう》達《たし》の分厚い眼鏡をかけていることを除くと、およそ個性に欠ける外見の持ち主だった。アメリカ式ビジネスを体得するためエントロニクス本社から送られてきた一時滞在者――いわゆるフニンシャ（赴任者）――の一人だが、それ以上の存在でもあった。公式な肩書きはビジネス・プランニング担当マネジャーだが、その実体は東京のお目付役であり、そのことはみんなが知っていた。ヨシは夜遅くまでオフィスに居残り、電話やメールで東京に報告を送っていた。いわば「ボストン探題」というわけだ。ただ、英語は苦手なようで、彼のスパイ活動にはいまいち困難が伴っていた。

大半のものが及び腰でヨシに接したけれど、私は気にしなかった。むしろ彼が気の毒に思えたくらいだ。現地の言葉も碌《ろく》に話せない赴任先へと送りこまれ、家族もおらず（東京の留守宅には妻子ぐらいいると思うのだが）、あれでは気の休まる場所もなかろうに。日本語をしゃべれない自分が、日本で働いているすがたなど、到底想像できなかった。しかもヨシ・タナカは、腹にいちもつある連中につねに取り囲まれて、しかも決して仲間に入れてもらえないのだ。孤立無援、村八分のような目に遭っていた。誰も彼を信用しなかった。まったく楽な仕事じゃない。実際、相当なストレスだろう。なので、私自身はヨシ・バッシングに断じて加わらなかった。

私の呼びかけに、リッキーは後ろをふり向き、ヨシに微笑《ほほえ》むと、片手をふってみせた。しかし、声が届かないところまでヨシが離れると、リッキーはたちまち小声で言った。

「薄汚いスパイが」

「おいおい、聞こえるぞ」私は言ってみた。

「聞こえやしないさ。それに、聞いたって、やつには理解できまい」

「なあ、リック、じつはロックウッド社にとっくに電話しなけりゃいけない時間なんだ」

「どこまでつづく泥濘《ぬかるみ》ぞってわけか。連中はまだ、きみをいたぶっているのか」

私はトホホといった感じでうなずいてみせた。

「もう目はないよ。あんな商談、忘れろ。いくらやってもムダだから」

「四千万ドルの取引を、きみは忘れろと言うのか」

「あの担当者はスーパーボウルの入場券が欲しいだけだ。成約までにこんなに時間がかかる商談は端《はな》っから見込みがないんだ」

私は溜息《ためいき》をついた。見込みのない商談にかんし、リッキーは一大権威だったから。

「でも、約束した電話ぐらいはかけないと」

「きみは、何度でも懲《こ》りずに輪っかを回しつづけるハムスターみたいな奴《やつ》だな。まあ、俺たちはみんなハムスターだが。いまやいつ何時《なんどき》、白衣を着た研究者が現れて、俺たちを安楽死させても不思議はないんだ。なのに、きみはまだ輪っかを回しつづけようというのか。そんなこと、忘れてしまえ」

私は立ちあがり、リッキーの憂《う》さを少しでも減らしてやろうとした。「今夜、きみも参加するんだろ」

リッキーも立ち上がった。「もちろんさ。キャロルのやつ、俺が昨晩、クライアントと出かけたことで、すでにもうお冠だ。だったらもう一晩、犬小屋で寝ればいいだけのことさ。今夜の相手はどこだっけ。チャールズ・リヴァー社か」

私はうなずいた。

「バンド・オブ・ブラザースは今宵《こよい》もまた、恥ずべき敗北を喫するのであろうな。そもそもピッチャーが弱体だから、ダメなんだ。恥を知れ、トレヴァー」

昨夜のレッカー車の男を思い出して、私はニヤリと笑った。「じつは別のピッチャーがいるんだ」

「まさか、おまえさん、自分がやろうって腹じゃないよな」

「ぼくじゃないよ。もう少しでプロになるところだった逸材だ」

「いったい何の話だ」

私は昨夜のいきさつを手短に説明した。

リッキーは目を細めたあと、きょう初めて笑顔を見せた。「で、チャールズ・リヴァー社の連中には、今度入った陳列用商品補充係だとかなんとか言っておくんだな」

私はうなずいた。

「偽装社員ってわけだ」リッキーは言った。

「そうとも」

リッキーはちょっとためらった。「だが、ソフトボールと野球じゃ、球からして違うぞ」

「その男は信じられないくらい運動能力に長けているんだ、リック。ソフトボールだって剛速球は可能だと思う」

リッキーは小首を傾《かし》げると、よくやったぞという顔で私を見た。「いやはや、トラーちゃん。きみはその一見おまぬけな顔の下に、なかなかのくせ者を宿しているんだな。そんなこと、思ってもみなかった。おじさんは感銘を受けたよ」

4

ロックウッド・ホテル&リゾート・グループは、世界有数の高級ホテル・チェーンである。ただ、同グループが保有する宿泊施設はいささか薹《とう》が立ってきており、全面的な改修が必要だった。フォー・シーズンズやリッツ・カールトンといった同業他社に対抗するため、ホテルの全室にボーズのCDプレーヤー〝ウェーブラジオ〟と四二型プラズマ・テレビを備えつけるというのが経営陣の立てた大改修計画の一部である。すでに同グループがNECや東芝にも声をかけていることを、私は摑《つか》んでいた。

ライバルとの戦いに是が非でも勝たなければならないので、私は比較のため、当社のプラズマ・テレビをロックウッド・グループの本社（ニューヨーク州ホワイト・プレインズ）に送りつけて、NECや東芝の製品とがちんこ勝負を試みた。性能面にかんしては少なくとも同等だと自負している。なにせ変化の激しいこの業界にいまだ留まりつづけているのだから。ただ、ロックウッド社の資産管理担当副社長ブライアン・ボークは、決断というものができない人間のように思われた。

あるいはリッキーの言うとおりなのかもしれない。ボークは単にスーパーボウルの入場券、ワールドシリーズの入場券、ニューヨークの高級レストラン、アラン・デュカスでくり返される饗宴《きょうえん》のためだけに、私との関係をつづけているのかも。現状はすでに惨憺《さんたん》たるものなので、それならいっそ縁を切ってちょうだいと半ば本気で願っているほどだった。

「やあ、ブライアン」私はヘッドセットに向かって言った。

「やあ、どうも」とブライアン・ボークが答える。私の声を聞くと、彼は本当にいつも、嬉《うれ》しそうに返事をする。

「もっと早くに電話するつもりだったんだが、すまない」そう言ったあと、別のホテル・チェーンにかんする嘘《うそ》八百を並べたてようと思ったが、実行するだけの根性が私にはなかった。「会議が長引いてしまって」

「心配するなって。そういえば、今朝のジャーナル紙におたくの話が出ていたな。今度、マイスター社に買収されるんだって？」

「逆だよ。うちがマイスターUS社を買収するんだ」

「ほう、興味深いね。じつはそちらさんとも商談をすすめていたものだから」

そいつは初耳だった。素晴らしいじゃないか、このエンドレス交渉に四番目の参加者が現れるとは。学生時代に見た映画をちょっと思い出した。『ひとりぼっちの青春』というタイトルで、参加者全員が倒れるまでとことん踊りつづけるマラソン・ダンスレースを描いた作品である。

「ということは、競争相手がひとり減ったということだな」私は軽い口調を崩さずに言った。「そうそう、マーサの誕生日はどうだった。彼女の希望どおり、ウィーンへ連れて行ってやったのかい」

「綴《つづ》りは同じだけど、ヴァージニア州ヴィエナのほうにね。そうだ、来週、ボストンに行くことになったんだが、レッドソックスの入場券は手に入るかな」

「任せときって」

「あのすごい特等席をいまから確保できるかな」

「最大限の努力はしてみるよ」私は言いよどんだ。「そうそう、話は変わるが、ブライアン」

口調の変化にたちまち気づき、ブライアンは私の言葉を遮った。「すぐにも返事したいところなんだが、相棒、いまは無理だ。でも信じてくれ。私自身は、きみのところと契約したいと思っている」

「現状を正直に言うと、私はこの件について上司からすごい圧力を受けている。この契約がどの程度有望なのかについて……」

「おいおい、有望なんて、私はひとことも言ってないぞ」

「分かってる。分かってるんだ。じつはゴーディがね、最近の彼の圧力ときたら、それはそれはすごいんだ。おたくの最高経営責任者《CEO》との会合をセットしろとまで言っているんだ」

「ゴーディか」ブライアンは不快そうに言った。ケント・ゴードンは、エントロニクスUSA社の営業担当上級副社長兼ジェネラル・マネジャーだった。営業活動に品質管理手法を持ちこんだ「シックス・シグマ」の「有段者《ブラックベルト》」であり、私が知っているなかで最も攻撃的な人間だった。無慈悲で、陰謀家、しかも人使いが荒い(管理職として必ずしも間違っているわけではないが)。私の会社生活は、すべてゴーディの手の中にあった。ゴーディが、ロックウッド社の契約はどうなっているとせっついているのは、紛れもない事実である。というか、ゴーディは誰に対しても、すべての契約にかんし、厳しくせっつく人間なのだ。ロックウッドのCEOに会わせろという要求も、いかにも彼が言いそうなことだった。ただ、こちらは事実ではない。ゴーディはまだ、そう言ってはこない。まあ、時間の問題だろうが、まだ言ってきてはいない。こちらのほうはブラフだった。

「そうなんだよ」私は言った。「でも、きみも知ってのとおり、私にはゴーディの行動を抑えることはできない」

「面会の設定というのは、あまり勧められない手法だな」

「うちの上司たちはこの契約に本気も本気なんだ。でも、交渉の行方はいまいち判然としないし、そこで……」

「ジェイソン、ぼくがきみの立場だったら、たしかにそうした昔ながらの手法をあれこれ講じたと思うよ」ブライアンは、別に悪感情をいだいているわけではないといった感じで応じた。

「えっ？」とは言ったものの、私にはそのままブラフをかけつづける根性がなかった。事故でぶつけた肋骨《ろっこつ》辺りにそっと触れてみる。もうほとんど痛みは消えていた。

「いいかい、この商談の現状についてきみに教えてやりたいのはやまやまなんだが、私はいま蚊帳《かや》の外に置かれているんだ。競争は激しく、きみのところは価格面でいい線いっている。その、本当はこんなことを言うべきではないのだろうけど、おたくの提示価格はいい線以上いっているんだ。ただ、もっと上のレベルで何かが起こっているようなんだ。でも、その辺は私には分からない」

「上のレベルの誰かさんが、さじ加減を加えているということか」

「まあ、そういうことだ、ジェイソン。具体的に何かを知っていれば、きみに話すんだが。きみはいいやつだし、この商談にしゃかりきに頑張ってきたことは私も承知しているし、製品が問題なら、きみに直接そう言うよ。あるいは数字が問題ならね。でも、今回はそうではない。それが何なのか、私には分からないんだ」

しばしの沈黙。「正直に話してくれて、ありがとう、ブライアン」と私は言った。ふたたびタマゴ選別機のイメージが頭にうかんだ。あの機械はホントのところ、どんな役割を果たしているのだろう。「で、ボストンには来週の何曜日に来るんだい」

　私の直属の上司は女性で、この業界では珍しいことだった。名前はジョーン・トゥレック。ニュー・イングランド地方全域を統括するエリア・マネジャーだった。彼女の私生活についてはほとんど知らない。レズビアンで、ケンブリッジの家に女性と同棲《どうせい》しているという噂《うわさ》は聞いていたけれど、ジョーンはパートナーについて一度も語ったことがないし、会社の行事にお相手を連れてくることもなかったから。やや面白みに欠ける点がなくはなかったが、ジョーンと私は互いに好感を持っており、彼女はいつも目立たない形で、私を支援してくれた。

　ジョーンのオフィスに立ち寄ると、電話をしている最中だった。彼女はいつも電話中なのだ。ヘッドセットを装着し、微笑《ほほえ》んでいる。エントロニクス社のオフィスはどこもドアのどちらか一方に必ず窓があり、誰でも中をのぞくことができた。つまり実質的にプライバシーはゼロということだ。

　ジョーンはようやく、自室の外に立っている私に気づき、指を一本立てて、了解と合図した。彼女が左手をくいっとふって招いてくれるまで、私は外でじっと待った。

「あなた、ロックウッド社と、けさがた話をした？」ジョーンが訊《き》いた。彼女の髪の毛は短く、くせがあり、ネズミ色をしており、こめかみ付近にさっと一筋掃いたような白髪があった。この女性は化粧というものを一切しない。

私はうなずきながら、腰かけた。

「成果はいまだ無し？」

「無しです」

「なんらかの援軍要請が必要な時期に来ていると思うわけね」

「たぶん。従来通りのやり方で〝モノにできる〟とは思えません」そう口にした瞬間、この発言は性的なほのめかしと疑われかねない（セクハラ疑惑だ！）と悟り、私はちょっと焦《あせ》った。けれど、元はスポーツ用語からきた表現だと思い直して、胸をほっとなで下ろした。

「この契約は是が非でも手に入れたいわね。何か打てる手はないかしら」きょうのジョーンは何時《いつ》になく疲れており、倒れる寸前みたいな感じだった。目の下に赤みがかった茶色の隈《くま》ができていた。愛用の猫マグカップからコーヒーを一口飲んだあと、彼女は言った。「その件で相談に来たの？」

「いえ、別件で」と私は言った。「二、三分、いいですか」

ジョーンは小さな腕時計をちらりと見た。「じつはこのあとランチの予定なんだけど、相手がすがたを見せるまでなら、大丈夫よ」

「どうもすみません。それで、クロウフォードはホントにうちを辞めたんですよね」と探りを入れた。

ジョーンは瞬《まばた》きはしたけれど、私の推測にイエスともノーとも答えなかった。

「それと、彼の取り巻き連中もいっしょに」私はつづけた。「たぶん順送りであなたが後任の事業部副社長に昇格するんですよね」

ジョーンはためらいがちに瞬きをした。「覚えておいてちょうだい。マイスター社の買収に伴って、人減らしが必要なのよ。トップクラスの営業マン以外はね」

思ったとおりだったので、私は下唇を噛《か》んだ。「私もデスクの片づけをしないといけませんか」

「あなたは心配いらないわ、ジェイソン。あなたは四年連続で〝クラブ〟入りだから」

ジョーンのいうクラブ、もしくはクラブ101とは成績のよい営業マンに与えられる称号で、もらっている報酬以上の稼ぎをあげているという意味だった。「年間最優秀営業マンに選ばれたこともあったじゃない」

「昨年のタイトルではないですがね」と私は指摘した。昨年、最優秀営業マンに選ばれたのは口先男のトレヴァー・アラードで、見事イタリア旅行をせしめた。夫婦そろってのイタリア行きだったが、そのかみさんを裏切って、ヴェネチアの伝説的レストランバー〝ハリーズ・バー〟で知り合ったイタリア娘と不倫に及んだというもっぱらの噂だった。

「第四・四半期の数字が良くなかったからよ。でも、四半期のうちどれかひとつがパッとしないなんて、誰にでもあることよ。肝心なのは、人は自分が好感をいだく相手からモノを買いたがる――という黄金ルールよ。そして、みんながあなたのことを好いているわ。でも、きょう、ここに来たのはそれが用件ではないのね」

「ジョーン、私がエリア・マネジャーに昇格する可能性はあると思いますか」

ジョーンは驚いたように私を見た。「本気で言っているの？」

「ええ、本気です」

「すでにトレヴァーが名乗りをあげているわ。しかも彼はしきりと社内営業に動いているようよ」

社内には彼のことをテフロン・トレヴァーと呼ぶものもいた。スキャンダルの類《たぐい》をたくみに寄せ付けない才能が焦《こ》げ付き防止コーティングと同じだという含意からだ。ただ、私はトレヴァーを見ると、一九五〇年代のテレビドラマ「ビーバーちゃん」に出てくる、陰では何をやっているか分からない登場人物、エディー・ハスケルをつい連想するのだが。そうとも、お察しのとおり、私は〝TVランド〟の熱烈な視聴者で、昔のテレビドラマの再放送を見ることで、毎日途方もない時間を浪費しているのだった。

「トレヴァーは優秀だけれど、ぼくだって負けてはいません。で、あなたはぼくを支持してくれますか」

「えっ、私が。ううん、どちらかに肩入れはしたくないわ、ジェイソン」ジョーンは困ったように言った。「ゴーディにあなたの名前も上げておいてほしいなら、喜んでそうするけれど。でも、あのゴーディが私の推薦をどの程度、まともに聞くかどうかは分からないわよ」

「それだけで十分です。ちょっとした口ききだけでも。ぼくが面接を受けたがっているとゴーディに伝えておいてください」

「言っておくわ。でも、トレヴァーは……ゴーディが好きなタイプよ。たぶんあなたなんかより」

「より攻撃的だからですか？」

「ゴーディの言うところの肉食い人間《ミート・イーター》タイプね」

トレヴァーについて、そうした聞こえのよい言い方をしない人間も結構いるのだが。

「ぼくだってステーキぐらい食べますよ」

「口ききはしてあげる。でも、どちらかに肩入れする気は私にはないから。この件については完全に中立の立場を維持したいの」

ドアにノックの音がした。ジョーンは指で軽く手招きした。

ドアが開くと、そこにはくしゃくしゃの茶色い髪の毛と眠そうな茶色の目をした長身のイケメン男が立っており、ジョーンに完璧《かんぺき》な笑顔でほほえみかけた。トレヴァー・アラードだった。一見細身だが、しっかり筋肉がついており、傲岸不遜《ごうがんふそん》。セント・ローレンス大学のボート部でならした、そう遠くない昔のスポーツマン体形をいまだ維持していた。「いますぐランチに行けますか、ジョーン？」トレヴァーは言った。「おやまあ、ジェイソン。きみのすがたが目に入らなかったよ」

5

帰宅すると、ケイトはすでに戻っていた。弾力性のほとんどないグラミー・スペンサーのカウチに横たわり、アリス・アダムズの作品を読んでいた。彼女は少女時代から大学までつねに一緒だった九人の仲間たちと読書サークルをつくっており、毎月一回集まっては〝文学的な〟小説について議論を交わしていた。このグループは女性作家の作品しか読まないのだ。

「今夜は試合があるんだ」ケイトにキスしたあと、私はそう告げた。

「ああ、火曜日だったわね。今夜は『ムースウッド・クックブック』に載っている豆腐レシピを試してみようと思っているんだけれど、食べていく時間はないんでしょ？」

「球場に行く途中で、何か腹に入れていくよ」間髪入れずに返事をする。

「ボカ・バーガーでも作りましょうか」

「いや、いい。本当に、気にしなくていいから」

ケイトは元々料理がうまくなかったし、最近の豆腐に対するこだわりは私にとって災難でしかなかった。まあ、料理をしてくれるだけでも御の字としよう。亡《な》くなった彼女の母親は、料理のやり方すら知らなかったのだから。財産が雲散霧消するまで、スペンサー家にはおかかえシェフがいたのだ。一方、私の母親は、診療所の事務兼受付の仕事を終えてようやく帰宅したあと、父と私のためたっぷりの食事を作ってくれるような人だった。大抵いつも、いわゆるアメリカ式中華料理だった。とろみをつけた野菜炒《いた》めに、マカロニと挽肉《ひきにく》、トマトソースを加えたものだ。自宅にシェフがいる人間なんて、映画以外で聞いたことなど一度もなかった。

「それで、ジョーンにはっきり意思表示したんだ。彼女の後任候補として、面接を受けたいって」といちおう報告しておく。

「まあ、あなた、すごいじゃない。それで、面接はいつなの」

「それが、ゴーディが面接に応じてくれるかどうかすら、いまのところ分からないんだ。彼は間違いなく、トレヴァーを後任に就けたがっているからね」

「少なくとも面接ぐらいはすべきよ。そうでしょ?」

「あのゴーディに〝すべき〟は通用しないんだ」

「きっと面接はするはずよ」ケイトは強い口調で言った。「そのときは、あなた、自分がこのポストをどれだけ欲しがっているか、自分がいかにこのポストに適任であるかを、しっかりアピールするのよ」

「たしかに」私は言った。「だんだんこのポストが欲しくなってきたよ。トレヴァーに

「そういう後ろ向きの発想がいいのか悪いのか。あっ、そうだ。あなたに見てもらいたいものがあるの」

「どれどれ」どんなものかは見当がついた。財団の仕事をとおして、ケイトが〝発見〟した貧しい異端《アウトサイダー》芸術家の手になる絵かなんかだろう。一見すると、子供の落書きと区別のつかないような。彼女は一カ月に最低一回は、その手の〝見てもらいたいもの〟に出会うのだった。ケイトはしきりに褒めそやすけれど、私にはまったく理解できない――というのがいつものパターンである。

ケイトは玄関ホールへ行き、大きな段ボールの梱包《こんぽう》を手に戻ってきた。そこから四角い布きれを取り出した。こちらに掲げて見せながら、天真爛漫《らんまん》な笑みをうかべ、目を大きく見開いた。「ねえ、すごいでしょ？」

どうやら巨大な黒い安アパートの残骸《ざんがい》を描いたものらしい。瓦礫《がれき》の下に小さな人間たちが押しつぶされている。小さな人間のひとりは、球状の青い炎と化している。別のひとりの口からは、マンガのふきだしみたいなものが飛びだしており、そこには「私は資本主義社会の債務に圧迫されている」と書かれていた。青く澄んだ空には、翼をはやした異様な大きさの百ドル紙幣がうかび、そのすべての頭上に〝神よアメリカに祝福あれ〟という言葉が書かれていた。

「この絵のすばらしさが分かるかしら。〝神よアメリカに祝福あれ〟の皮肉な響きが。債務を表わす男根型の巨大な建物がすべての小さき人間たちを押しつぶしている意味が」

「きみにはこれが男根に見えるのかい」

「やめてよ、ジェス。圧倒的な物理的存在感、工学的パワーという比喩《ひゆ》よ」

「なるほどね、それで分かったよ」と理解したような口ぶりを装《よそお》ってみた。

「これはマリー・バスティアンというハイチ人アーティストが、絵の具で創《つく》りあげたストーリー・キルトなの。彼女はハイチでは第一人者で、最近、五人の子供とともにドーチェスターに引っ越してきたばかり。シングル・マザーよ。この人なら、第二のフェイス・リングゴールドになれると私は思うわ」

「本当かい？」ケイトの語る話が、私には一から十まで分からなかった。

「ひらめきに満ちた色遣いはボナールを思わせるけれど、もっと生な、ジェイコブ・ローレンスのモダニズムに通じる単純さを持っているわ」

「ふうむ」私は腕時計に目をやった。コーヒー・テーブルから、アメリカン・エキスプレスの請求書を取りあげ、「いいんじゃないか」と言いつつ、開いてみた。請求金額を見て、私の目は大きく見開いた。「おお、神よ」

「高かったかしら」ケイトは言った。

「私は資本主義社会の債務に圧迫されている」

「そんなに高かった？」

「高いね」私は言った。「でも、ぼくが球状の青い炎と化すさまは、きみには決して見えないだろう」

6

われらがエントロニクスUSA社営業部にかなうほど、競争心に満ちあふれた連中をかき集めるのは至難の業であろう。私たちはみな、競争心の強さをもとに選抜された。何度も交配を重ね、闘犬用のブルテリアから、より気性の荒いものをつくりだすのと同じ手法が用いられていた。わが社はあたまの良さで営業マンを選んだりはしない。周囲を見ても、大学時代に優等学生だったものなど唯《ただ》の一人もいなかった。会社が好むのは運動部出身者だ。アスリートは粘りがきき、競争心も旺盛《おうせい》だと考えているのだろう。そんな連中ならひどい仕打ちや虐待《ぎゃくたい》にも慣れているかも知れない。では、元アスリートでないものはどうかというと、これがどいつもこいつも生まれつき外向的で、骨の髄まで気さくな男ばかりなのだ。大学時代は生徒会の会長や委員長、あるいはお祭り幹事みたいなものをもっぱらやってきた人間で、私はこの後者のグループに属していた。マサチューセッツ大学——略称はユー・マスだが、学内の人間はもっぱらズー・マス（マサチューセッツ動物園）と称していた——にいたころは、もりあげ委員会で辣腕《らつわん》をふるっていたものだ。

メンバー全員がそうした営業マンなのだから、うちのソフトボール・チームは、さぞかし向かうところ敵なしだと思うかもしれない。

しかし、あにはからんや。実態は弱小も弱小のダメ・チームなのだった。まずメンバーの大半が崩れた体形をしていた。なにせ毎日のようにクライアントを昼食やディナーに連れだし、そこでたっぷり食い、かつビールをしたたかに飲み、しかも運動する時間がほとんど確保できないときているのだ。体形をきちんと維持しているメンバーは、投手のトレヴァー・アラードと、遊撃手のブレット・グリーソン（絵に描いたような固太り）ぐらいしかいない。アラードとグリーソンは馬が合い、よく連れだって遊びまわり、木曜の夜にはそろってバスケットボールにも汗を流していた。

そもそも、わがチームでは試合結果にこだわり過ぎるのは、あまり粋《いき》ではないと考えられていた。共通のユニフォームさえ無いのだ。一度、エントロニクス——バンド・オブ・ブラザースというロゴ入りTシャツを誰かが作ったことがあったけれど、いざ試合となると、誰もそのTシャツのことを思い出さないのだった。試合のさいは、参加者みんなで五十ドルを払って毎回適当な人間にアンパイアをお願いしていた。セーフかアウトか、ファウルかフェアかをめぐって、時たま議論になることもあったけれど、どだい草ソフトなので言い争いはそこそこに切りあげ、プレー再開というのがお決まりだった。とはいうものの、負けて喜ぶ人間などいない。まして、場合によっては共食いさえ辞さない、われら営業マン・タイプにあっては、尚更《なおさら》である。

今夜の対戦相手は、われわれが所属する実業団リーグの現チャンピオン・チーム、チャールズ・リヴァー・ファイナンシャルという巨大投信会社の面々だった。彼らのチームはほぼ全員がトレーダーで構成され、みな大学を出たばかりの若僧である。全員が二十二歳で、しかも身長が一八〇センチ以上。大半は東部名門大学《アイヴィー・リーグ》のどこかで野球チームに在籍した経験があった。チャールズ・リヴァーという会社は、その手の若者を雇いいれ、とことん使いまくり、賞味期限が切れるとさっさとお払い箱にするところだった。三十の坂を越えるころには、ほぼ全員が社を去っていた。でもその間は、怖ろしく強力なソフトボール・チームを世に送りだすことが可能なのである。

もはや問題は、今夜、うちが負けるかどうかではない。連中には、われわれをどこまで痛めつけることが可能なのかだった。

われわれは毎週火曜日の夜、ストニントン大学の野球場で試合をやっていた。整備の行きとどいたフィールドで、こんな草ソフトにはもったいないくらい立派な施設だった。どこかレッドソックスの本拠地、フェンウェイ・パークに似ていた。外野の芝生は目にも青く、見るからに豪華で、しかも完璧《かんぺき》に刈られていた。内野の赤土は、粘土と砂がほどよくミックスされ、トンボでよく均《なら》されていた。ファウル・ラインは白くくっきりと引かれていた。

チャールズ・リヴァーの若さ漲《みなぎ》る面々は、それぞれのポルシェや、BMWや、メルセデスのコンバーティブルで、ほぼ同時に到着した。本物のユニフォームも着ていた。ニューヨーク・ヤンキースのようなピン・ストライプの白いジャージで、胸には楕円形《だえんけい》に描かれたチャールズ・リヴァー・ファイナンシャルの刺繡《ししゅう》文字、背中にはきちんと背番号も入っている。全員がアルミ合金製のベクサム3・ロング・バレルバット、ウイルソンのグラブ、デマリニのスポーツバッグを手にしており、それがまた似合っていた。まるでプロみたいだった。われわれはレッドソックスのファンがヤンキースを毛嫌いするように、心の底から彼らを憎んだ。抜きがたい偏見かもしれないし、合理的理由などないのかもしれないが、ともかく生理的に嫌なのだった。

試合が始まるまで、私はレッカー車の男のことをすっかり忘れていた。たぶん、彼も忘れていたのだろう。

試合は早々とみじめな展開になっていた。トレヴァーはすでに相手に七点を献上していた。そのうちの四点はチャールズ・リヴァーの主将で、債券トレーダーでもあるマイク・ウェルチという男が打った満塁ホームランのせいだった。こいつはデレク・ジーターに似た強打者で、うちの連中は見るからにビビっていた。こつこつと当てては進塁する無難なやり方ではなく、必死さが高じたホームラン狙《ねら》いの大振りについ走ってしまい、フライばかり上げていた。しかも例によってエラー続出。リッキーは外野手とぶつかり、せっかくのアウトを無にするし、トレヴァーは足がプレートにかかっていなかったとして、二度ボークを取られた。

ローカル・ルールでは、四回までに点差が十点になると、その時点でゲームセットとなる。そして三回裏が終わった時点で、チャールズ・リヴァーは一〇対〇でリードしていた。われわれはすっかりやる気を無くし、腹を立てていた。

監督のキャル・テイラーはそのヨレヨレの紙袋では隠しようがないジャック・ダニエルの小瓶から、時おりチビチビやりつつ、マルボロをふかし、しきりに首をふっていた。キャルが監督を引き受けた理由は、試合に参加しながら酒が飲めるからだと私は思っていた。そのとき、遠くからオートバイのエンジン音が聞こえた。うなるような爆音がみるみる近づいてくる。しかし、私は大して注意を払わなかった。

そこでふと、ああそうかと気づいた。薄暗い照明のなかを、長髪を後頭部に垂らした、背の高い革ジャンの男がゆったりとした足取りで球場に入ってきたのだ。昨夜のレッカー車の男だと分かるまで、数秒を要した。彼は数分間立ったまま、うちの負け試合を観戦していた。試合が途切れたので、私は彼のもとへ走っていった。

「よお、カート」私は言った。

「よお」

「試合に来たのか」

「選手交代をやってもよさそうな展開だな」

その交代劇を、みな粛々と受け入れた。ただ一人の例外は、もちろん、トレヴァー・アラードだった。われわれはタイムを要求し、監督のキャル・テイラーを囲んだ。カートはしかるべき距離を置き、事のなりゆきを観察していた。

「あいつはエントロニクスの社員じゃない」トレヴァーは言った。「正規の社員番号がないものはプレーできない。それがルールだ」

トレヴァーはいつものように単に知ったかぶりを演じているのか、それとも予約席と思っていたところへ私が割り込んできたと小耳に挟んで、この機を借りて嫌がらせをしているのだろうか。どうも判然としなかった。

トレヴァーをからかうことに無上の喜びを感じるリッキーがすかさず言った。「だからどうなんだよ。あちらさんが難癖をつけたら、自分は契約社員なので、出場資格があるのかどうかは分からないと彼に返事させれば済むことだ」リッキーはタイムの時間を利用して、さっそくポケットからピュレルの小瓶を取りだすと、両手の消毒をおこなった。

「契約社員だあ？」トレヴァーが吐き捨てるように言った。「あの野郎がか？」まるでカートが、安酒の臭《にお》いをプンプンさせ、六カ月も風呂《ふろ》に入っていないような体臭をふりまき、外の通りから偶然球場に紛れ込んだホームレスみたいな言いようである。今宵《こよい》のトレヴァーは長いカーゴ・ショーツを履き、色あせたレッドソックスの野球帽を被《かぶ》っていた。相当使い込んだようにわざと古びさせた帽子で、もちろん被り方はうしろ前だ。さらにパッカ・シェルのネックレス、ゴーディが持っているのと同じ型式のロレックス、〝人生は最高〟と書かれたTシャツといういでたちだ。

「おまえ、チャールズ・リヴァーの連中に顔写真付き身分証を見せろと要求したことがあるかい？」リッキーは言った。「連中がヤンキースの二軍から助《すけ》っ人《と》を調達していないと、どうして分かるんだ」

「郵便仕分け室のヴィニーって野郎がそうかもよ」電話営業担当の、背の高い、骨張った体形のタミネックも口を挟んだ。「だいたいヒューレット・パッカードはいつも助っ人を使っているしな」

「なあ、トレヴァー。まさかおまえ、あの男にピッチャーを取られるのが嫌で反対しているんじゃないよな」と相棒のブレット・グリーソンにまで言われてしまった。グリーソンは育ちすぎの巨体、ダンボのような耳、カンテラのような顎《あご》、クルーカットの金髪、その口にしてはやや大きすぎる白くて輝く歯を持っていた。最近、ヤギ髭《ひげ》を生やしだしたが、ぼやぼやと見た目はまるで陰毛のようだった。

トレヴァーは顔をしかめ、首をふり、何かを言いかけたけれど、その前に監督のキャルが決断を下した。「あいつを入れよう。トレヴァー、お前はセカンドへ回れ」そう宣言すると、キャルは紙袋からぐっと一気飲みをした。

あちらさんに訊《き》かれたら、あいつは「新入社員だ」で通すことになった。だが別段、何の質問もされなかった。およそバンド・オブ・ブラザースの一員には見えなかったので、仕事は営業マンではなく、ソフトウエア・エンジニアなんだということにした。まあ、郵便仕分け室の人間でもいいのだけれど。

カートの打順は強打者を四番に据えるプロと違って三番にした。三者凡退だったら打順が回ってこず、新人の実力を試すこともできないことぐらい、さすがのキャル・テイラーも（いくらジャック・ダニエルのせいで判断力が鈍っていても）分かっていたようだ。ひょっとすると、この新人のおかげで、一矢《いっし》なりと報いることができるかもしれない。

ワン・アウト、タミネック一塁でカートに打順がまわってきた。彼はウォーミングアップの類《たぐい》をいっさいやらなかった。チャールズ・リヴァーの投手で主将のマイク・ウェルチのピッチングを、ただ黙って見ているだけだった。クラブハウスで試合のビデオを点検するみたいな感じだ。

バッターボックスで、年季の入った傷だらけの金属バットを何度か振り、軽く調子を整えると、カートは左中間方向に特大の一発を見舞った。打球は大きく伸びて、そのまま場外に消えた。タミネックが、次いでカートが生還する。チームの面々は歓声をあげた。

カートのホームランは、救急救命室《ER》における除細動器の電気ショックみたいに、わがチームに活を入れた。突如して、われわれは得点をあげ始めたのだ。四回の表に、われわれは五点を入れた。そのあと、マウンドに登ったカートは、チャールズ・リヴァーの強打者の一人、ジャーヴィスという筋骨隆々の大男に、まず第一球を放った。カートの球は嫌なところを見事に突いた強烈なストレートで、ジャーヴィスは完全にふり遅れて、目を見開いた。ソフトボールであんな剛速球が飛んでくるなんて、誰が想像できよう。二球目は手元で浮き上がり、三球目はチェンジアップ。ジャーヴィスはあわれ三球三振だった。

リッキーが私に目配せする。そしてニヤリと笑ってみせた。

カートはさらにドロップやライズボールを駆使して、つづく二人も三振にしとめた。あんな多彩な投球術を、いったい誰が打ち崩せよう。

五回表、われわれはなんとか塁を埋めることに成功し、カートの登場を待った。今度は左打席に立ちバットを一閃《いっせん》、打球は再び、隣町まで到達し、チャールズ・リヴァーとの点差はわずか一点にまで縮まった。

カートはつづく五回と六回も三人ずつで片付け、ふたたびうちの攻撃となった。わが助っ人に、もはやトレヴァー・アラードすら文句を言わなかった。トレヴァーがツーベース・ヒットを打ち、リッキーもシングルで出塁、私が三振に倒れたとき、うちは逆に二点のリードをかちとっていた。最終回の七回裏、カートは一人目の打者を三振に切ってとったが、つづく二人にはヒットを打たれた。うちのまずい守備のせいだった。そこでウェルチの登場。彼はゆるいゴロを打たされた。カートはすばやく打球をすくい上げると、さっとセカンドへ送った。トレヴァーはボールを取ると二塁を踏み、ファーストへ送球。タミネックが大きく片腕を伸ばし、みごとスリーアウトとなった。絵に描いたようなダブルプレーだ。この瞬間、わがチームは有史以来初めて、ここに勝利を獲得したのである！

カートを取り囲むように、全員が集まった。彼はさりげなく肩をすくめ、緊張が解けたような笑顔をうかべ、あまり口はきかなかった。誰もが大声で話し、笑い声をあげ、嬉々《きき》として試合の細部について語りあい、試合に決着をつけたダブルプレーを反芻《はんすう》した。

試合が終われば、敵味方関係なく、近くのバーかレストランへと場所を移し、食事をしたり、ビールやテキーラをあおることが、神聖不可侵の慣例とされていた。だが、若者ぞろいのチャールズ・リヴァーご一行様は、不機嫌そうな顔つきでそれぞれのドイツ製高級車へと歩きはじめた。私が呼び止めると、主将のウェルチがふり返りもせずに言った。「今夜は失礼させてもらうよ」

「どうも連中は壊れてしまったようだ」タミネックが言った。

「いまはショック状態にあるのさ」リッキーが言った。

「まさに衝撃と恐怖だな」キャル・テイラーが言った。「で、うちのMVPはどこだ」

ふとカートがわれわれから離れて、駐車場へ向かうのが目に入った。私はすぐさま追いかけて、これから一緒に祝勝会をやろうと誘った。

「いいや、きみらはたぶん、親しい仲間だけで楽しみたいはずだ」カートは言った。トレヴァーを見ると、彼は銀色のポルシェの横に立ち、かたわらのトップを外したジープ・ラングラー・サハラに陣取ったグリーソンと話をしていた。

「そんな集まりじゃないって」私は言った。「本当に気の置けない飲み会なんだ。ホントだよ。連中はきみと酒を酌《く》み交わしたくてたまらないんだ」

「でも、私はもう酒はやらないんだ。すまない」

「別に、酒でなくてもいいさ。ダイエット・コークとか。なあ、一緒に飲もうよ」

カートは肩をすくめた。「きみたちが気にしないなら、喜んでご一緒させてもらうよ」

7

私はまるで、高校の演劇部のオーディションに、ジュリア・ロバーツを連れてきた男みたいな気分だった。栄光の照り返しを浴びて、当人は何もしないのに、突如としてクラスの人気者になってしまったのだから。われらバンド・オブ・ブラザースは車で五分のところにあるアウトバック・ステーキハウスに集合し、みなで長テーブルを囲んだ。恍惚感《こうこつかん》あふれる大勝利から凱旋《がいせん》したばかりで、全員がいまだ興奮ぎみだった。大半のものはビールを注文したが、トレヴァーはタリスカーというシングル・モルトのウイスキーを頼んだ。だが、ウェイトレスはトレヴァーの要望がまったく分からぬ様子で、結局、ありがちなデュワーズで納得せざるを得なかった。このトレヴァーって野郎は何なんだ、というような目配せを、カートが私に送ってきた。どこか秘密を分かちあうような感じだったが、私の思い過ごしだろうか。じつはボスのゴーディがシングル・モルト派で、トレヴァーは単に、この場にいないボスに忠義立てしているだけなのだ。そんなこと、カートに分かりようがなかった。

カートはふつうの冷たい水を頼んだ。ちょっとためらったのち、私も同じものを注文した。つまみは何がいいか。ブルーミン・オニオン二皿とクッカバラ・ウイング数皿を誰かが頼む声がした。用足しから戻ったリッキーがシャツで手を拭《ふ》きながら言った。「まったく、だらんと垂れたあの筒型タオルってやつはぞっとするな」彼は身震いした。「あんなの、糞便《ふんべん》にとりつくバイ菌どもをエンドレスに感染させるだけだぞ。タオルの表面はたった一度しか使用されていないと、こちらが信じ込むと思っていやがる」

ブレット・グリーソンがフォスターズの入ったビール用マグカップを掲げると、「さあ、今夜のMVPに乾杯しよう」と提案した。「きみは今後、この町で自腹で飲むことは二度とないはずだ」とグリーソンは言った。

タミネックが訊《き》いた。「きみはどこの出身だい？」

「ミシガン州だ」カートは軽く笑みをつくった。

「そうじゃなくて、大学かどこかでプレー経験があるのかって話だ」

「大学には行ったことがない」カートは言った。「かわりに陸軍へ入隊した。軍隊ではあまりソフトボールはやらない。ともあれ、イラクではやらなかった」

「おお、イラクに行ったのか」トップ営業マンの一人、ダグ・フォーサイスが言った。長身で、ひょろっとした体形をし、ふさふさした茶色い髪の毛から、一本だけ逆毛が明後日《あさって》方向に伸びていた。

「ああ」カートはうなずいた。「それからアフガニスタンにも。やばい勤務地は全部だ。

特殊部隊にいたんで」

「というと、その、人を殺したことがあるのか？」グリーソンが訊く。

「悪いやつらだけだ」

「ホントに殺したことがあるのか」フォーサイスが重ねて尋ねた。

「しつこく質問してくる人間を二人ほどね」とカートが言うと、フォーサイス以外は全員が笑い、その後、彼も笑いの輪に加わった。

「カッコいいな」そう言いながら、リッキーがフライド・オニオンを一切れ摘《つま》みあげ、トウガラシ味のピンクのソースにさっとつけたあと、口中に放りこんだ。

「実態はそうでもないさ」カートは言った。冷えた水のグラスに視線を落とすと、彼は黙りこんだ。

トレヴァーが携帯情報端末《ブラックベリー》を取りだし、デュワーズをちびちびやりながら、ホイールを回し、メッセージをチェックしていた。と突然、彼は視線をあげると、いきなり訊いた。「それで、おまえら二人、どうやって知りあったんだ？」

私はひるんだ。運転中に携帯電話が鳴って、愛車のホンダ・アキュラが道を外れて転倒し……なんて本当の話をしたら、私の評判はガタ落ちだからだ。

カートが言った。「車マニアのつきあいからさ」

この男が前にも増して、ますます好きになってきた。

「車だって?」とトレヴァーが言いかけたとき、キャル・テイラーが乱入した。ジャック・ダニエル(バーへ行って、またタンブラーを満たしてきたのだ)から顔をあげると、「ヴェトナムじゃ、きみらの仲間をヘビ食い野郎って呼んでいたな」といきなりカマしてくれた。

「またまたヴェトナムだなんて。テイラー御大《おんたい》の軍隊経験ってやつは、せいぜいニュージャージー州フォート・ディックス止まりだろう」とグリーソンがまぜ返す。

「おきやがれ」キャルはそう唸《うな》ると、ジャック・ダニエルを一気に空にした。「余のはらわたは煮えくりかえっておるぞよ」

「それって、海軍のSEALみたいなもんなのか」フォーサイスが無邪気に尋ねた。バカにしたような笑い声があがり、キャルがテノールで、声を震わせつつ「悲しき戦場」を歌いだした。起立し、背筋を伸ばし、ジャック・ダニエルのグラスをしっかと握っている。「きょう百人をテストした……だが、グリーンのベレー帽を得たものはたった一人にすぎなかった」

「たった三人だよ」とグリーソンが訂正する。

「もう坐《すわ》れよ、キャル」トレヴァーが言った。「そろそろお開きの時間だ」

「余の食事はまだ済んでおらんぞよ」キャルが唸った。

「ほらほら、おやじさん」フォーサイスがそう言うと、みんなでキャルを駐車場まで運んでいった。キャルはその間ずっとギャーギャーと抗議の声をあげていた。彼らはタクシーを呼んでやり、車はあとで必ずウィンチェスターの自宅まで届けるからと請け合っていた。

みなの留守中、カートが私のほうを見ながら訊いた。「どうしてきみたちは、自分のことを〝兄弟の一団《バンド・オブ・ブラザース》〟と呼んでいるんだ。何人か従軍経験者でもいるのか」

「従軍経験者だって？」と私。「ぼくらが？　とんでもない。たんなる愛称だよ。まあ、想像をかき立てるようなネーミングではないけれど。そもそも誰が思いついたのかさえ記憶にないほどだ」

「全員が全員、営業マンなのか」

「ああ、そうだ」

「きみは優秀なのか」

「優秀って、ぼくが営業マンとしてってこと？」

「そうだ」

「ぼちぼちでんな」私は言った。

「たぶん、ぼちぼち以上なんだな」カートは言った。

私はさりげなく肩をすくめた。カートが無言でする身ぶりを真似《まね》たのだ。私には周囲の人間を無意識に模倣《もほう》する癖があった。

とそのとき、トレヴァーの声が聞こえた。「ステッドマンはそこそこ優秀な営業マンさ。だけど成約にはなかなかこぎ着けられないけどね」トレヴァーはそう言いながら、さっき坐っていた席に戻った。「だよな、ステッドマン。ロックウッドとの商談はどうなってるんだ。もう三年目に入るじゃないか。パリ和平協定以来のマラソン交渉になるかもしれんぞ」

「見通しは悪くないよ」私はウソを言った。「それでパヴィリオン・グループのほうはどうなんだい」

パヴィリオン社は、傘下《さんか》に映画館チェーンを持った娯楽グループで、系列館のためロビーに予告編や各種情報を映しだす液晶テレビを大量発注したいと考えていた。

トレヴァーは満足げに笑った。「教科書に載せてもいいほどの成功例さ」と彼は言った。「あちらさんのため、ROI（投資利益率）テストをやってみせたら、レモン味のかき氷の売り上げが一七パーセントも上昇することが分かったんだ」

私はうなずいた。ホンマかいなと目を回さないよう努力しながら。レモン味のかき氷ねえ。

「あした、パヴィリオン・グループのCEOと会うことになっている。まあ、ほんの形だけの面会だがな。契約書にサインする前に、是非、この俺様と握手したいそうなんだ。もっとも、すでに成約済みみたいなものなんだが」

「それは良かった」私は言った。

トレヴァーはカートのほうを向いた。「そうそう、カート。きみらもスカイ・ダイビングをやるんだろ」

「スカイ・ダイビング？」カートは軽く揶揄《やゆ》するような調子をつけて、トレヴァーの言葉をくり返した。「ああ、きみらはそう呼ぶんだな。われわれはもちろん、降下《ジャンプ》と呼んでいる」

「どれほど凄《すご》いやつかね」トレヴァーは言った。「俺もけっこうスカイ・ダイビングじゃうるさいんだぜ。卒業した年の夏、大学時代の友人たちとブルターニュにわざわざ遠征したくらいだ。まったく無茶をやったもんさ」

「無茶？」カートはまずい物でも食ったみたいに、その言葉を吐きだした。

「あんなのはちょっと無かったね」トレヴァーは言った。「すげえスリルを味わったよ」

カートは椅子《いす》のうえで反り身になり、顔をトレヴァーに向けた。「高度三万五〇〇〇フィートを飛行するC－141スターリフター輸送機から、敵の支配地域の奥深くに降下し、イラクのモスル北東七十五キロの地点で潜入作戦に従事したことはあるけれど、その程度では〝無茶〟とは言わない。降下に当たっては、重量一七五ポンドの通信機器や武器・弾薬を携行し、装着している酸素マスクのせいで視界は制限され、胃袋がのどまで上がってくる感じがする。落下速度は時速一五〇マイルにまで到達する」そこでカートは水を一口飲んだ。「それほどの高度だと気温はひどく低くて、ゴーグルが凍りついて割れることもある。寒さで眼球が凍りつくこともある。ほんの数秒で低酸素血症になり意識がなくなることもある。急減速がもたらす外傷性傷害とか、ショックで命を落としたり。自由落下のさい、腕と脚の位置を正しく保たないと、バランスを崩して、きりもみ状態に陥り、そのまま地面に激突する。あるいはパラシュートに不具合が生じることもある。非常に経験豊かな兵士でも、首の骨を折って死んだりすることもある。かてて加えて、敵の対空ミサイルや対空砲火を浴びせられることもある。怖くてクソも出ない。俺は出せるぞ、と言うやつがいたら、そいつは間違いなくウソつきだ」

トレヴァーは真っ赤になり、顔面をはたかれたような顔をした。リッキーが私をちらりと見た。いやあ、いい物を見せてもらいましたよ、とその目は語っていた。

「ともかく」カートはそう言うと、残った水を飲み干した。「ブルターニュが楽しかったことは私も信じるよ」

カートは一夜で人気者になった。

フォーサイスが言った。「なあ、来週も来れるかい」

「分からない」カートは言った。

「きみにはお遊びみたいに見えるんかな」タミネックが言った。

「いいや、そんなことはない」カートは言った。「夜は仕事で忙しいんだ」

「仕事って、何をやっているんだい」とフォーサイス。

私は緊張した。レッカー車の運転手だ、アキュラが側溝にはまって……だが、カートが言ったのは「自動車整備工場を経営する友人がいて、その運転手をやっているんだ」だった。

「われわれはこの好漢のために、是非ともエントロニクス社に仕事を見つけるべきである」とタミネックが言った。

カートはくすくす笑った。「ああ、たしかに」

みなそれぞれに帰宅し、あとには私とカートだけが残った。

「なるほど」彼は『ヘンリー五世』の一節を引用した。「今日ともに血を流すものは〝兄弟の一団《バンド・オブ・ブラザース》〟だ、というわけか」

私はうなずいた。

「気持ちのいい連中かい」

私は肩をすくめた。「気持ちのいいやつもいるよ」

「ずいぶんと競争心が強いように見えたが」

カートが冗談を言っているのかどうか、判断がつきかねた。「かもしれない」私は言った。「ともかく、仕事のうえではね」

「あの、テーブルの向かい側にすわっていたハンサム・ボーイ、たしかトレヴァーと言ったかな、あいつは本物の嫌なやつに思えたが」

「かもね」

「あいつがポルシェでやってくるのを見かけたよ。で、きみの上司は今夜いたのかい」

「いいや、今夜集まった連中は大部分、個人営業主だ」

「個人営業主?」

「ヒラの営業マンだ。私の肩書きはDM、地区《ディストリクト》営業マネジャーだ。トレヴァーも立場は同じだ。担当地区が違うだけだ」

「だが、あいつはきみに競争心を燃やしていたぞ」

「ああ、状況はちょっと複雑でね。われわれはいま、同じポストを狙《ねら》っているんだ」私はカートにエントロニクス社における最近のごたごたや、AM、すなわち地域《エリア》営業マネジャーのポストに空きができたこと、そしてロックウッド・ホテルの商談で私が苦労していることなどをかい摘んで説明した。カートは何も言わずに聞いていた。

話し終えると、カートが言った。「互いに争っていては、部隊の凝集力がはかれない」

「部隊の凝集力?」

「たとえば、特殊部隊では、一チームは十二人で構成されている。A作戦分遣隊だ。通称Aチーム。十二人のメンバーはそれぞれ担当の仕事を持っている。私の担当はエイティーン・チャーリー。エンジニア・サージェントと呼ばれる軍曹だが、ありていに言えば、爆発物の専門家だ。しかも、チームのメンバーは全員、互いに協力しあい、互いに尊敬しあわなければならない。でないと、戦闘態勢《バトル・レディ》には到底入れない」

「戦闘態勢か」企業社会のあれこれを戦争用語でたとえる趣向に、思わず口元が緩んだ。

「兵隊が戦争において、ここで死んでもいい気分になる真の理由を知っているか。愛国心からだ、家族のためだ、祖国のためだ、なんて言われている。そんなことは、金輪際ありえないのだ、兄弟。すべてはチームのためだ。最初に逃げだす人間には、誰もなりたくないのだ。だから、われわれは全員で持ち場を死守するのだ」

「たぶんぼくらは、ひとつの瓶にまとめて放りこまれたサソリの集団に近い気がする」

カートはうなずいた。「そう、たとえば、われわれがアフガニスタンのムサ・カライ郊外で威力斥候をやっていたときのこと。当時、われわれは有志連合に反対する民兵の一派を追跡していた。Aチームの一部が任務を担当し、私が指揮官をつとめていた。GMVは二輛《りょう》だ。非戦術型の車輛だった」

「えっ、GMV？」まったく軍の連中は外国語を話すから困ってしまう。同時通訳がいないと話が通じないことさえある。

「改良型の四駆だ。グラウンド・モビリティ・ヴィークル、地上機動車輛の略だ」

「なるほど」

「突然、私の乗ったGMVが攻撃を受けた。機関銃とRPGが……」カートはちょっと顔をしかめた。「RPGというのは、ロケット推進式榴弾《りゅうだん》の略で、本来は肩にかついで発射する対戦車兵器だ。まあ、ロケット砲の一種だ。つまり、そいつで待ち伏せ攻撃に遭ったというわけだ。攻撃を受けたのは私の乗った車輛のほうで、見事、敵の術中にはまってしまった。そこで私は運転手、ジミー・ドナディオという気持ちのいい戦友にアクセルをいっぱいに踏みこめと命じた。囲みを脱出するためではなく、機関銃陣地にむけて突撃を仕掛けるためだった。上の野郎にはすぐさま反撃しろと告げた。そいつは五〇ミリ機関砲の引き金を引き、ただただ撃ちまくった。機関銃を撃ってくる悪漢どもがその場でばたばた倒れるのが見えた。とそのとき、私のGMVがさらに一発、RPGを食らい、まったく動かなくなった。車輛が燃える。やられるもんかと、M16を掴《つか》むと、車輛から飛びおり、弾倉が空になるまで撃ちつづけた。相手を皆殺しにした。敵は六人いたはずだ」

私は夢中になってカートの話を聞いていた。仕事上で遭遇する最も怖ろしい経験でも、これと比べれば児戯にも等しい。

「で、改めてきみに訊《き》きたい」カートは言った。「これと同じことを、きみはトレヴァーのためにできるか」

「機関銃でトレヴァーを撃てるかだって」私は言った。「時々、そんな空想にふけることがあるな」

「私が言っている意味は、分かっているんだろ？」できるかどうか、確信が持てなかった。とりあえずブルーミン・オニオンをついてみたが、結局口には放りこまなかった。もう脂《あぶら》は、たくさんな気分だった。

どうやら帰り支度にかかったような気配を見せつつ、カートが言った。「ちょっと質問してもいいかい」

「もちろんだとも」

「遠征のさい、われわれの最も重要な武器は常にいつも、インテルだった。敵にかんする情報《インテリジェンス》だ。敵の部隊がどれだけの規模か、野営地はどこか、その他諸々《もろもろ》だ。それで訊きたいんだが、きみたちは潜在的顧客にかんしてどんな種類のインテルを収集しているんだ」

この男はあたまが切れる。怖いくらいだ。「クライアントは敵じゃないよ」と私は面白がった。

「なるほど」カートははにかんだような笑みをうかべた。「でも、きみは質問の趣旨は分かったはずだ」

「おおよそはね。まずは基本的な情報を……」私は数秒間、口を閉じた。「正直に言うと、それほど大層な情報は集めないんだ。われわれはほとんど勘を頼りに生きていると思うことがある」

カートはうなずいた。「もし突っ込んだ情報を入手できたら、役に立たないか？　たとえば、きみが実際はロックウッド・ホテルの担当者から食い物にされているのかどうか確認できたら」

「役に立つかだって。もちろんさ。でも、そんなことを知るよしもなし。それが現実さ。不満がないってわけではないけれど、世の中みんなそんなもんさ」

カートはまっすぐ前方を見つめながら、しきりとうなずいていた。「ロックウッド系列のホテルで以前、セキュリティ関係の仕事をしていた人間を知っている。いまも同じ仕事に就いているかもしれない」

「警備員か何かかい」

カートは笑った。「もっと上のポストだ。本社にいて、会社全体のセキュリティに目を光らせているような。たしかニューヨークだったか、ニュージャージーだったか」

「ニューヨーク州ホワイト・プレインズだ」

「多くの特殊部隊出身者が企業のセキュリティ部門に職を得ている。どうだい、名前と背景知識を教えてくれないか。その、きみが交渉をすすめている担当者の。きみのために役立つ情報を入手できるかもしれない。ちょっとしたインテルだな」

カート・セムコはすでに一再ならず私を驚かせていた。ひょっとすると、特殊部隊をおん出されたこの男なら、ロックウッドの資産管理担当副社長ブライアン・ボークの正体を暴《あば》けるかもしれない、と私は思った。元特殊部隊員が現在、民間企業で働き、互いにネットワークを結んでいるという話はなるほどありそうに思えた。試してみても、悪いことはないだろう。私はブライアンについて、どういう人間であるか、背景を説明するとともに、紙ナプキンに彼の名前を手書きした。カートも電子メールのアドレスは持っていた（最近はみんなそうだ）ので、私はそいつをメモっておいた。

「よーし」カートは立ちあがり、大きな手で私の肩を軽く叩《たた》いた。「心配するな。何か見つけたら、電話をする」

ずいぶんと遅い帰宅になってしまった。エンタープライズ・レンタカーがその日の朝に持ってきたジオメトロから、私は下りた。アキュラの修理が終わるまで、当面こいつの世話になる。ケイトはすでに眠っていた。

就寝前には必ず、まるで儀式のように、会社関係のメールをチェックしていた。夫婦共用のミニ・オフィスでパソコンの前に腰かける。インターネット・エクスプローラが開いたままになっていた。ということは、ケイトがパソコンを使っていたということだ。たわいのない好奇心から、検索履歴を探ってみた。およそありえない話ではあるけれど、もしかしたらケイトがポルノ関係のページをのぞき見していたかもしれない。

そんなことはなかった。直前にチェックしていたのは、公認不動産業者のウェブサイト、リアルター・ドットコムだった。ケイトはマサチューセッツ州ケンブリッジ近辺の住宅を物色していた。どれも安いものではなかった。ブラトル通り周辺の一軒百万ドル、二百万ドルもするような物件ばかりだった。

こいつは不動産ポルノだな。

彼女が物色してまわったのは、うちには全く縁のない、私の収入では到底手の届かない高級住宅ばかりだった。私は気分が悪くなった。ケイトが気の毒になり、また自己憐《れん》憫《びん》にもいささか浸った。

次いで自分のオフィスのメール・ボックスをチェックする。ロックウッド社に私が提示した仮提案書を見つけたので、カートに転送しておいた。そのあと、ずらりと並んだどうでもいいような社内メールの数々(健康診断のお知らせ、求人情報、延々とつづく人事案件など)をすばやく下っていくと、就業時間後にゴーディから送られてきたメールを発見した。

翌朝八時に、私のオフィスに〝立ち寄る〟ように、とゴーディは命じていた。

8

目覚まし時計はいつもより二時間早い午前五時に鳴った。ケイトがうめき声をあげ、寝返りをうち、枕《まくら》であたまを覆《おお》った。できるだけ音を立てないように起きあがると、私は階下へ行き、コーヒー・メーカーをセットし、できあがるまでの時間を利用してすばやくシャワーを浴びた。ゴーディとの面接には、かなりの余裕をもって臨みたかった。早めにオフィス入りし、帳簿類に目を通し、どんな数字を訊《き》かれても即答できるようにしておきたかった。

シャワーを出ると、寝室の灯りが点《つ》いているのが目に入った。ケイトは一階にいて、ピンクのバスローブを羽織ってキッチン・テーブルに向かい、コーヒーを飲んでいた。

「ずいぶん早起きなのね」彼女は言った。

キスをする。「きみも早起きだね。起こしてしまったんなら、ごめんよ」

「ご帰還は遅かったのに」

「ソフトボールの試合があったんだ。忘れたの？」

「その後、みんなで飲みに行った」

「そうそう」

「悲しみに浸るために」

「ところが勝ったんだ。信じられないかもしれないけれど」

「へえ？　初勝利じゃない」

「そうなんだ。まあ、カートってやつのおかげなんだけれど。彼が全員に発破をかけたんだ」

「カート？」

「ほら、例のレッカー車の男だよ」

「へえ？」

「忘れたの。アキュラがおしゃかになったあと、うちまでわざわざ送ってくれた男のことを話したじゃないか」アキュラが勝手におしゃかになったみたいな言いようだった。そうとも、別に私が何かをしたわけではない。

「ああ、海軍のSEALにいた人ね」

「陸軍の特殊部隊だけど、まあ、おおむね合っているか。そう、その男だ。彼はいわば、本物なんだ。ゴーディその他、日ごろタフさを装《よそお》っているニセモノどもが、心底そうなりたいと願うような人間なのさ。あいつらときたら、高級椅子《エアロン》にふんぞり返って、『殺《や》ったの殺られたの』とか『敵を殲滅《せんめつ》しろ』とか、口ばかり達者だけど、この男は現実そのもので、実際、人まで殺しているんだ」

　こうしてベラベラ喋《しゃべ》っているのは、いちばん気になっている問題、二時間後に迫ったゴーディとの面会以外に気持ちを向けたいからなのだろう。それは自分でも分かっていた。大体、今朝の面会についてケイトに伝える心の準備ができているのかさえ、怪しかった。彼女にいったん話してしまえば、たぶんいま以上に追いつめられた心理状態に陥るはずだから。

「そうそう忘れないで。今夜うちで、クレイグやスージーと一緒に夕食をとるんだから。きょうは時間に遅れないでね」

「あれ、今夜だったっけ？」

「もう千回は言っているわよ」

　私はうめき声半分、溜息《ためいき》半分みたいなものを絞りだした。「あの二人、今回はどれだけ長くわが家にいるんだい」

「たった二晩よ」

「どうしてなんだ」

「どうしてって、何が？　どうしてたった二晩なのかってこと？」

「どうしてまた、義姉《ねえ》さんたちはボストンくんだりまでやって来るのかってことさ。ロスは神の住む土地なんだろ。クレイグはいつもそう言ってるじゃないか」

「クレイグが今度、ハーバード大学顧問団のメンバーに選出されて、あしたが就任以来初の会合だからよ」

「どうしてクレイグごときが、ハーバードの顧問団に入れるんだ。やつはいまじゃ、ハリウッド人士だろ？　もうネクタイ一本持っていないと思うね」

「名の知られた卒業生だし、多額の寄付を納めたからよ。ふつうの人が気にするのは、そういうことなの」

義姉《あね》のスージーが初めて出会ったころ、クレイグ・グレイザーは野心満々の貧乏作家だった。雑誌、たしかトライクォータリーとプラウシェアズといったかな、そんなところで短編を二つ三つ発表した程度の駆けだしで、母校で実用作文術を教えることでなんとか生活していた。インテリぶったところが鼻につく人間だったが、スージーはたぶん、彼のそんなところが気に入ったのだ。ただ、〝赤貧のなかでも心は貴族だ〟みたいな生き方をする気はスージーにはさらさらなかった。きっとクレイグは、文学畑にいたんじゃ、そんな夢は金輪際かなわないとごく早い時期に見切りをつけたのだ。そこで義姉夫妻はロサンゼルスへ居を移し、大学時代のルームメートの紹介で、彼は連続ドラマの脚本を書くようになった。やがて「ヘイ！　レイモンド」の一回分を任されたりして、ちょっとしたカネを稼ぎだした。その後、どういう経緯か、このヒット・ドラマの制作を任され、あとはとんとん拍子。信じられないほどの金持ちになって、現在にいたるというわけである。

クレイグとスージーはいまや、そうそう先日ちょっとカリブ海のセント・バースへ〝ピット〟や〝ジョリー〟と休暇旅行に出かけてね、などとほざくようなご身分である。要するに、ブラピのところとは家族同様のつきあいだと言いたいのだろう。スージーはまた、ケイトにハリウッドのゴシップをしょっちゅう吹きこんでいた。どの映画スターがじつは同性愛者であるかとか、どのスターがアル中や薬中のためにリハビリをしているかとか。義姉夫妻はホルムビー・ヒルズに広大な屋敷を構えており、あらゆるセレブと毎晩ディナーに出かけたりしていた。そして、クレイグは自分がいかに大物かを忘れさせまいとして、私にいつもそうした話題をふってくるのだった。

ケイトは立ちあがり、自分のためにさらに一杯、コーヒーを注いだ。「スージーはいい機会だから、イーサンをボストン周辺の見学に連れまわす気でいるわ。この国がいかにして自由を獲得したかを探訪する〝フリーダム・トレイル〟にね」

「彼女は全然分かってないな。イギリス軍の進軍を伝えたポール・リヴィアなんて、あのイーサンはまったく興味を示さないぞ。セーラム魔女博物館なら話は別だが。イーサンが好きそうな、いちばんエグい史跡は決して見せようとはしないだろう」

「ともかくあなたには、姉夫婦と紳士的に接してもらいたいだけ。あなたとイーサンはどこか妙に馬が合うのよね。まったく理解できないけど、でも私は、それをプラスに評価しているのよ」

「しかし、あの二人はなんでまた、わが家に泊まろうとするのだろう」

「それはスージーが私の姉だからよ」

「だって、あの二人はのべつまくなし、文句ばかりたれてるじゃないか。やれ寝室がどうとか、やれシャワーのカーテンがこうとか、シャワーの水がフロアに溢《あふ》れるとか、こんちのコーヒーメーカーはうまく動かないとか、どうしてこの家にはピーツ社のスマトラ・コーヒー豆が常備されていないのかとか……」

「そんな事を言ったって無理よ、ジェイソン。だって、あの二人はより高い生活水準に慣れきっているんだから」

「だったら、フォー・シーズンズ・ホテルにでも泊まるべきだね」

「姉たちは私たちと一緒に過ごしたいのよ」ケイトが断固たる口調で言った。

「クレイグってやつはたぶん、時々小人《しょうじん》どもと接する必要があるんだろう」

「あら、ひどいことを言うのね」

私はシリアル・キャビネットへ行き、食欲をどっと失わせるような、低カロリー/高繊維質の買い置きをあれこれ物色した。「ファイバー・ワン」やカシ社の「ゴーリーン(身体《からだ》すっきり)」などなど、小枝や麻布を連想させる、ぞっとするような絵柄のパッケージを見比べてみた。「ねえ」背中をむけたまま、ケイトに声をかけた。「不動産をチエックしていたみたいだから」

「いったい何のこと？」

「パソコンさ。不動産関連のウェブサイトをあちこち見ていたみたいだから」

返事はなかった。私はまだなんとか食べられそうな絵柄の箱（過酷な選択であった）を選びだすと、嫌々テーブルに運んだ。わが家の冷蔵庫にいま入っている牛乳は、どれもこれも脂肪分を取り除いたスキムミルクばかりだった。脂肪なんて一パーセントも残っていない。スキムミルクなんて大嫌いだ！　そもそも牛乳が青みを帯びていて、いいわけがない。ともあれ、そちらも一カートン、テーブルに持っていった。

ケイトはコーヒー・カップに神経を注ぎ、スプーンでしきりにかき回していた。だが、彼女はコーヒーはいつもブラックなのだ。「女には夢が必要なのよ、でしょ？」ようやくベロニカ・レイクみたいな官能的な声が返ってきた。

悪いことを訊いちゃったなと済まない気分になり、この件はもうそれ以上追及しなかった。私に何が言えただろう。結婚のさい、彼女は私に、もっと多くのものを期待していたはずなのだ。

ケイトと私はそれぞれの友人どうしの結婚式で初めて出会った。そのとき、私たちはお互い、相当に酔っていた。大学時代の友愛会「ＤＫＥ」のころから知っている私の友人が、ケイトといっしょに名門私立のエクセター校にかよっていた女性と結婚したのだった。一家が破産したため、ケイトは高校二年の途中で転校を余儀なくされた。大学は授業料の高いハーバードへ進んだが、それは奨学金をもらえたからだ。スペンサー家の人々はなんとか、外聞を保とうと努力（WASPとしては当然だ）したけれど、最終的に知りあいすべてが真実を知るところとなった。ボストン市内に一族の名を冠した建物が複数あるほどの名門なので、高校最後の二年間、ウェルズリーの公立学校にかようことは、ケイトにとってさぞかし屈辱的だったろう（対する私は、ウースター出身の板金工のせがれであり、一族で初めて大学に進学した人間であり、そもそも私立学校なるものがどんなところか、大学に入るまで知らなかった口である）。

その結婚式で、ケイトとたまたま隣どうしの席となり、私はこのきれいなネエちゃんにたちまち魂を奪われてしまった。教養がいささか鼻につくところがなかったと言ったらウソになるだろう。なにせハーバードで文学修士号を取得し、フランス人フェミニストの著作を片っ端から（もちろんフランス語で）読破している女性である。また見るからに、どだい住む世界が違う人間に思われた。二人ともアルコール漬けになっていなかったら、たぶんケイトは私に関心すら示さなかっただろう。ただその後、本人の証言によれば、私はその結婚式に出席している新郎新婦の友人のなかで、最も見栄《みば》えがよく、愉快で、魅力的な男性に見えたらしい。ううむ、いったい誰が彼女を責められよう。たしかに日々の仕事について熱く語る私を、ケイトは面白がっているように思われた。当時の私はエントロニクス社で営業マンとして働きはじめたばかりで、まだ燃え尽きていなかった。仕事に打ちこむ私に、彼女は好感を持った。〝まるで一陣の新鮮な風が吹きわたったみたいだった〟そうである。クローブ煙草《たばこ》をくゆらし、世のすべてを斜に眺めているような彼女の男ともだちとは、その点が際立《きわだ》った違いに見えたのだろう。たぶん私は人生のマスター・プランについて得々と語ったにちがいない。五年後の自分はいくら稼いでいるとか、十年後にはどうだとか。だが、まさにその点が、ケイトには魅力的に感じられたのだ。彼女が普段つきあっている男たちに比べて、私がより〝リアル〟な存在に見えたのだと本人は語っている。

ケイトは私のうっかりミス——たとえば、彼女のグラスの水を間違って飲んでしまうとか——がまったく気にならないように思われた。テーブルのセッティングにはドライとウェットを区別するルールがあるのよと教えてくれた。正面の皿を中心に、右側に水やワインの湿ったものがあり、左側にパンなどの乾いたものがある。それがあなたの分なのだと。私のヘタくそなダンスもなんら気にしなかった。あら、カワイイと思った、とあとで教えてくれた。三回目のデートで、私は彼女を自分の部屋へと招いた。ラヴェルの「ボレロ」をかけると、それは大いなる勘違いだと笑われてしまった。「ボレロ」という曲の由来や背景なんて、私にはとんと知識がなかった。「ボレロ」というのは、バリー・ホワイトと並んで、女をくどくときに用いる昔ながらのムード・ミュージックなのだと思っていたのだ。

要するに、私は銀のスプーンをくわえて生まれてきた人間ではないということだ。そして明らかに、ケイトが私と結婚したのはおカネのためではなくて（彼女の交際範囲には掃いて捨てるほど金持ち男がいた）、この人なら自分を大切にしてくれると期待したからだと私は思っている。なにしろ当時のケイトは、卒業直後からつきあい始めたある大学教授とのドロドロの腐れ縁を切って、痛手からなんとか回復しかけているところだった。元カレは、やたら態度のでかいイケメンじいさんで、学者としての業績は文句なしというハーバード大学フランス語科の教授だった。しかし、自分以外にも二人の女性と同衾《どうきん》していることに、ケイトは気づいてしまった。彼女がのちに語ったところによると、ケイトは私のことを〝実直な〟飾らない男だと判断したという。女を三股《また》にかける、ベレー帽を被《かぶ》った、銀髪の父親的風貌《ふうぼう》をしたフランス語教授の対極にあるような人間だと。この男はカリスマ・ビジネスマンで、自分のことを死ぬほど好いてくれ、いっしょにいるとホッとした気分になれ、そして少なくとも念願だった金銭的安定を与えてくれると見きわめたのである。安定した生活さえ確保できれば、子供を育て、その合間には芸術的な活動もおこなえるだろう。たとえばガーデニングとか、リベラル・アート方面に強いエマーソン大学でフランス語を教えるとか。それが条件だった。これから二人して子供を三人育て、ニュートンか、ブルックラインか、あるいはケンブリッジに大きな屋敷を構えることが。

だから、ベルモントの低所得者地域にある敷地一〇〇〇平米のコロニアル風住宅に暮らすという現状は、彼女の目論見《もくろみ》とは大いに異なるのであった。

「聞いてくれ、ケイト」私はしばしの沈黙のあと、ようやく話す気になった。「じつは今朝、ゴーディの面接を受けるんだ」

彼女の顔はぱっと明るくなった。もう何週間も、こんな笑顔のケイトを見たことがない。「予約をもう取りつけたんだ。ああ、ジェイソン。すごい進歩だわ」

「でも、トレヴァーに決まりだと思う」

「ジェイソン、そういう後ろ向きの発想をしてはダメよ」

「現実的発想だよ。トレヴァーはずっとあちこちに働きかけてきた。ゴーディに直接報告をあげ、このポストにはトレヴァー・アラードが最適任との声がいかに多いか、アピールして回っている」

「でも、ゴーディはそんな工作はすべてお見通しなんじゃないの」

「かもね。でも、ゴーディはお追従《ついしょう》が大好きなんだ。ぼくには理解を超えているが」

「だったら、あなたも同じことをすればいいじゃないの」

「そんなやり方は大嫌いだ。低俗だし、それにフェアじゃないし」

ケイトは、それもそうねという感じでうなずいた。「まあ、あえてやるまでもないわ。

自分がどれほどこのポストが欲しいか、はっきり示せばいいだけのことよ。オムレツはどうかしら？」

「えっ、オムレツ？」豆腐オムレツなんて料理があっただろうか。たぶんあるのだろう。豆腐いり卵なんてのも、あるのかな。なんか外道《げどう》みたいな料理だが。

「そうよ。あなたにはタンパク質が必要だわ。脂《あぶら》を抑えたカナダ風ベーコンも入れてあげるわね。ゴーディは〝肉食い人間《ミート・イーター》〟の部下が好きなんでしょ」

9

出勤のさい、私はレンタカー屋で借りたジオメトロのスロットにCDを一枚滑りこませた。あらゆる営業マンから神のごとく崇拝されている積極人生の伝道師、自己啓発界の導師《グル》、マーク・シムキンズのオーディオ講話本のひとつだった。私は彼のテープやCDを山ほど持っていた。

いまかかっている『勝者になれ』というCDなどは、もう五百回は聴いているはずだ。私はその一部をかなり長めに引用することができた。一語も違えず、要所要所に力をこめて、〝シムキンズ師〟の歌うような声音、鼻にかかった中西部なまり、師のしばしば突飛で、やや論理的一貫性に欠けた論法まで、見事にマネることができた。顧客に対して「コスト」とか「価格」といった言葉を決して使ってはならない、と師は教えてくれる。「総合投資」と言い換えよと。「契約」という言葉は相手を怯《おび》えさせてしまう。それゆえ「関係書類」とか「趣意書」の語を使え。趣意書への「サイン」をお願いしてはならぬ。書類へは「書き込む」のであり、趣意書は「合意」するのである。だが、最も肝心なのはそうした枝葉ではない。師がその書をつうじてくり返し説いている根本原理とは〝おのれを信じること〟の大切さである。

自分を奮い立たせたいとき、背筋をしゃんとさせたいとき、のどの奥に自信という名のテキーラを注入したいとき、私はシムキンズ師のCDを拝聴する。まるで個人コーチのような存在だ。車内というプライベート空間で、私はみずからに発破をかけた。なにせこれからゴーディとの面接に臨むのだ。ともかく自分を信じる気持ちをありったけ総動員する必要があった。

フレーミングハムに到着するころ、私はカフェイン漬けになっていた（特大級の旅行用ポットを持参していた）。心身ともに興奮ぎみで、なんでも来いという気分だった。駐車場から社屋に向かう途中、特に気に入っているシムキンズ語録の一節をマントラのように唱えた。「おのれを百パーセント信ぜよ。されば皆こぞって、きみに従うだろう」

こういうのもある。「良いことしか予想するな」

こういうのもある。「依《よ》るべきものは、自分が何度成功したかだ。失敗や努力が成功より多ければ、それだけ成功の確率は増す」。最後のやつは、なにやら禅の公案のように聞こえる。その奥義《おうぎ》をなんとか極めようと、過去何度か挑戦したけれど、いまだ完全な理解には至らずじまいである。それでも、セールス・トークに入るさい、私は心のなかでこの言葉を必ず反芻《はんすう》している。するとなぜだか、気分が不思議と落ち着くのだ。

鰯《いわし》の頭も信心からだ。

ゴーディはオフィスの外で、私に二十分ないし二十五分のお預けを喰らわせた。彼はいつも他人を待たせる。それこそまさに上級者の特権なので、もう慣れるしかない。窓越しに、ゴーディのすがたが見える。ヘッドセットを装着し、荒っぽく身ぶり手ぶりを交えながら、部屋のなかを行ったり来たりしていた。ゴーディの秘書、メラニーの脇《わき》にある空っぽの小部屋《キュービクル》に、私は坐《すわ》らされていた。メラニーはやさしい顔の美人で、背が非常に高く、茶色の髪を長くのばし、私より二歳年長だった。ごめんなさいね、とメラニーはくり返し謝っていた。ボスがあえて待たせている客への謝罪が、もっぱら彼女の職務内容であるかのように。そして、コーヒーはどうかと訊《き》いた。いいえ、結構ですと私は答えた。これ以上カフェインを摂取したら、衛星軌道まで飛んでいってしまいそうだった。

昨夜の試合はどうでした、とメラニーが尋ねたので、わがチームがいかに勝利したかを縷々《るる》説明した。ただ、助《すけ》っ人《と》については詳細に触れなかった。次にメラニーはケイトのことを訊いたので、こちらも彼女の夫のボブや、三人のかわいい、いまだ幼い子供たちについて質問した。そんなふうに数分間、たわいのない話をしていると、メラニーの電話が鳴りだした。

八時三十分近くになって、ゴーディのドアがようやく開き、突進するような足取りで彼が出てきた。切り株のような両腕が、私に向かって両側から伸びてくる。どうやら熱烈な抱擁《ベア・ハグ》で歓迎してやろうという趣向らしい。なるほどゴーディは小熊《ベア・カブ》に似てなくもなかったし（唯一《ゆいいつ》の違いはかわいくないことだが）、他人を抱きしめるようなスキンシップが元々好きなタイプだった。ハグを試みないときは、相手の肩に手をかけて、親密さを演出した。

「ステッドマン」彼は言った。「どうしてる、相棒」

「やあ、ゴーディ」私は言った。

「メラニー、相棒のステッドマンにコーヒーか何かを持ってきてくれ」

「飲み物についてはすでにお訊きしました、ケント」メラニーが彼女の小部屋からすがたを見せて、そう言った。オフィス内でゴーディをファースト・ネームで呼べる唯一の人物、それがメラニーだった。残りのわれわれは、ゴーディにそもそもファースト・ネームがあったことさえ、ほとんど忘れている。

「水はどうかな」ゴーディは言った。「コーラは？　スコッチはどうだ」そこで首をふると、大口を開けてワライカワセミのような奇声を発した。

「スコッチのオンザロック、という響きは最高ですね」私は言った。「まさに朝食のチャンピオンだ」

ゴーディはまた、けたたましい笑い声をあげると、私の肩にぐるりと片腕を回し、広大無辺な自分のオフィスへと拉致《らち》していった。床から天井まである一面の窓には、真っ青な海とヤシの木が映っていた。完璧《かんぺき》な白砂に、押しよせる波が砕けている。実際、目を見張るような光景で、自分がフレーミングハムにいることをしばし忘れてしまうほどだった。

ゴーディは人間工学にもとづいて設計された最高級のオフィス・チェアに身を沈めると、体重を後方に傾けた。その向かいの椅子《いす》に腰かける。ゴーディのデスクは黒大理石でできていた。笑ってしまうほど大きな長方形をしており、彼はその表面をやたらすっきりと保っていた。どこか不健康な潔癖感をうかがわせた。天板に載っているのはエントロニクス製の巨大な三〇インチ薄型液晶モニターと青色のフォルダーだけ。たぶん後者の中には私にかんする個人ファイルが入っているのだろう。

「さ・て・と」ゴーディは長い、満足げな溜息《ためいき》をついた。「おまえさん、昇進が望みだそうだな」

「はい」私は言った。「やる気満々です」

〝おのれを百パーセント信ぜよ。されば皆こぞって、きみに従うだろう〟と口に出さずにマントラを唱えた。

「そう言ってくると思っていたよ」ゴーディは言った。その声には揶揄《やゆ》するような響きはなかった。本心からそう思っているようで、そのことが私を驚かせた。ゴーディは小さな茶色い目を、私にぴたりと据えた。バンド・オブ・ブラザースの誰か、お茶坊主《ぼうず》のような〝トレヴァー・グリーソン組〟以外の誰かが、このゴーディの目についてビーズのようだとか、フェレットみたいだとか言っていたけれど、いま改めて見てみると、暖かみのある、情けもある、誠実そうな目に思えてくるから不思議である。ゴーディの目は、眉毛《まゆげ》の下の窪《くぼ》まったところにあって、クロマニヨン人を連想させた。頭部は大きく、二重顎《あご》で、照りをつけたハムみたいなその赤ら顔の両頬には、深々とにきびの痕《あと》が刻まれていた。焦《こ》げ茶色《ちゃいろ》の髪の毛（ジャスト・フォー・メンで染めたのだろうが、うまく行ってなかった）は、額から後方になで上げられ、段々にカットされていた。まだ小学校にかよっていた、手足の短い子供時代のゴーディが、いったいどんな風貌《ふうぼう》をしていたのか、時おり想像できることがあった。

彼は身を前に乗りだすと、私のファイルの検討に入った。読むとき、唇がかすかに動く。太く短い指でページをめくるたびに、装飾文字を施したカフスボタンがきらりと光った。ゴーディが身につけているものには、すべてに装飾文字が入っていた。ケント・ゴードンを示す巨大な「ＫＧ」の二文字である。

本人の目の前でわざわざファイルを点検するなんてマネは、私を怯えさせる以外に、何の目的もないはずだ。そんなことは百も承知だ。そこで黙ってマントラを唱えることにした。〝良いことしか予想するな〟と。

ゴーディのオフィスを見回してみる。部屋の隅、グリーンを模したパッティング・マット横のマホガニー製スタンドにはゴルフのパターが立てかけてあった。サイド・キャビネットの棚にはタリスカー十八年物シングル・モルトのビンが一本置かれている。自分はこのスコッチしか断固飲まないのだとゴーディはしきりに自慢した。もしそれが本当なら、ゴーディはタリスカーの世界的供給量を左右するほどの影響力を持っているはずだ。なにしろ、彼は浴びるようにウイスキーを飲んだから。

「おまえさんの年間成績には悪いところがないな」ゴーディは言った。

彼からすると、これはべた褒めに近い評価だった。「どうも」と私は応じた。視界のなかで、目もくらむような真っ白い砂浜に、打ちよせる波が砕け散り、ヤシの木がかすかな風になぶられ、カモメが旋回していたかと思うと、紺碧《こんぺき》の海に飛びこんだ。ゴーディがオフィスの窓に設置しているのは、エントロニクス社の最新QD－OLED（量子ドット有機発光素子）を使った薄型モニターのプロトタイプである。名称は「ピクチャースクリーン」。解像度、発色性は完璧といってよかった。このシステムには全部で十二パターンのループ映像が入っていて、順次切り替えることが可能である。どの映像もゴーディのオフィスから実際に見える駐車場の景色より、はるかに増しなものだった。

ゴーディは海が大好きだ。自分でも全長一三メートルの双胴艇スリップストリーム号を保有しており、いまもそのヨットはクインシー・マリーナに係留されていた。そのため彼のオフィスの背景映像はつねに大西洋か、太平洋か、カリブ海の風景だった。ピクチャースクリーンは文字どおりディスプレー技術の一時代を画する大発明で、エントロニクス社の宝といえた。どんなサイズのものも製造でき、スクリーン自体の柔軟性が高いため、ポスターのように丸めることも可能だ。これほど質のよい、切れのある映像を映せるスクリーンはほかに見あたらなかった。わが社の顧客や潜在的顧客がゴーディをオフィスに訪ねてくると、みな例外なしに息をのんだ。つまり、このゴーディという上司はたんなる威張り屋のろくでなしではないということだ。ただ、こうして早朝のオフィスに入って、真昼のカリブ海の陽光に出会うと、いささか奇妙な感じを禁じ得ないけれど。

「三年前には年間最優秀営業マンにも選ばれているな、「ステッドマン」ゴーディは言った。「ほう、四年連続でクラブ入りも果たしている」と軽く口笛を吹いた。「グランド・ケイマンは気に入ったかな？」

ケイマン諸島は、わが社の最優秀営業マンがご褒美に行かせてもらえるリゾート地のひとつである。「ダイビングには最高のところでした」私は言った。

「さぞや豪勢なダイビングだったろう」ゴーディは首を後方にやや傾けると、口を開け、しゃがれ声で言った。

「自動歪《ゆが》み補正のプロジェクト式ディスプレーをUPS社に売りつけた手並みには感心したよ。向こうさんは画像圧縮技術を望んでいたが、うちには期待に添うような圧縮技術がなかったからな」

「私がUPSに売ったのは、将来にかけての互換性です」

「ドッカーン」ゴーディはそう叫び、しきりとうなずいている。

これはゴーディが他人に祝福を与えるときの常套句《じょうとうく》だった。今日のゴーディはなにやらひどく上機嫌で、そのことが逆に私を不安にさせた。今日もまた、いつもと同じように面罵《めんば》されると覚悟していたからだ。

「モルガン・スタンレーの件はどうなっている」

「RFP（提案依頼書）はいちおう出来ているそうなんですが、正式な話は伝わってきません。内部の調整が必要だそうで。当面はお預け状態です」

「上等じゃないか」ゴーディは言った。「好条件を求めて、ライバル各社を競わせようって腹だな。そんな碌《ろく》でもないRFPは突っ返してしまえ」

「そうそう向こうの思いどおりにはさせません」

ゴーディの口の端がくいっと持ちあがり、狡猾《こうかつ》そうな笑みがうかんだ。

「それから、フェデックスの件もまだ片づいていないようだが」

「フェデックスは同社の中央配送センターのため液晶式プロジェクターの大量発注を検

討中です。天候その他、あらゆる要因を二十四時間、週七日間、常時表示できるシステムに向けたものです。そこでメンフィスの中央配送センターへ直接乗りこんで、実演してみせました」

「それで？」

「根ほり葉ほり質問攻めにあいました。フェデックスは現在、ソニー、富士通、NEC、そしてわが社と交渉をすすめています。四社入り乱れての混戦状態です」

「メーカー側がどこまでのめるか、最低ラインを見極めようって魂胆だな。間違いない」

「私は品質と信頼性を前面に押し出して売り込みに当たっています。長期的観点からみるなら、うちがどこよりも上ですと。わが社が受注する可能性は三〇パーセント前後といったところです」まったく妄想もいいところの数字だな。

「そんなに高い確率か？」

「私の感触ですが。ただ、厳密な予想ではありません」

「アルバートソンはダメだったんだな」ゴーディは悲しげに首をふった。アルバートソン社は全米第二のスーパーマーケット・チェーンである。数千店のスーパー、ドラッグストア、ガソリンスタンドを傘下《さんか》にかかえ、そのかなりの店舗にデジタル表示装置を設置したいと考えていた。それはつまり、すべてのレジに一五インチの液晶モニターを取り付ける（そうすれば精算を待つあいだ、客がレジ脇でナショナル・エンクワイアラー誌のゴシップ記事を立ち読みしたあと、ふたたびマガジンラックに戻す手間もいらない）とともに、店舗内のあちこちに四二型プラズマ・テレビを並べることを意味した。同社ではこれを、「ストア規模のネットワーク」と呼び、その目的は「訪れるすべてのお客様に関連情報や問題解決のためのちょっとしたヒントを提供すること」にあると豪語していた（ぶっちゃけた話、どの〝情報〟も宣伝広告の域を出ないのだけれど）。そもそも着眼点が秀逸なうえ、アルバートソン側は機器類の導入にいっさい自腹を切らずに済むという点が、このアイデアの味噌《みそ》である。サインネットワーク社という中間業者がすべての機材を代わりに購入し、各店舗に設置してくれるのだ。各種ディスプレーに映されるデータはすべて、ウォルト・ディズニーの映画関係とか、コダックや紙おむつのハギーズなどの広告ばかりである。私はこれまでアルバートソン、サインネットワーク両社と交渉をすすめ、わずかな出費で最大限の効果をあげることの利点を売りこんできた。しかし、ダメだった。

「彼らはNECと組むことになりました」

「どうして？」

「本当の理由をお知りになりたいですか？　ジム・レタスキーのせいですよ。NECのトップ営業マン。彼はサインネットワーク社に深く食い込んでいます。なので、同社は

NEC以外とは端《はな》から交渉する気がありませんでした。連中はレタスキーが好きなのです」

「レタスキーのことは知っている」

「気持ちのいい男です」私は言った。残念なことに。なにしろ彼にはこれまで、あまりに多くの油揚げを横からかっさらわれてきたのだから。レタスキーのことを憎めたら、どんなに良かっただろう。だが、二年前のコンシューマー・エレクトロニクス・ショーで実際に出会った生《なま》レタスキーは、本当にいいやつだったのだ。やはり、人は自分が好感をいだく相手からモノを買いたがるのだ。この私でさえ、一緒に飲んだあと、あやうくNEC製プラズマ・テレビを大量発注しそうになったほどなのだ。

ゴーディはふたたび黙りこんだ。「そして、ロックウッド社の一件だが。こいつも腐れ縁みたいなずるずる交渉なのか。おまえはここでもまた、お預けを食っているのか」

「分かりません」

「だが、いまだに諦《あきら》めてはいない。そうだな」

「諦める？　この私がですか」

ゴーディは笑った。「簡単に諦めるのは自分の流儀じゃない、ということか？」

「ええ、もちろん」

「では、訊《き》かせてもらおう、ステッドマン。個人的問題にまで踏みこむが、悪意とは受け取らないでほしい。おまえ、結婚生活に問題をかかえているのか」

「私がですか?」と首をふる。最大限の努力をしたが、顔面に血が上ってしまった。

「私たちはこれ以上ないくらいうまく行っています」

「かみさんが病気だとか、そういうことはないのだな」

「いたって健康ですよ」まるで、健康じゃ悪いみたいじゃないか。

「あるいは、おまえ自身が癌《がん》にかかっているとか」

私は軽く笑みをうかべ、穏やかな口調で言った。「私の健康に問題はありません、ゴーディ。でも、ご心配は感謝します」

「だったら、一体全体、おまえさんの問題は何なんだ」

私は口を閉じ、解雇されずに済むには、どんな答えが最適かと、あたまをひねった。

「なるほど四年連続でクラブ101のタイトルを維持している。だが、今後はどうなんだ。いずれはリッキー・フェスティノの道か」

「どういう意味です?」

「成約までこぎつけられない軟弱営業マンだ」

「私は違いますよ、ゴーディ。年間最優秀営業マンになったこともあります」

「プラズマも、液晶も、大いに売れた時期だった。上げ潮のときは、すべてのボートが浮かぶものだ」

「私のボートは誰よりも高く上がりました」

「おまえさんのボートはいまでも沖にこぎ出せる代物《しろもの》か？　肝心な点はそこだ。昨年の実績を見てみろ。そうだろ？　おまえは壁にぶちあたりつつあるのではないか。俺はいま、そう考え始めている。営業マンには時おり、キャリアのどこかの時点で、たまたまそういう状況に陥るものがいる。なぜかやる気をなくしてしまうのだ。おまえさんの腹の中はどうだ。いまでも炎が赤々と燃えているか」

胃酸の逆流という症状があるけれど、私がいま感じているのは、きっとそれだろう。

「いまもガンガン燃えつづけてますよ」私は言った。「依《よ》るべきものは、自分が何度成功したかだ。失敗や努力が成功より多ければ、それだけ成功の確率は増す——というじゃないですか」

「マーク・シムキンズみたいな腰抜けの世迷《よま》い言《ごと》など聞きたくもない」ゴーディはにべもない。「あの男は大ウソつきだ。失敗が多ければ、それだけ得意先を逃すだけだろうが」

「彼はそういう意味で言ったのではないと思いますよ、ゴーディ」と私は言いかけた。

「良いことしか予想するな！」ゴーディはマーク・シムキンズの物まねが思った以上にうまかった。子供番組「ミスター・ロジャーズ・ネイバーフッド」の近所のおじさん風なホストと、神を熱く語るテレビ伝道師のビリー・グラハム師を足して二で割ったような趣（そんなものが想像できたらばの話だが）があった。「われわれが住むこの現実世界では、日々襲ってくるクソ暴風雨を予想して、ゴムびきポンチョと防水オーバーシューズで全身を固めておかねばならぬのだ、分かるか。腰抜けどもの世界とは違うのだ。現実世界とはそうやって動くのだ。いいか、おまえとトレヴァー・アラードとブレット・グリーソンはいま横一線で互いに競いあっているのだ。誰がより大きな数字をあげるか、見てやろうじゃないか。誰が出世の切符を手に入れるのか、そして誰が過去の遺物と化すのかをな」

過去の遺物か。私は言った。「トレヴァーは昨年、運が良かっただけです。担当のハイアット・ホテルがたまたま大規模調達に着手したのです」

「ステッドマン、俺の話を聞くときは、しっかり聞かんとな。運は自分で作るもんだ」

「ゴーディ」私は言った。「あなたはこの一年、トレヴァーによりよい顧客を担当させました。でしょ？　トレヴァーには百パーセントの、混じりっけのないチョコレートを与えた。私のチョコには、真ん中にピンクのココナッツが入っているのに」

ゴーディはいきなり視線をあげた。フェレットを思わせるその両眼が光った。「そしてオゾン層には穴があき、おまえさんは産院で取り違えられ、何をするにも言い訳を並べ立てる人間になったというわけか」ゴーディの声はどんどん大きくなり、最後は絶叫モードになった。「ならば教えてやろう。いま東京から碌でもないクソ要求が降ってこようとしている。ところが、それがどんなタイプのクソなのか、われわれには皆目見当がつかんのだ。だから、いいか、俺がここでうっかり使えない無能人間を昇進させでもしたら、この俺様のケツが危うくなるんだ！」

言い返してやりたくて堪《たま》らなかった。はいはい、そもそもこんな愚かな昇進話なんか望むべきではなかったんですね。自分のちっぽけな望みは、家に帰って、ステーキを食べて、女房と一発いたすことだけですと。しかし、私は突如として気づいてしまった。なんてことだ！　私はこのポストが欲しくてたまらないのだ。たぶん実際の仕事よりも、それを手に入れるまでのプロセスに、参加したくてうずうずしてきたのだ。私は言った。

「私を昇進させてもミスにはなりません」

ゴーディはふたたび笑った。その邪悪なほくそ笑みが、虫酸《むしず》が走るほど嫌だった。

「現状をひとことで言えば、適者生存ということだ。分かったか」とゴーディ。

「ええ、それはもう」

「だが、進化には時として、ちょっとした手助けが必要だ。それこそが、俺の仕事だ。いちばん適した人間を、この俺様が選別するのだ。弱きものは断固淘汰《とうた》する。しかも、いいか、このポストを手に入れた暁には、今度はおまえが、他人のクビを切る権限を手に入れるのだ。育ちの悪いものは間引く。余計な重みで船が沈まぬように、無用なものはさっさと海に棄《す》てる。ステッドマン、おまえ、フェスティノのクビが切れるか」

「まず、彼を〝プラン〟の対象者にします」成績査定プランの対象者にするとは、もっと頑張らないと、きみには辞めてもらうことになるぞと本人に通告する社内プロセスである。通常はいくつかの書類手続きを経て、解雇へといたるのだが、時には本人しだいで状況を逆転させる可能性もなくはなかった。

「やつはすでにプランの対象者だ、ステッドマン。育ちの悪い苗だ。そんなこと、おまえだって知っているはずだ。さて、そこでだ。もし仮にこの管理職ポストに就任したら、おまえさんはフェスティノのケツを蹴《け》りあげ、会社から叩《たた》きだすことができるのか」

「もし、そうせざるを得ない事態が生じたのなら」

「チームの誰かがしっかりプレーしないときは、戦力外通告をするしかあるまい。一カ所弱いところがあると、全体がそこから崩れていく。俺もその全体に入っているんだ。忘れるな。『TEAM』という単語のどこにも『わたし《I》』などないのだ」

〝たしかに「I」があるのは「IDIOT」（まぬけ野郎）の中だし、「あなた《U》」があるのは「STUPID」（愚かもの）の中さ〟

と内心では思いつつも、私はしきりに感心したように、ただただうなずいた。

「分かるか、ステッドマン。きさまには感傷に浸っている暇などないのだ。業績をあげるためなら、自分のばあさんを突きとばしてバスに轢《ひ》かせるくらいの覚悟が必要なのだ。アラードなら、そうするだろう。アラードにはそれが分かっている。グリーソンだってそうだ。で、おまえはどうなのだ」

もちろん私だって、トレヴァーのばあさんを突き飛ばすぐらい平気の平左だった。ばあさんでなく、トレヴァー本人だって、いっこうに構わない。グリーソンだって同様だ。

私は言った。「私の祖母はもう亡《な》くなりました」

「ステッドマン。おまえ、俺の言っている意味がホントに分かっているのか。自力で荷物を運ぶことと、他人にやる気を起こさせ、自分のために働かせることとは、雲泥《うんでい》の差があると言っているのだぞ」この〝荷物を運ぶ《キャリング・ア・バッグ》〟という言い回しは、物を売ることを意味する業界用語だった。

「分かっています」

「本当か？　本当におまえの腹の中では炎がガンガン燃えているのか？　おまえに果たして、闘争本能《キラー・インスティンクト》はあるのか。一段と高い売り上げ目標を掲げて、チーム全員にやる気を起こさせることが、おまえに本当にできるのか」

「必要なことを如何《いか》になすべきか、私はすべて承知しています」

「では、聞かせてもらおう、ステッドマン。おまえ、きょうはどんな車で会社にやってきた、車種を言ってみろ」

「ええと、今朝はレンタカーを利用し……」

「いいから車種を答えろ。どんな車で出社したんだ」

「ジオメトロです。ですが、これには訳が……」

「ジオメトロだあ?」ゴーディは言った。「なんとGM系列で、しかも最も安いジオの、それもメトロに乗ってやってきたというのか」

「あの、ゴーディ」

「さあ、大声で言ってみろ、ステッドマン。『私はきょうジオメトロに乗って出社しました』と」

「たしかにそのとおりです」

「ほら、言ってみろ、ステッドマン」

私はハアーと大きく息を吸った。「私はきょう、ジオメトロに乗って、出社いたしました。なぜなら……」

「よーし。次はこう言うんだ。『そしてゴーディはハマーで出社しました』となる。分かるか?」

「あの、ゴーディ」

「さあ、言うんだ、ステッドマン」

「ゴーディはハマーで出社しました」

「そのとおり。ほら、何かが分かってきただろう。次に腕時計を見せてみろ、ステッドマン」

私はつい視線を落としてしまった。まあまあの見栄《みば》えのフォッシルで、プルデンシャル・モール内の時計屋で百ドル前後で購入したものだ。気が進まなかったけれど、ゴーディに見えるように、左手を掲げた。

「俺の時計を見てみろ、ステッドマン」ゴーディはそう言うと、左手首を翻《ひるがえ》し、ワイシャツの袖口《そでぐち》をすばやく持ちあげ、大振りの派手なロレックスをどうだと誇示した。金とダイヤモンドがちりばめられ、文字盤にはさらに三つの小型の文字盤が付いている。品のないデザインだなと思った。

「いい時計ですね」私は言った。

「さて、次は俺の靴を見てみろ、ステッドマン」

「おっしゃりたいことは、よーく分かりました、ゴーディ」

そこでゴーディは視線をあげて、ドアのほうを見た。部屋の外にいる人間にむけて親指をぱっと持ちあげて、合図を送った。そちらに目をやると、トレヴァーが外を歩いていた。トレヴァーが私にほほえみかけたので、私もほほえみ返した。

「本当に俺の言いたいことが分かったのか？　どうもいまいち確信が持てんが」ゴーディは言った。「現在、営業部隊の上位六割の人間はそれぞれ、OTE分の働きをしている」ここでいうOTEとは、基本給に歩合給をプラスした実収入のことだ。「この六割のうち、もらった報酬以上の実績を上げているものがいる、分かるな。いわゆる〝クラブ〟だ。その中にはさらに、抜群《ハイオクタン》の業績をほこる営業マンがいる。群れの出世頭、肉食い営業マンだ。トレヴァー・アラードのような。ブレット・グリーソンのような。おまえは肉食い営業マンか、ステッドマン」

「ミディアム・レアでお願いします」私は言った。

「おまえに闘争本能はあるのか」

「わざわざ質問するまでもありません」

ゴーディは私を睨《にら》みつけた。「だったら、示してみろ」彼は言った。「今度会ったとき、担当する大口取引のうち、どれかひとつでもまとめあげたという話を聞きたい」

私はうなずいた。

ゴーディの声は静かな、抑え気味なものに変わった。「分かるな、俺にとって、ＢＨＡＧがすべてなのだ、ステッドマン」ゴーディが「ビー・ハグ」と発音するこの略号は、〝大きくて、困難で、大胆な目標《ビッグ・ヘアリー・オーディシャス・ゴール》〟の頭文字をとったものである。どこかで読んだ記事のなかに引用されていた、なんかの本の一節がその元ネタだったが、ゴーディはこの略号をいたく気に入っていた。「ＢＨＡＧを一件、まとめあげる能力がおまえにはあるか」

「途方もなく大きな、途方もなく困難な契約を、ですね」ええ、私だってＢＨＡＧの何たるかぐらいは理解してますよと伝えることだけを目的に、私は返答した。「もちろんですとも」

「おまえは試合のために試合をするタイプか、それとも勝つために試合をするタイプか」

「勝つためです」

「うちの会社のモットーは何だ、ステッドマン」

「未来を発明する《インヴェント・ザ・フューチャー》――です」この英語がいったいどういう意味なのかは、誰も知らなかった。われわれみたいな営業マンに未来を発明しろというのだろうか。東京の、外部のものにはうかがいしれない、本社の内奥《ないおう》で発明されたものが、そのままわれわれのところへ送られてきて、さあ売るんだと言われているのが現状なのに。

ゴーディは立ち上がり、私とのちょっとした面接はこれで終わりだ、ということを態度で示した。私も立ち上がった。すると、ゴーディはデスクを回ってきて、私の肩に手を置いた。「おまえは優秀な人間だ、ジェイソン。じつに優秀な人間だ」

「ありがとうございます」

「だが、Gチームに加わわれるぐらい優秀なのか？」

数秒間、あたまをひねって、ここでいうGとはゴーディの頭文字らしいと判断した。

「ご存じではありませんでしたか」私は言った。

「闘争本能《キラー・インスティンクト》を見せてみろ」ゴーディは言った。「自分は獲物を殺して、それを喰らう側にいるのだということを、実績によって示すんだ、ジェイソン」

よろめく足でゴーディのオフィスを出て、自然光のもとに帰ってくると、メラニーが同情するように微笑《ほほえ》んでくれた。なるほど、きょうの自然光は薄暗く、空は曇っており、外では雨が降りはじめていた。でも、偽《にせ》のカリブ海よりははるかに増しだった。私は現実世界のほうが好きである。

自分のオフィスに戻る途中、携帯電話のスイッチを入れた。テンポのよい、急《せ》かすような調子の着メロが鳴ったので、メッセージが入っていることが分かった。電話の相手先を確認するが、番号に思い当たるふしがない。ヴォイス・メールを聞いてみたけれど、最初はいったい誰の声か判別できなかった。「ようジェイソン」と低い声が話しはじめた。「ロックウッド・ホテルの例の男について耳より情報を入手した」

カート・セムコだった。

オフィスに到着すると、私はカートにおり返し電話を入れた。

10

「そいつの名前はブライアン・ボークに間違いないな」カートは言った。

「ああ」とりあえずそう答えたものの、ゴーディの心理的精神棒に思いっきり叩《たた》かれたマヒ状態から、いまだ回復できずにいた。

「知りあいはまだ、ロックウッド社のセキュリティ部門で働いていたよ。私のためにちょっと探りを入れてくれた」カートは言った。「それで、こんなことが分かった。きみの言ったブライアン・ボークと彼のフィアンセは最近、アルバ島から帰ってきたばかりだ。これは間違いないかな」

「そうだったかな？」たしかボークは一週間から十日ほど、社を留守にするとは言っていた。だが、記憶は定かではなかった。「たしか、かみさんと二人でヴァージニア州ヴィエナへ行くと言っていたような」

「往復ともファースト・クラスだ。五つ星のホテルに投宿している。で、旅費・宿代のいっさいを払ったのは、いったいどこだと思う」

「さあ？」

「日立だ」

話がのみこめるまで、私は数秒間黙ってしまった。「クソ！」私は言った。

電話のむこうで、カートがゆっくりとした、しゃがれた声で笑っていた。「きみがずるずるとお預けを喰わされている理由は、それで説明がつくかもな」

「言えてるな。しかも彼は、もう一年も、この契約をエサにこちらをたばかっていたわけだ。まったく、なんか段々腹が立ってきたよ」

「強欲な男らしいな」

「当然、気づくべきだったのさ。結局、彼はスーパーボウルの入場券やら、ぼくから引き出せるものがまだあったから、それでただ関係をつづけていただけなのだろう。たまの逢瀬《おうせ》を楽しむ愛人にすぎなかったわけだ。なにしろ、日立という立派な本妻がいるのだから。どのみち、彼はうちから何も買うつもりはなかったんだ。分かったよ。ありがとう、カート。少なくとも、その点が知れただけでも収穫だ」

「いいってことよ。それで……この一件をきみはどうするつもりなんだ」

「成約か、しからずんば諦《あきら》める。それが業界のルールだ。諦めて、次の顧客を探すよ」

「私の考えは違う。どうして諦めて、次の顧客を探すのか、私には理解できない。なぜなら、きみがおそらく知らないことが、ほかにもあるからだ」

「たとえば、どんな」

「どうもロックウッド・ホテルには顧客もしくは納入業者から百ドルを超える贈り物を受けとることを禁止するという内規があるらしいんだ」

「そんな内規があるのか」

「だからこそ、私の知りあいがこの一件について知っているわけだ」

「つまりボークは厄介な立場に置かれている、という意味か」

「まだそこまでは行っていない。でも、調査はすでに着手されている。今回のアルバ島への小旅行の費用は優に五千ドルないし六千ドルに達するそうだ。となると、社の内規に触れるんじゃないかな」

「それできみは、ぼくにどうしろと。ボークを脅迫しろとでも」

「そんなことは言っていない。きみなら、彼を倫理上のジレンマから救いだすためちょっとした手助けができる、彼が誘惑に負けないようにしっかり善導してやることができる、つまり、ボークを……改心させられるんじゃないか、と言っているだけだよ」カートはまた、くすくすと笑っていた。「それですべてが解決するってわけさ」

「でもどうやって？」私は訊《き》いた。

ブライアン・ボークにさっそく電話をしたが、ヴォイス・メールしか返ってこないので、可及的速やかに連絡を請《こ》うと再度要請しておいた。

返事を待つあいだ、私は着信メールのチェックをやり、例によって無意味な社内通知のあれこれを飛ばし読みしていた。ふと、あるメールの見出しが目を引いた。いつもだったら無視してしまう求人情報だった。なにせ私は、この会社にすでに職を得ているのだし、営業部がらみの求人話なら、社内公告が出るよりはるか前に、こちらの耳に入っているからだ。しかし、今回の告知は、社のセキュリティ部門からのもので、しかもきょう出たばかりのほやほや情報だった。

さっそく目を通してみた。「施設の物理的安全確保や、保安面、医学面、爆弾、火事などあらゆる緊急事態への迅速な対応など、さまざまな任務をこなせる人材を求む」とあった。「資格面で必要なのは、高校の卒業証書、もしくは同等の学力保証、すぐれた意志疎通《そつう》能力、保安要員にふさわしい身体能力」とつづく。候補対象としては、「最近、軍隊生活を送り、憲兵や……指揮官などの経験を持っており、銃器の取り扱いに慣れていれば、さらによし」とある。

試合後アウトバックで祝杯をあげたとき、タミネックが言っていたことを思い出した。「われわれはこの好漢のために、是非ともエントロニクス社に仕事を見つけるべきである」

興味深いアイデアである。

私はこの求人情報を、新しく名前をつけてメールボックスに保存した。

ブライアン・ボークの返事をこのまま漫然と待っているのも芸がないので、私は立ち上がって両脚を伸ばした。そのあと、廊下を足早にすすみ、用件をひとつ片づけに行った。じつは二日後にやらねばならないデモがあり、その準備をしているテクニカル・マーケティング・エンジニアのフィル・リフキンに会いにいったのだ。

フィルは典型的なAVおたくで、うちの事業部でも最高の技術屋といってよかった。しかも日々研鑽《けんさん》に努めており、いまではエントロニクス社が製造するすべての液晶プロジェクター、液晶テレビ、プラズマ・テレビに通じていた。彼は営業部隊をサポートし、どんなバカげた質問にも答え、最新の製品についてわれわれを啓蒙《けいもう》し、うちの修理施設以外でおこなわれるデモの準備作業も担当していた。時には営業マンに同行して、みずからデモをおこなうことさえあった。営業マンがうちの製品の操作法に自信がないときや、お客さんが相当な大物のときなどだ。彼はまた、われわれレベルでは答えられない質問を顧客が発したとき、社内で最も頼りになる技術責任者でもあった。

フィルは、われわれがプラズマ実験室と呼んでいるところで働いていた（別段、プラズマ関連だけを扱っているわけではないけれど）。それはウナギの寝床みたいな、窓のない部屋だった。壁は液晶モニターやプラズマ・ディスプレーで埋まっている。床では電線や各種ケーブルが絡《から》みあい、あちこちに巨大なとぐろやたこ足ができていて、しょっちゅう誰かがつまずいていた。実験室のドアをノックすると、まるで私を待っていたかのように、フィルがドアを開けた。

「やあ、来たね、ジェイソン」

「はーい、フィル。じつは金曜日の午前中、リヴィアで42MP5のデモをやるんだが」

と私は言った。

「だから？」とフクロウのような瞬《まばた》きをする。

フィルは小柄で、か細い身体《からだ》をし、その頭部は、動物フィギュアのチアペットを連想させる巨大なモップ状の茶色いちぢれ毛で覆《おお》われていた。角縁眼鏡をかけており、ポケットふたつの、大きな襟のついた、白い半袖《はんそで》の礼装用シャツを偏愛していた。妙な時間帯に活動し、夜どおし働いていることも多く、自動販売機に頼った食生活を送っていた。幸いなことに、フィルは会社という組織とうまくやっていく術《すべ》をまったく持たなかった。彼だけの小さな世界においてだが、現在の仕事内容ではその種の世間知は不要だった。フィルは絶大な権限をふるい、プラズマ関係ではロシア皇帝と比肩《ひけん》しうるような権力者だった。いったん彼に嫌われると、新規顧客を相手にデモをやろうにも、プラズマ・ディスプレーを利用できないおそれがあった。あるいは、約束の時間がきても、準備ができていないという状況もありえた。こうした人物にはしかるべき接し方をすべきであり、私はつねにそう心がけてきた。私はバカではないから。

「ケーブルも一緒にお願いできるかな」

「コンポーネント・ケーブル、RGB用、それとも両方」

「コンポーネント・ケーブルだけで大丈夫だと思う」

「最初の数分間、機器をしっかり暖めておく必要があるね」

「もちろんそうするよ。事前調整は可能かな。〝リフキン基準〟に合致するレベルまでいってますかね」

フィルは軽く肩をすくめた。いまのくすぐりに内心喜んでいるものの、あえてそれを見せまいとしていた。彼が回れ右をしたので、私はその背中を追いかけるようにプラズマ実験室に入った。フィルは壁に取り付けた四二インチ・モニターの前に立った。「この大口商談でモニターが実際どんな使われ方をするのか、ぼくには分からない」と彼は言った。「ただ、シャープネスは五〇パーセントのままにしておいてほしい。ぼくはレッドとブルーを強めて、グリーンを抑えぎみにするのが好きだ。コントラストは八〇パーセント。ブライトネスは二五パーセント。ティントは三五パーセントだ」

「了解」

「画面のズーム機能がいかに優れているか、しっかり見せつけるように。うちの回路は他社のどの製品より格段に優秀だから。鮮明さがまるで違う。それで、この子はどこに設置するの？」

「リヴィアのドッグレース場だ。ワンダーランドだよ」

「そんなことで、どうしてぼくの時間をムダにしたりするんだ」

「何事も運まかせにしたくないんでね」

「でも、ドッグレース場だろう、ジェイソン。グレイハウンドが機械仕掛けのウサちゃんを追っかける」

「動物の権利を侵害するような輩《やから》でも、よいモニターは大歓迎なのさ、たぶん。でも、ありがとう。そうだ、こいつの準備を整えて、金曜の午前八時までにトラックに積んでおくよう手配してくれるかな」

「ねえ、ジェイソン。うちの事業部は一切合切、すべてを荷造りして、〝憎しみの街〟へ引っ越すという話、あれは本当なの？」

「えっ？」

「ダラスだよ。それがロイヤル・マイスター社を買収した本当の理由だっていうじゃないか」

私は首をふった。「そんな話、初耳だよ」

「偉いさんはその気じゃないかな。ぼくらのレベルの人間には、まだ誰も教えてくれないんだけど。いつだって、手遅れになってから教わるんだ」

自分のオフィスへ戻ると、電話が鳴っていた。相手のＩＤを見る。ロックウッド・ホテルだった。

「やあ、ブライアン」私は言った。

「やあ、ようやく出たか」ブライアンは例によってハイテンションな感じで言った。「レッドソックスの入場券が手に入ったんだろ?」

「いやあ、今回電話したのはその件じゃないんだ」私は言った。「今回の提案について、きみに一肌脱いでもらおうと思って」

「きみも知ってのとおり、私はできることはやっているよ」ブライアンの声から突如として抑揚が消え、早口になった。「いまはあらゆる要因が交錯していて、私の制御を超えているところがあるんだ」

「きみの立場は完全に理解しているよ」私は言った。心臓の鼓動が高まるのが自分でも分かった。「状況がうまく回るよう、きみは私のためにあらゆることをやってくれていると思っている」

「分かるだろう」ブライアンは言った。

「それから、エントロニクス社は価格面の競争で、他社のどんなリーズナブルな提案にも十分対抗できることを、知っているよね」

「そりゃもう十分に」

いまや鼓動は耳に聞こえるほど大きくなり、口のなかはカラカラになった。ほとんど空っぽのミネラルウォーター、ポーランド・スプリングのビンを摑《つか》むと、ごくりと飲み干した。生ぬるかった。「もちろん、うちには対抗できない、あるいは提供できないこともある」私はつづけた。「たとえば、きみとマーサをアルバ島の旅へ連れていくとか」

ブライアンはいきなり黙った。なので、私はつづけた。「こいつと対抗するにはなかなか難しい面があるんだ。つまり、無料《ただ》の……分かるだろう」

ブライアンは相変わらず黙っていた。一瞬、電話が切れたのかと思ったくらいだ。ようやく、彼は口を開いた。「フェデックスで新規の契約書を送ってくれないか。サインをして、金曜日の勤務時間終了までに、きみのデスクに届くようにするから」

私は仰天してしまった。「いや、それは、ありがとう、ブライアン。そいつはすごい。感激だよ」

「どういたしまして《ドント・メンション・イット》」ブライアンは小さな声で言った。

「きみがやってくれたことには、感謝するしか……」

「そうかい」ブライアンの声には敵意の響きがあった。「いま言ったとおりだ。他言《ドント・》するなよ《メンション・イット》」

電話がふたたび鳴った。かかってきたのは私用電話のほうだった。ケイトかもしれない。受話器を取り上げる。

「これは宇宙船エンタープライズ号の航海の物語です」声を聞いた瞬間、相手が誰だか分かってしまった。

「よう、グレアム」私は言った。「最近、どうしてる」

「ジェイソンちゃーん。おまえさん、どこへ行ってたんだよ」

グレアム・ランケルは世界的な麻薬常習者といってよいだろう。彼はケンブリッジはセントラル・スクエアにある平屋のアパートメント（マリファナを吸うときに使う水ギセルの臭《にお》いが染《し》みついていた）を根城にしていた。ウースターの高校時代からの悪友で、私がまだ若くて無茶をやっていたころ、グレアムからニッケル容器に入ったマリファナを時々買っていた腐れ縁がいまもつづいていた。近頃はめっきりご無沙汰《ぶさた》だが、たまには彼のアパートメント――当人は邪悪の巣窟《そうくつ》と呼んでいた――に立ち寄り、水ギセルを一緒に楽しむこともあった。もちろん、ケイトはそうした悪癖を非難し、そんなガキっぽいふるまいはもうやめなさいと言う。そんなこと言われずとも、ガキっぽいふるまいであることは重々承知していた。実際、強烈な大麻《ガンジャ》をやると、脳にくるおそれもあった。たとえば二年ほど前、グレアムは突然、愛読していたハイ・タイムズ誌の定期購読をやめてしまった。この雑誌はＤＥＡ（麻薬取締局）が所有・運用する撒き餌《まえ》にちがいないと確信したからだ。無邪気な中毒患者を巧みにおびき寄せては、捕縛するのがその目的だと。かつて水ギセルを数口吸ったあと、グレアムが秘密めかしてそっと教えてくれたのだ。DEAのやつらは、雑誌を綴《と》じ込むさい、超小型のデジタル追尾装置を仕込んで、高性能衛星システムを使って、購入者の位置を割り出しているんだぞと。

グレアムはじつに多彩な才能をもった男である。たとえば、エンジンの分解修理とか。アパートメントの裏庭には一九七一年型フォルクスワーゲン・ビートルが置かれていて、常にあちこちいじっていた。勤め先は、CDの類《たぐい》はいっさい扱わない、古式ゆかしいレコード店である。そして、トレッカーでもあった。SFテレビドラマ「宇宙大作戦」の筋金入りのファンで、あれこそはアメリカ文化の精華だと主張して譲らない。しかもオリジナル・シリーズ、彼らのいう〝クラシック・トレック〟オンリーなのだった。それ以外の自称「スター・トレック」はすべて〝呪《のろ》われたもの〟と彼は考えていた。一方、往年の「宇宙大作戦」なら、そのすべての筋書きを暗記していた。登場する人物の名前は、たとえどんな端役《はやく》、ごくたまにしか出てこないキャラクターまで完全に把握していた。俺の初恋相手はクールな黒人通信士官のウフーラ大尉《たいい》だったと、かつて打ち明けられたことがあった。スタトレ関連のコンベンションに足繁《あししげ》くかよい、エンタープライズ号の精密模型を改造して作った水ギセルを一本所有していた。

グレアムはまた、刑務所のご厄介になった経験もあったけれど、うちの近所では別段、そう珍しい話ではない。彼は二十代はじめの一時期にちょっとグレて、マリファナの代金を支払うため、数件の空き巣を働き、逮捕されたのだった。

グレアムの人生航路というのは、うちの両親がしつこく大学へ行けと言わなかった場合、私がおそらくたどったであろうものと基本的に大差ない。グレアムの親は大学なんてカネのムダだと考え、学費を出すことを拒否した。腹を立てたグレアムは三年になってほどなく、高校を自主退学してしまった。

「悪かったな」私は言った。「本当にとてつもなく忙しかったんだ」

「もう何週間も音沙汰なしだ。何週間もだぞ。邪悪の巣窟にやってこいよ。ハシシをやって、いい気分になって。そうしたら、俺があの愛し《いと》のビートルちゃんに何をしてやったか、おまえさんに見せてやるよ。待ってろよ、小さなたまご《エル・ウェビート》ちゃん」

「行きたいのは山々なんだが、グレアム」私は言った。「今度またな。すまん」

正午近く、リッキーがオフィスのドア付近に現れた。「おい、テフロン・トレヴァーの話を聞いたか」どう見ても、その表情はほくそ笑みだった。

「話って何だい」

リッキーはくすくす笑った。「やつは今日ナティックで、パヴィリオン・グループのCEOとアポがあったんだ。まあ、儀礼的な顔合わせで、ちょっと握手を交わし、そのまま契約書にサインするという段取りだった。このCEOというのが、五秒と待てないタイプだそうだ。隅々まで自分の威令が行きわたり、物事が時間どおりに進まないと我慢できないような。で、何が起きたと思う。州間有料道路《パイク》で、トレヴァーのポルシェのタイヤがパンクしたそうだ。やつは約束をすっぽかし、CEOはカンカンさ」

「そうかな？ 車のトラブルなんて、誰にでも起こりうることじゃないか。携帯電話でパヴィリオンに電話して、面会時間を再調整すれば済むことじゃないか。どうってことないよ。世の中、そんなこともあるさ」

「そこがこの話の肝なんだ、トラーちゃん。なんとやつのケータイも不具合を起こしたんだ。どうにも連絡がつけられない。でもって、CEOほかその他お歴々はずっと待ちぼうけを喰わされ、結局トレヴァーは現れなかったというわけさ」リッキーは一滴垂らした消毒液を両手で丁寧にもむと、笑みをうかべつつ、感想はという感じで私を見上げた。

「そこまで不運が重なると、どうしようもないな」とコメントしておく。今度はこちらがリッキーに、アルバ島カードをいかに巧みに用い、ロックウッドの仕事を物にしたか、その経緯を話してきかせた。すると、リッキー・フェスティノはこれまでとは違った目で私を見るではないか。

「トラーのくせにやるじゃないか」とリッキーは言った。

「どういう意味だい」

「別に。そのまんまの意味だよ。すげーな、感動したよ、ってことさ。おまえさんにそんな一面があるなんて知らなかったよ」

「きみの知らないことはいくらでもあるさ」と謎《なぞ》めいた返事をする。

リッキーが立ち去ったあと、私はカートに電話をかけた。

「よくやったじゃないか」カートは言った。

「ありがとう、助かったよ」と私。

「いいってことよ」

電話をしつつ、私は社内メールの保存箱をクリックした。「じつはね、いま、うちでひとつ求人があるんだが、それがセキュリティ関連の要員募集なんだ。最近軍隊にいた経験があることが望ましいそうだ。銃器の取り扱いに慣れていることとか。小型武器について、きみは経験があるよね」

「十分すぎるほどにね」カートは言った。

「興味があるかな。給料も悪くない。レッカー車の運転手よりはいいと思う。保証するよ」

「背景チェックについて、何か言っているかい」

私はパソコン画面をざっと眺めていった。「『犯罪、麻薬、被雇用関係について全面的背景チェックをパスすることが不可欠』と書かれているな」

「ということだ」カートは言った。「DDの二文字に行きついたら、採用担当者は以後、履歴書を読むことをやめるだろう」

「でも、状況を説明すれば、対応が変わるかも」

「そんな機会は与えられないよ」カートは言った。「でも、気にかけてくれて、ありがとう」

「社の保安部門の責任者には面識がある」私は言った。「デニス・スキャンロンというんだ。気持ちのいい男だよ。私に好感を持っている。きみのことについて、口添えもできると思う」

「そう簡単には行かないよ、相棒」

「でも、試してみるだけの価値はある、そう思うだろ。ソフトの試合の話を持ち出したらどうなると思う。ぼくたちは、この男をエントロニクス社の正社員にする必要があるのですよと言っておくから。彼なら分かってくれると思うよ」

「でも、募集しているのはセキュリティ要員だろう。ピッチャーじゃなくて」

「自分はその任に耐えないと言っているわけじゃないんだろ？」

「でも、この場合、任に耐えるかどうかは、問題じゃないのでは」

「とりあえず、電話をかけさせてくれ」私は言った。「いますぐ掛け合ってみるから」

「その努力だけでも、ありがたいよ」

「おいおい」私は言った。「ぼくにできることなんて、せいぜいこれぐらいさ」

受話器を取ると、保安部長のデニス・スキャンロンに電話をかけ、カートについて手短に伝えた。陸軍の特殊部隊にいた経験があり、気持ちのいい男で、あたまも抜群に切れると思われると。不名誉除隊を喰らったけれど、やむを得ぬ事情があったことも正直に話しておいた。

スキャンロンはたちまち関心を示した。軍人タイプは大歓迎だよと彼は言った。

11

私は別段、舌先三寸で世の中を渡っている義兄《あに》のクレイグ・グレイザーや、上流階級の仲間入りに日夜邁進《まいしん》中のその妻スージーに対し、あえて異を唱えるつもりはさらさらないけれど、あれほどの才能に恵まれながら、社会適応がうまく行っていない、彼らの哀れな八歳の息子、イーサンのことを考えると、やはり胸が痛んだ。

まず、イーサンという名前について考察してみよう。こんな名前を付けたら、その子は運動場で殴られ、昼食のおカネを盗まれ、眼鏡を二つに折られ、地面に顔をこすりつけられることは必至である。次に、子供への接し方について見てみよう。スージーとクレイグは、イーサンをやたら過保護に育て、腫《は》れ物に触るみたいに扱っておきながら、実際には息子に何の関心も示さないのだ。まるで息子とはできるかぎり接しないよう努力しているみたいだ。なにしろ小じゃれた私立学校で誰かに殴られたり、私立学校にかようやたら理屈っぽい少年が受ける様々な困難にさらされたりしていないときは、自宅でいつも一人ぼっちなのだ。ひょっとして、まっとうな世界に彼を連れていってくれたかもしれない同年齢の子供たちとも没交渉で、いわば自宅軟禁の状態だった。唯一《ゆいいつ》相手をしてくれる生身の人間は、コラソンという名のフィリピン人の子守りだけ。結果的に、やたらあたまが切れて、創造的で、しかも〝ちょっとアレ〟なチビガキのできあがりである。私はイーサンのことを深く深く同情していた。苦しめられている子供を見ると、私はそのたびに嫌悪感《けんおかん》で心がいっぱいになった。

　人生とは、金銭問題がからむ高校生活みたいなものだ――という言い回しがある。たぶん誰もみな高校時代に、私のような人間がクラスにいたことを記憶していると思う。私は他人を殴ったり、昼食のカネを巻き上げるようなゴロツキでは断じてなかった。きみのガールフレンドを横からかっさらうフットボール・チームのクォーターバックでもなかった。どの競技を選んでも、必ずレギュラーになれるスポーツ万能選手でもなかった。きみの宿題をかわりにやってくれる抜きんでた頭脳の持ち主でもなかったし、これは確信をもって言えることだが、金持ちのぼんぼんでもなかった。でも、高校にはそれ以外の人間も存在したのだ。どうだい、思い出したかね。

　もしきみが場違いなスニーカーときつすぎるジーンズを穿《は》いて、ダンジョン&ドラゴン・クラブに所属していたおたく少年だったら、たぶん私はきみと深く係わらなかった可能性が高い。ただ、大半の同級生と違って、私はきみをバカにしたりはしなかった。廊下で行きあえば、よおっと声をかけ、笑顔で応じたはずだ。きみがいじめに遭いそうになったら、止めに入ろうとしたはずだ。おいやめとけ、その男は十年後、巨大ソフトウエア会社を設立して、われわれ全員の雇用主になるかもしれないぞ、だからいまのうちから優しくしておいたほうが何かと得だよ——とか何とか言っていたと思う。

父親のクレイグに対する私の感情はともかくとして、甥《おい》っ子イーサンとジェイソン叔父さんとは、強い強い結びつきで繋《つな》がっているのだった。いやあ、最近制作したパイロット・フィルムにはニューヨークのお歴々も驚いていたよなんて自慢話を聞かされるよりは、イーサンが最近のめり込んでいる小さな世界（中世の拷問《ごうもん》部屋）をいっしょに訪れ、あれこれ由無《よしな》し言《ごと》を言い交わしているほうが、はるかに増しに思えてくるのだ。

帰宅の途中、Kマートやスポーツ・オーソリティも入っているショッピング・モールへ立ち寄った。お目当ては大型書店ボーダーズ・ブックスで、わが哀れなチビ助のため、ひとつプレゼントを見つけようというわけだ。車を停めたあと、ケイトにもう一度電話を入れた。すでに三度試したが、いずれも留守録が流れるだけ。姉のスージーやクレイグがやってくる時間までに帰宅できるよう、今朝はいつもより早めに出勤したはずなのに、どうして電話に出られないのだろう。たぶん、買い出しか何かに行っていて留守なのだ。

ようやくケイト本人の声が聞けた。「あーら、あなた」やけに陽気な声で彼女は言った。「いま帰宅途中なの？　クレイグとスージーがちょうどいま到着したところなのよ」

「そりゃあ、良かった」と嫌みたっぷりな声音で応じる。「彼らに会うのが楽しみで、いまから待ちきれないよ」

もちろん嫌みだと重々承知しつつ、ケイトはそんなことに気づきもしないような口ぶりで言った。「向こうも待ちきれないと思うわ」背後で大きな笑い声や、乾杯のグラスが当たるチンチンという音が聞こえた。「いまみんなで、ディナーをこしらえているところ」

「みんなで？」

「そんな心配そうな声はしないの」ケイトは言った。クレイグらしき低音の高笑いが聞こえた。「スージーは最近、CPR（心肺機能蘇生《そせい》術）の資格を取ったばかりだから」

背後でさらなる笑い声があがる。

「高級食肉店のジョン・デュワーズで最上級のポーターハウス・ステーキ肉をゲットしてきたわよ」とケイト。「厚さが四センチ近くもあるの」

「そいつはすごい」私は言った。「そうそう。ゴーディと話をしたんだ」

「違うわよ、これからポップコーン作りをするの！」と背後の誰かさんに声かけをし、さらに「胡椒《オウポワブル》で味付けしてよ」と言ったあと、ケイトはようやく戻ってきた。「で、うまくいったの」

「煮たり焼いたりされちゃったよ」

「うわあ」

「まるで悪夢のようでしたよ、ケイトさん。でもね、ロックウッド社の例の男について耳より情報を得て……」

「ああ、いまちょっと話している余裕がないの。あなた、ごめんなさいね。とりあえず帰宅してちょうだい。私たち、もうおなかペコペコなのよ。家でゆっくり話し合いましょう」

納得が行ったわけではないけれど、私は電源スイッチを切り、本屋に入った。児童書のコーナーをざっと見たあと、中高生向けの書棚に移動し、良さそうな本を二冊見つけた。イーサンは大半の男の子と同様、恐竜段階を経て、惑星段階に進んだけれど、そこでハンドルを大きく左に切ると、中世方面にはまってしまった。しかも中世といっても、アーサー王や魔法使いマーリン、円卓の騎士、岩に刺さった王者の剣といった順路ではなかった。彼がもっぱら釣り糸を垂らしている漁場は、中世の拷問道具のあれこれなのだ。ここで当然、彼の両親の結婚生活について、一考察をおこなう必要があろう。

そしてまた、ジェイソン叔父ことこの私が、彼を善導してやる必要も出てくるのであった。二冊のプレゼント候補を前にして、私はしばし悩んだ。ロンドン塔にすべきか、はたまたアステカ族にすべきか。結局、アステカ族が勝利をおさめた。こちらのほうがイラストがよく、しかもより陰惨だったから。

レジに向かう。たまたまビジネス啓発書コーナーの前を通った。ふと一冊の本が目を引いた。『ビジネスは戦争だ！』というタイトルだったからだ。グリーン系の迷彩色を施したカバー絵も魅力的だった。

ゴーディがわが師、マーク・シムキンズの言葉を〝腰抜けの世迷《よま》い言《ごと》〟とバカにしたことを改めて思い出した。

もう腰抜けとは言わせないぞ。その本は、ビジネスマンに「効果が実証された、軍事的リーダーシップの有効な奥義《おうぎ》」を伝授すると謳《うた》っていた。こいつは期待が持てそうだ。

たった電話一本で圧力をかけ、ロックウッド・ホテルをめぐる状況を一変させてしまったカートのお手並みのことを思った。

するとさらに、表紙をわざわざ正面に向けた棚の本が目に留まった。『アッティラ大王の勝利の秘密』、おお。さらにもう一冊、『パットン将軍の指揮術』、おお。まだまだあるぞ『グリーン・ベレー経営者』、おお。ということで、私の両腕にはたちまちハードカバーと、オーディオ・ブックのCDの山が築かれた。

レジで、私は絶句してしまった。なるほどハードカバーは高いものだし、CDはそれに輪をかけて高いものである。だがしかし、考えてもみよ、これは将来への投資なのだ、と自己正当化する。イーサンに贈るアステカ族の本にだけ、プレゼント用のラッピングを頼んでおいた。

　大人たちは全員、わが家の狭いキッチンに集合していたが、若いイーサンのすがたはどこにも見えなかった。大人たちは大声で笑い、怖ろしく巨大なマティーニ・グラスで酒を酌《く》み交わし、よほどいい時間を過ごしていたのか、私が入っていっても気づきもしなかった。スージーのほうが四歳年長だったけれど、彼女とケイトはじつによく似ていた。スージーの目蓋《まぶた》がわずかに重いのと、口が多少傾いているのが、違いといえば違いといえた。また、時の経過と贅沢《ぜいたく》な暮らしぶりとが、若干の差異をつくっていた。スージーはケイトよりも目のまわりや額に、よりくっきりと皺《しわ》がついていたけれど、それは高級リゾート、セント・バースの海岸でたっぷり時間を過ごしたせいであることは疑いようがなかった。髪の毛もまた、見栄《みば》えがよかった。さすがビバリーヒルズの一回八百ドルもする高級サロンに週一回かよって、カットと毛染めをしてもらっているだけのことはある。

　わが義兄、クレイグ・グレイザーは、グラスを握っていないほうの手をしきりと振り回し、何かを力説していた。「コンクリートだよ。みかげ石なんてお呼びじゃないね。みかげ石には八〇年代の臭《にお》いが染《し》みついている」

「コンクリートがどうしたって？」私はキッチンを横切り、わが愛妻にキスをした。

「うちのボスはこの私を、コンクリート製ブーツにも耐えるしまった身体《からだ》に改造しようと日夜努力している最中だ。そんなのは無理だってのに」

おざなりな笑い声があがる。クレイグはかつて、クイズ番組ジェパディーに出場したことがあって、公式には森羅万象に通じていることになっていた。だがしかし、彼はジェパディー史上最も簡単な問題（答えは「ジャガイモ」だった）を外してしまい、結局もらってきた景品はタートル・ワックス一年分だけだった。彼はその事実に触れられることをあまり好まない。

「はーい、ジェイソン」スージーはそう言いながら、私の頬に姉らしい軽いキスをし、さらに軽くハグしてくれた。「あなたのすがたを見たら、イーサンは興奮して、皮膚をするりと脱ぎ捨てて、ぴょんと飛び出してくるわよ」

「ジェイソン！」クレイグは、まるで遠方より来る朋《とも》と出会えたかのように、大きな歓声をあげると、骨が刺さるようなその細い両腕で、私を羽交い締めにした。この男の肉体は会うたびに痩《や》せていくようだった。クレイグはたったいま買ってきたようなブルー・ジーンズ、旅行かばんから出したばかりのようなワイハのプリント・シャツを着ており、足元は白いコンヴァース・オールスターで固めていた。見ると、頭部を丸坊主《ぼうず》にしていた。例のミノキシジル治療がうまく行かなかったようだ。かつてこの頭部にはモップ状の巻き毛がたっぷり生えていたけれど、しだいにてっぺんから薄くなっていき、彼の風貌《ふうぼう》をピエロのボゾみたいに変えてしまった。それゆえの毛髪再生治療だったのだが。彼はまた、眼鏡も新調していた。はるか昔、まだ文芸雑誌に実験的な短編を書いていたころ、クレイグは長年にわたって角縁眼鏡の愛好者だった。しかしその後、金持ちになると、一時期コンタクト・レンズ段階をすごした。だが、ドライアイにやられていることが判明。そこで心機一転、他人からイケテルと言われる眼鏡をあれこれ試しはじめた。およそ二年にわたって、彼は一九五〇年代に流行したややグロテスクな眼鏡フレームをとっかえひっかえしていたものだ。それがいま、ふりだしに戻り、ふたたび角縁の男に舞い戻ったというしだい。

「新しい眼鏡だね」私は言った。「それとも前に掛けていたやつかな」

「新品さ。ジョニーが私のために選んでくれたんだ」とクレイグ。ははあ、なるほど。つまりこれは、クレイグとスージーが二人して最近、セントヴィンセント・グレナディーンに友人と休暇旅行に行った話を匂《にお》わせているわけだ。ケイトがピープル誌のその記事をスクラップし、見せてくれたので、私もたまたま知っていたのだが、そのジョニーという友人のラストネームはデップというそうだ。

「ジョニーだって?」私はクレイグに皆まで言わせるため、あえてそう言ってやった。

「カーソンか? でも、彼はたしか死んだんじゃ」

「デップだよ」クレイグはそう言うと、照れたように肩をわざとらしくすくめてみせた。

そして、「おいおい、そっちこそ贅沢暮らしのしすぎじゃないか」と私の腹部を軽く叩《たた》いた。私があわや正気を失いかけたとき、クレイグはさらなる追い打ちをかけてきた。「アシュラムで一週間過ごせば、体重なんか簡単に落とせるぞ。ハイキング、ビクラム・ヨガ、一日一二〇〇カロリーの食生活。いわば、セレブのための基礎訓練コースだ。きみもきっと気に入ると思うよ」

あらら、なにやら言ったらあとで後悔しそうなことを言いそうだわ、と亭主の気配を鋭く察して、ケイトがすぐさま口を挟んだ。「いまあなたのマティーニを取ってくるわね」そう言うと、ケイトは銀のマティーニ・シェイカーを持ちあげ、巨大なグラスにその中身をそそぎ込んだ。

「うちにマティーニ・グラスがあるなんて知らなかったよ」私は言った。「それもグラミー・スペンサーか何かかい」

「クレイグ＆スージーの提供よ」ケイトが言った。「何か特別なグラス、という感じでしょ」

「ホントだね」私は同意した。

「オーストリア製なんだ」とクレイグ。「あの素晴らしいボルドー・グラスを作ったのと同じガラス工房の逸品なんだぜ」

「扱いには注意してね」ケイトはそう言って、グラスを手渡してくれた。「一個で何百ドルもするんだから」

「十分な数は買っておいたから」とクレイグは言った。

「あなた、スージーのブローチに気づいたかしら」ケイトが言った。

スージーのブラウスを飾る、その大きくて、醜くて、歪《ゆが》んだ形状の物体にはとっくに気づいていたけれど、紳士たるもの、事実を事実として指摘し、義姉《あね》を困惑させるのはいかがなものかと思い、黙っていたのだった。「それはヒトデですか？」と私は尋ねた。

「いいでしょ？」スージーが言った。

やはり、ヒトデであったか。黄金製の本体をサファイアやルビーが覆《おお》っていて、一財産もするような値段にちがいない。どうして女というやつは、ピンやらブローチみたいな装身具にかくも夢中になるのだろう。到底理解できなかった。だが、装身具といっても、こいつは別格だな。

「まあ、スーズ、それ、すごくステキじゃない」ケイトが言った。「どこで買ったの？」

「クレイグが買ってきてくれたの」スージーは言った。「ハリー・ウィンストンか、それともティファニーだったかしら」

「ティファニーだ」とクレイグ。「目にした瞬間、ああ、これはとってもスージー的だと思ったんで、即座に買ってしまったのだよ」

「ジーン・シュランバーガーがデザインしたのよ」スージーが言った。「宝飾品ひとつにこれほどおカネをかけたことは、あたしも初めて。しかも、あたしの誕生日でも、何かの記念日や特別な日でもないのに」

「きみと結婚してからは、ぼくにとって毎日が特別な日だよ」と言いつつ、クレイグがスージーに腕を回し、キスをしたものだから、私は吐きそうになった。

とりあえず可及的速やかに話題を変えないと。もはや忍耐の限界だった。そこで私は言った。「そうそうさっきのコンクリート云々《うんぬん》というのは何の話だい」

「うちのカウンタートップを新しくしたほうがいいって言われたの」ケイトはそう言うと、話題逸《そ》らしの共犯者を自覚するような、意味ありげな視線をちらりと送ってきた。

「マリン郡の家にスティーヴンを迎えたあと、カウンタートップをみかげ石からコンクリートに変えたんだよ」

さすがの私も、スティーヴンって、スティーヴン・スピルバーグ、それともスティーヴン・セガールのことかなとは訊《き》かなかった。「ああ、そうなんだ。ぼくはわが家のキッチンは、東ベルリンの社会主義者の労働者用共同住宅みたいなコンセプトでまとめ上げたいと、かねがね考えていたものだから」

クレイグは満面に笑みをうかべ、鷹揚《おうよう》な兄貴づらで私を見た。慈善団体フレッシュ・エア・ファンドがあれこれ面倒を見ている都市部の恵まれない子供たちを見るような目つきだった。「で、ビジネスの世界はどうだい」

「悪くはないよ」私はそう言って、自分でうなずいた。「時おり、とんでもないことが起こるけど、悪くはない」

「そうだ、きみのところのボス、ディック・ハーディに昨年ペブルビーチで会ったよ。エントロニクス・インヴィテーショナルに招かれたんだ。気持ちのいい男だな。そこで私は、タイガー・ウッズやヴィジェイ・シンと一緒にゴルフをしたのだが、いやあ、すごい経験だった」

要するに、俺様はおまえの会社のCEO（最高経営責任者）――私なんか面会すらできない――と友だちづきあいをしているし、ありとあらゆるセレブとの交際でもう大変なんだよ（だって、ほら、俺自身、セレブだし）と言いたいわけである。しかし、クレイグのゴルフ姿なんて想像もできないな。私は「そいつは良かったね」と言うのがせいぜいだった。

「ディックにきみのことを口添えしてやってもいいぞ」クレイグは言った。

「そんなのは時間のムダだ。彼はそんな部下がいることさえ知らない」

「大したことじゃないんだ。これこれの人間を悪く扱わんでくれと、ひとこと声かけをするぐらいだから」

「ありがとう、でも結構だ、クレイグ。ただ、そう言ってくれたことには感謝しているよ」

「きみはよく働いている。実際、尊敬するよ。私は異常とも思えるカネをもらっているが、それって基本的に遊んでいる代価だからね。でも、きみは身を粉にして働いている。そうだよね、ケイト」

「ええ、そうよ」ケイトは言った。

「私にはきみのマネは到底できない」クレイグの口は決してやまない。「クソみたいな状況に対処しなければならないんだろ？」

「きみには想像もつかないよ」私は言った。

ならぬ堪忍《かんにん》も限界なので、ちょっと着替えをしてくると言いおいて、私はその場を離れた。もっとも着替えは後回しにして、甥《おい》っ子のイーサンを探した。二階の客間（将来の育児室にしようと考えていた）で彼を発見した。床いっぱいに敷きつめたブルーの絨《じゅう》毯《たん》に腹《はら》這《ば》いになり、本を読んでいるところで、私が部屋に入っていくと、視線をあげた。

「やあ、ジェイソン叔父さん」イーサンは舌足らずな話し方をした。これだけで十分、からかいの種になるというのに、彼は眼鏡っ子でもあった。

「よお、相棒」と言いつつ、甥っ子のとなりにどっかと腰をおろす。プレゼント用に包んでもらった本を手渡す。「おそらくきみはもうこれ以上、本を必要としないとは思うけれど」

「ありがとう」イーサンは起き直ると、さっそく包み紙を破いた。「ああ、こいつは素晴らしい本だよ」と彼は言った。

「もう持ってるんだ」

イーサンは真顔でうなずいた。「このシリーズのなかでも最高の一冊だと思います」

「こいつにしようか、ロンドン塔にしようか迷ったんだが」

「こっちを選んだのは正解ですね。いずれにしろ、マリン郡の家にも別途欲しかったので」

「そいつは良かった。そうそう、ちょっと教えてもらいたいことがあるんだ、イーサン。いまだにどうもよく分からないのだが、アステカ族というのは、どうして人身御供《ひとみごくう》にあんなに入れ込んでいたんだろう」

「ちょっと複雑な話になります」

「きみならうまく説明してくれると思うが」

「そうですね。人身御供というのは、一種の宇宙全体を動かすための手段なのですよ。アステカ族は、人間の血管のなかにはある種の霊的存在が流れていると信じていました。まあ、大部分は心臓に集まっているのですが。それで、その霊的なものを神に提供しつづけないと、宇宙は動きを止めてしまうわけです」

「なるほど。それで合点がいったよ」

「だから、状況がいよいよひどくなると、彼らはより多くの人身御供を捧《ささ》げるわけです」

「叔父さんの職場でも、同じことが起きてるよ」

イーサンは小首を傾《かし》げた。「ええ、そうなんですか？」

「ある種の人身御供だな」

「アステカ族はまた、人間を料理し、皮を剝《は》ぎ、実際に食べたりもしますが」

「ああ、それはやらんな」

「彼らが使った〝クギの椅子《いす》〟の写真を見たいですか」

「是非見たいね」私は言った。「でも、まずは下に行って、夕食を食べないと。だろ？」

イーサンは下唇を突きだして、ゆっくりと首をふった。「食べないとダメってことはありません。ご存じでしょ。それにこちらに夕食を持ってきてって頼むという手もあります。ぼくはそちらのほうが多いです」

「まあ、行こうじゃないか」私は立ちあがりながら、イーサンの身体を持ちあげた。

「二人で一緒に。一人よりは増しだぜ」

「ぼくはここに残ります」イーサンは言った。

大人たちはマティーニから赤ワインへと移行していた。クレイグが買ってきたボルドー産の逸品で、きっと怖《おそ》ろしく値のはるものなのだろう(味は泥だらけのスニーカーみたいだったが)。直火焼《じかび》きのグリルからは、ステーキ肉の匂いがしていた。義姉のスージーは現場復帰のチャンスを狙《ねら》っているある有名なテレビドラマのスターについて、まさに話している最中だったけれど、クレイグがいきなり割り込んできて、私に言った。

「拷問《ごうもん》話には辟易《へきえき》したろう」

「彼は優秀だね」私は言った。「状況がいよいよひどくなると、アステカ族が人身御供の数を増やす話をしてくれたよ」

「いかにもだな」クレイグは言った。「空気を読まず、話しっぱなしの状態になるだろう。あの子を見て、やはり子作りはやめようと思わないことを祈るね。全部が全部、イーサンみたいになるわけじゃないから」

「彼はいい子だよ」

「そして、私たちはあの子を骨まで愛しているのだ」クレイグは薬の広告の免責条項みたいな味気ない調子で言った。「さてと、そろそろ、きみの会社生活について伺うとしよう。本気《まじ》で言ってるんだぜ」

「いやあ、退屈なものさ」私は言った。「セレブも出てこないし」

「まさにそうした話が聞きたいんだ」クレイグは言った。「掛け値なし、本気も本気なんだ。一般の会社生活とは如何《いか》なるものなのか、どうしても知っておく必要があるんだ。脚本を書かなきゃいけないんでね。まずはリサーチだ」

私はクレイグの顔を見た。わが心の中を、一ダースほどの、聞くに堪えない、皮肉に満ちみちた返事が次々と去来したけれど、幸いなことに、そこで私の携帯電話が鳴った。ベルトに装着したままなのをうっかり忘れていたのだ。

「ほほお、なるほど」クレイグが言った。「会社からに決まってる。そうだろう」そして、自分の妻から今度はケイトへと視線を動かした。「上司か何かだな。たったいま、何か予想外の事態が出来《しゅったい》したんだ。ううむ、企業社会における鞭《むち》のくれ方にはなかなか好感が持てるね」

私は立ち上がり、リビングルームに行くと、ケータイに答えた。「やあ」一声聞いた瞬間、相手がカートだと分かった。

「応募の首尾はどうだった」クレイグ刑事の事情聴取から逃れられて、私は大助かりだった。

「夕食中にお邪魔だったかな」

「全然オッケーさ」

「保安部門に口添えしてくれて、ありがとう。募集用紙をダウンロードし、必要事項を記入し、メールで送り返したら、その責任者から電話があった。あすの午後、面接に来てほしいそうだ」

「是非行くべきだよ」私は言った。「きみにホントに関心を持ったはずだから」

「あるいは、これはという人物が見つからなかったのかもしれない。それで、あすの午前中、数分でいいから、ちょっと電話で話がしたいのだが。エントロニクス社について、きみ自身がどう考えているか、保安面の問題点はあるのかないのか、なんて事について訊きたいのだが。いわば、面接の予習だな」

「そっちが良ければ、あすとは言わず、いまからでもどうだい」私は言った。

12

われわれはハーバード・スクエアにあるチャーリーズ・キッチンで待ち合わせをした。とびきりうまいダブル・チーズバーガー・スペシャルを出す店である。今夜のディナーはあまり食べられなかった。クレイグのせいで食欲が失《う》せたこともあるし、ケイトがステーキ肉を焼きすぎてしまったせいでもあった。すべての原因はマティーニの飲み過ぎだろう。家族水入らずのディナー・パーティから敵前逃亡するのだから、ケイトは最初あまりいい顔はしなかった。でも、ちょっと仕事上で問題が発生したと言ったので、それなりに納得してくれた。まあ、本音をいえば、どこかホッとしているような感じもあるのだろう。今夜のディナーがたどるであろう展開がある程度予想がつき、それはあまり望ましくない方向に思えたから。

はじめその男がカートだとは気づかなかった。ヤギ髭《ひげ》も後頭部に垂らした長髪もなくなっていたから。どうやら床屋に行ってきたようだ。白髪まじりのあたまは短く刈り揃《そろ》えられていたが、軍隊式の短さまでは達していない。しかも七三に分けられており、なかなかスマートだった。けっこう見栄《みば》えのする男だったんだなと改めて気づかされた。

ジーンズにスエットシャツという服装ではあるけれど、順風満帆のエグゼクティヴといった空気を漂わせていた。

カートは彼の定番、一杯の冷たい水を注文した。イラクやアフガニスタンにいるとき、新鮮できれいな冷水は贅沢品《ぜいたく》だったと彼は言う。向こうで生水を飲むと、何日も腹を下すことになる。なのでいまや、いつでもこうして水を飲んでいるのだと。

夕飯は済ませてきたとカートは言った。私が注文した名物の巨大チーズバーガーと山盛りのフライド・ポテト、水っぽいビールのプラスチック製ジョッキが到着すると、カートは目を見張り、思わずうなった。「こんなクソ、食ったらダメだろう」

「きみは、うちのかみさんみたいなことを言うな」

「悪く受けとらないで欲しいのだが、もう少し体重を落とすことを考えたほうがいい。そのほうが気分だって良くなる」

また、同じようなことを言う。「いまだって、気分は上々だよ」

「運動なんかしていないのだろう？」

「時間がなくってね」

「時間はつくるものだ」

「つくった時間はもっぱら夜更《よふ》かしにあてているんだ」

「ジムに連れていく必要があるな。心肺機能を向上させ、ウェイト・トレーニングをする。どこかのジムにかよっているか」

「ああ」私は言った。「いちおうコープフィットの会員なので、毎月百ドルぐらい払っている。だから別のどこかへ連れていってもらう必要はない」

「コープフィットだって。そいつは、女子供が好きそうな、しゃれたバーが併設された、水を頼むとエヴィアンが出てくるようなスポーツ・クラブだろう」

「一度も行ったことがないんで、実際にはどんなところか知らないんだ」

「だから、本物のジムに連れていってやるよ。私のかよっているジムだ」

「ホントかい」と私は言った。減量と体力づくりをめぐるこんな会話、さっさと忘れてしまってくれるといいのだが。だが、カートという人間は何事も忘れないきっちりタイプのように思われた。ビールのジョッキに目をやったあと、私はウェイターを呼んで、改めてダイエット・コークを注文した。

「相変わらずレンタカーを運転しているのか」カートが訊《き》いた。

「そうだよ」

「愛車はいつ戻してくれるって言っていた」

「たしか来週半ばって言っていたような」

「かかりすぎだな。あとで電話で催促しておこう」

「そいつはありがたい」

「いま、エントロニクス社の社員証を持っているか」

私はIDカードを取りだし、テーブルに置いた。カートはそのカードを子細に検討していた。「この手のやつがどれほど簡単に偽造できるか、知っているか」

「偽造なんて、考えたこともないよ」

「おたくの会社の保安主任もそんなこと考えてないと思うね」

「彼を怒らせないでくれよ」チーズバーガーにかぶりつきながら、私は言った。「いま、履歴書を持っているかい」

「そんなのは適当でいい」

「書式とかすべてきちんとしているかい」

「さあ」

「じゃ、社から受けとった文書をメールで転送してくれないか。そうすれば、きちんと目を通し、問題がないかどうかチェックできるから」

「それはすごく助かるよ」

「いいってことよ。現状で判断するなら、たぶんスキャンロンは厳しい面接をやると思う。まずは基本的な質問から始めるだろう。『きみの最大の短所は何かね』とか、『問題解決に自分が率先して動いた経験があれば、話してほしい』といったやつだ。そうした質問をぶつけることで、きみがチームプレーのできる人間かどうか吟味するわけだ」

「どれもみな、対処可能な質問に聞こえるな」カートは言った。

「時間は厳守だ。実際には、約束の時間より若干早めに行くこと」

「忘れたのかい、私は軍の出身だ。あそこはすべてが時間どおりにすむところだ」

「面接にそうした服装で行ってはいけない」

「陸軍では服装について散々うるさく言われてきた」カートは言った。「その点について心配はいらない。合衆国陸軍ほど規則にやかましい企業なんてこの世に存在しない。ただ、エントロニクス社のアクセス・コントロール・システムについて、やや細かい点を知りたいのだが」

「私の知っているかぎりでは、このIDカードを箱の上にかざすと、ドアの中に入れる、ということぐらいだな」

カートはさらに質問を重ねたけれど、私の知っていることはほとんどないと気づかされるだけだった。「夜遅くに、こんな外出をして、きみのかみさんは気にしないのか」とカートは尋ねた。

「まあ、これでも一家の主人だからね」と真顔で答えてやった。「実際、ぼくが席を外してくれて、彼女は喜んでいると思う」

「いまでもあのトレヴァーという男と昇進をかけて戦っているのか」

「ああ」そして、私はゴーディとの〝面接〟について話してやった。「ゴーディはぼくにあのポストを渡す気はないようだ。それぐらいは分かる。ちょっとぼくを痛めつけてやろうと面接しただけだ」

「どうしてそんなことを言うんだ」

「おまえには闘争本能がないと言うんだ。そして、トレヴァーはスター選手だと。彼の業績はいつだって良好だが、今年は飛びきりいい。たしかに紛れもなく断トツの営業マンなんだ。それにブレット・グリーソンもいる。彼はやや血のめぐりの悪いところがあるが、ゴーディが偏愛する捕食動物的な攻撃性を持っている。われわれ三人のうち一人だけが昇進するとゴーディは言うけれど、賭《か》けてもいい、トレヴァーが間違いなく本命だね。やつは月曜日にフィデリティ・インヴェストメント社の偉いさんの前で大規模デモをおこなうんだが、うちのモニターが競争に勝った場合、たぶんそうなると思うけれど、フィデリティは彼の手柄になる。すごい成約額なんだ。つまりこのレース、彼の勝ちってことさ。そしてぼくはお役御免だ」

「なあ、私はビジネスの世界で物事がどう動くのかいまいち分からないのだが、それでも絶望的に見える状況下の対処法は、いささか知らないわけでもない。そして私が確実に言えることは、戦争は予見することができない――という一点だけだ。何が起こるかなんて、分かりはしない。状況はつねに複雑で、それが混乱へとつながる。この本来的な不確定性を宿した状況を〝フォグ・オブ・ウォー〟、戦争の霧と呼ぶのは、そうした理由からだ。自分が見ているものが信じられないという状況が頻繁に起こりうる。敵方の計画や能力について、確定的なことは何ひとつ言えないからだ」

「その話と今回の昇進とが、何か関係があるのか」

「私はただ、確実に敗北する唯一《ゆいいつ》の道は、戦わないことだと言っているだけだ。だから、あらゆる戦いには、勝てると思って臨まなければならない」カートはごくごくと冷水を飲み干した。「筋は通っているだろ?」

13

朝、目覚まし時計が鳴る前に、私は六時にそっとベッドを抜けだした。多年にわたる六時起きのせいで、すでに身体《からだ》がそうなっているのだ。苦しそうなケイトの寝息が聞こえる。昨夜の深酒のせいだろう。コーヒーをいれるため、一階におりる。心身がカフェイン投入前の傷つきやすいモードにあるので、クレイグが万一朝型だったら、ばったりその辺で顔を合わせるかもしれないと思い、やや緊張する。そこでふと、マサチューセッツ州の午前六時はカリフォルニア時間では午前三時であることに気がついた。だったら夜更《よふ》かしのあとでもあり、彼はいまだ夢の中だろう。

キッチンとダイニングルームは、ディナーの残骸《ざんがい》で修羅場と化していた。取り皿や大皿、銀食器がいたるところで山をなしている。ケイトとスージーのスペンサー姉妹は、ハウスキーパーが後かたづけをしてくれる環境で育ったし、スージーはいまだに料理も食後の皿洗いも、すべて他人がやってくれる環境で暮らしていた。では、ケイトはというと……ううむ、時おり往時の生活ぶりを再現してくれたりもする。まあ、私の場合、乳母日傘《おんばひがさ》で育ったわけではないので、それを言い訳にはできない。私の場合は、たんに皿洗いが嫌いで、根っから無精なだけなのだ。まあ、これだって立派な言い訳の種にならないわけでもないけれど。

ワイン・グラスやマティーニ・グラス、グラミー・スペンサーのリキュール・グラスがキッチン・カウンターのそこここにあり、コーヒー・メーカーが見つからなかった。ようやく発見して、コーヒーをセットしたが、挽《ひ》きたてのコーヒー豆がいくらか、グリーンの人工大理石《コーリアン》製カウンタートップにこぼれてしまった。コンクリートだあ、俺の目の黒いうちは絶対に交換なんかせんぞ。

かしゃりという音が聞こえて、ふり返った。キッチン・テーブルの方角で、高く重なったポットや鍋《なべ》の背後に隠れるように、イーサンの小さな人影があった。小柄で、華奢《きゃしゃ》で、いつもの気味が悪いほど早熟に思えるイーサンとは違い、八歳児のまんまの彼だった。たぶん食器棚で発見したのだろう、大きくて深いスープ皿でフルート・ループスを食べていた。手にしているのは純銀製のスープ用スプーンだった。

「おはよう、イーサン」二階で惰眠をむさぼるパーティ人種を起こさぬように、私はできるだけ小さな声で言った。

イーサンは返事をしなかった。

「ヤッホー、相棒」もう少し音量をあげる。

「ああ、ごめんなさい。ジェイソン叔父さん」やっと返事をしてくれた。「ボクは朝型じゃないものだから」

「まあ、私も朝はそう強くないけどね」彼に近づき、その髪の毛をくしゃくしゃと揉《も》んでやろうと思ったけれど、そこでふとイーサンが、他人に髪をいじられるのが大嫌いであることを思い出した。そういえば、私自身もそうだった。いまも嫌いだった。背中をぽんと叩《たた》いてやったあと、グラミー・スペンサーの青いスポード焼きの皿たちを脇《わき》へとどかし、自分の場所を確保した。どの皿も焼きすぎたステーキ肉から浸《し》みだして、しっかり凝固した脂分《あぶらぶん》のせいでギトギトとなっていた。私は言った。「そのフルート・ループスを少し、叔父さんに分けてくれないか」

イーサンは肩をすくめた。「いいですよ。いずれにしろ、おたくのシリアルだから」

きっとこの銘柄は、ケイトがきのう買い出しに行ったとき、イーサン用に買ってきたのだろう。亭主殿には麻布みたいなフレークか小枝ばかりなのに。あとで文句を言ってやろうと心覚えをしておいた。いつもの棚から普段使いのシリアル・ボウルを取りだすと、極彩色の小さなリング形をたっぷりとボウルに入れ、イーサン用のカートンからご禁制の全乳を注ぎいれる。客人が帰ったあとも、この脂肪入りのミルクが残っているといいのだが。

ポーチへ行き、朝刊を取ってくる。わが家は二紙とっていた。ボストン・グローブ紙はケイト用で、ボストン・ヘラルド紙（父がいつも読んでいたやつだ）は私の専用だ。

キッチンに戻ると、イーサンが言った。「ジェイソン叔父さんは昨夜、父さんを避けるため外出したって母さんが言っていましたよ」

私はうつろな笑い声をあげた。「仕事で出かけざるを得なかったんだよ」

こちらの心中などお見通しさといった目で、イーサンはうなずいた。彼はそんなに一度にすくって大丈夫かと思うほどシリアルをたっぷりとスプーンに載せ、小さな口へと運んでいた。純銀製の大さじがなんとも不釣り合いだった。「父さんは人の迷惑をかえりみないところがあるから」とイーサンは感想を述べる。「運転ができたら、ぼくだって、家になんかいたくないのに」

自分のオフィスへ入ろうとすると、リッキー・フェスティノに行く手を遮られてしまった。「やつらがやってきたぞ」リッキーが言った。

「誰が来たって」

「死体処理班の連中だ。浄化の専門家。映画『パルプ・フィクション』のミスター・ウルフさ」

「なあ、リッキー、まだ早朝だし、私はきみが何の話をしているのか見当がつかないのだけれど」

オフィスの照明のスイッチを入れる。

リッキーは私の肩をつかんだ。「おまえバカか、〝合併統合チーム〟に決まっているだろ。チェインソーを手にしたコンサルタントたちだ。連中、俺が出社したときは、もう社内にいた。全部で六人で、四人はマッキンゼーからきたコンサルタント、二人は東京から来たお目付役だ。全員がクリップボードと電卓と携帯情報端末とクソったれのデジタル・カメラをかかえていた。テキサスのロイヤル・マイスター社から直接やってきた。言わせてもらえば、すでにダラスでは死屍累々《ししるいるい》だそうだ。あそこにいる友人から聞いたんだ。そいつが昨夜電話してきて、おまえも気をつけろよと警告してくれた」

「まあ、落ち着け」私は言った。「たぶんどうすれば二つの企業文化をうまく融合できるか、それを判断するためにやって来ただけだよ」

「おお、そちは夢の世界に暮らしておるようじゃのお」見ると、リッキーはすでに汗をかいていた。ブルーのボタンダウンのシャツは脇の下が濡《ぬ》れている。「やつらは〝余剰労働力〟を探しているのさ、相棒。〝付加価値を創造しない活動〟を特定しているのだ。つまり、俺のことだ。うちのかみさんだって言ってる。あんたは付加価値を生み出さないって」

「リッキー」

「誰が残り、誰が去るかは、連中が決めるんだ。企業版『サバイバー』みたいなもんだな。負け組に入ると、もう『ジェイ・レノのトゥナイト・ショー』に出られないんだ」

リッキーはポケットから消毒液を取りだすと、神経質そうに両手を浄化しはじめた。

「彼らはいつまでいるのだろう」私は訊《き》いた。

「さあ、たぶん一週間程度だろう。ダラスの友人によると、連中はたいへんな時間をかけて、全員の過去の働きぶりを吟味したそうだ。成績の上位二〇パーセントだけが呼ばれて、今後もわが社で働いてほしいと言われる。それ以外のものは全員、処分すべき間伐材というわけだな」

私はオフィスのドアを閉めた。「きみを守るためなら、できることは何でもするよ」と私は言った。

「きみが社に居残ることができればね」とリッキーは言った。

「どうして私は居残れないんだい」

「ゴーディに毛嫌いされているからさ」

「ゴーディは部下全員を嫌っているよ」

「お気に入りのトレヴァーを除いてね。たとえ俺がクビを免れても、あのろくでなしが上司になるんだ。そうなったら、おいらは〝コロンバイン〟しちゃうぞ。ウージー短機関銃を手に会社にやってきて、俺様の『評価リポート』を蜂《はち》の巣にしてやるからな」

「ちょっとカフェインの摂《と》りすぎじゃないか」

長い一日で、ずいぶんと疲れた。災厄が迫りくるとの噂《うわさ》が社の廊下を駆けめぐっていた。

仕事が終わり、私はエレベーターでロビーに下りた。他の同乗者とともに、エレベーターの壁に設置された薄型モニターを漫然と眺める。スポーツ・ニュース（レッドソックスはアメリカン・リーグ東地区でヤンキースを〇・五ゲーム差でリード）や一般ニュース（イラクでまたも自爆テロ）や一部の株価データ（エントロニクス株は一ドル安）といった情報が流れていた。きょうの言葉は「ホモ・サピエンスとは知恵ある人の意」だそうだ。きょうが誕生日の有名人はシェールとバルザック。多くのものがこの〝エレベーター・テレビ〟に落ち着かない気分を味わっていたけれど、私は別に気にならなかった。そもそもエレベーター自体が嫌いなのだ。いつ切れるか分からないケーブルで吊《つる》された鋼鉄製の密封空間にいるという状況を、こいつはいっとき忘れさせてくれる。

ロビーでドアが開くと、カートがそこにいて、かたわらのデニス・スキャンロン保安部長と話していたので、ちょっと驚いた。カートはネイビーブルーのスーツ、白いワイシャツ、銀色の縞《しま》の入った横畝《よこうね》織りのネクタイというでたちで、上級管理職に見えた。左の下襟にはブルーのエントロニクス社章（暫定的《ざんていてき》なものだが）が光っている。社のセキュリティ部門は本館ロビーからちょっと離れたところにあった。たぶん指令センターやその他保安関連の施設はそちらのほうにあるのだろうと私は想像していた。

「よお、どうした」私は言った。「まだ社内にいるんだ。面接は午前中だと思ったけれど」

「午前中だったよ」カートは笑った。

「わが社の新任セキュリティ要員を紹介しよう」スキャンロンが言った。彼は小柄で、頸《くび》がなく、中腰姿勢をいつも取り、ちょっとカエルに似ていた。

「ホントですか」私は言った。「そいつはすごい。人を見る目がありますね」

「わが社に彼を迎え入れることができて、全員が興奮している」スキャンロンは言った。「カートはすでに、わが社の安全面を向上すべく、非常に鋭い提案をいくつかおこなっている。彼はハイテクにじつに詳しくてね」

カートはさりげなく肩をすくめた。

スキャンロンが失礼するよと立ち去ったので、カートと私はロビーで数分間、立ち話をした。「しかし、すばやい仕事ぶりだな」私は言った。

「月曜日から正式に働くことになる。オリエンテーションもあるし、厖大《ぼうだい》な書類に必要事項を書き込んだり。まあ、どれもどうでもいいことだが、それでも、本物の仕事ではある」

「ホント、良かったよ」私は言った。

「そうだ、相棒、きみには感謝している」

「はて、何かやったかな」

「分かっているくせに。とてつもなく世話になった。きみは私のことをよく知らないだろうが、いずれ分かると思う。私は受けた恩義は決して忘れない人間だということを」

就寝前の儀式であるメール・チェックを終えて、ベッドのケイトに合流した。彼女は特大のスエットパンツとTシャツという、ふだんと同じ寝間着すがたで、テレビを見ていた。画面がCMに切りかわったとき、ケイトが言った。「昨日の夜はゴーディとの面接について聞いてあげられなくて、ごめんなさいね」

「全然オッケーだよ。まあ順調だったし。ゴーディとの面接なら、あんなもんだろう。基本的にはぼくをなじったり、脅しつけたり。こちらのやる気を高めつつ、同時に奈落《ならく》に突き落としたり」

ケイトはやれやれと目を回してみせた。「まったく何てやつかしら。で、ポストは獲得できそうなの」

「さあ？　たぶんダメだろう。きみにも言ったけど、そもそもトレヴァーは彼のお気に入りなんだ。攻撃的で無慈悲な男。一方、ぼくのことは弱虫だと思っている。人柄はいいが、腰抜けだと」

やけにうるさいCMが始まったので、ケイトはリモコンの消音ボタンを押した。「ダメなときは、ダメなものよ。でも少なくとも、かちとる努力はしないとね」

「ぼくが考えているのも、まさにそれさ」

「あなたが本気でそのポストを欲しがっているとゴーディに分からせるのよ、そうしている限りは」

「やっているさ」

「でも、ホントに本気なのかしら」

「ぼくが本気で昇進したいかってこと？　ああ、もちろんそう考えているよ。もっと仕事も増えるし、ストレスも増すだろうけど、末端でただ頑張っているだけじゃ、展望は開けないと思う」

「そのとおり」

「ぼくの父親は、出る杭《くい》は打たれると口癖のように言っていた」

「あなたはお父様とは違うわ」

「違うよ。父は一日中工場で働き、そうした状況を憎んでいた」私は一瞬、思い出にひたった。夕食のテーブルについた父のすがた。丸まった両肩、右手の指の数本は先っぽが欠けていた。長い沈黙、打ちひしがれたような目。クソ人生が父に与えたあれこれを一切合切、甘受しているようだった。父を見ていると時々、飼い主から日々たたかれたせいで、人が近寄ると怯《おび》え、放っておいてもらいたがっている犬を連想した。しかし、彼は善良な男であり、私の父親なのだ。父さんは私に、学業を中断せずとも済むように、しっかり宿題がつづけられるように、いつも気にかけてくれた。息子が自分と同じ人生を歩むことを全く望まなかった。自分が父さんにどれほど多くのものを負っていたか、いまになってようやく私は理解できるのだ。

「ねえ、ジェイソン。あなたって、本当にイーサンに優しいわね。あなたの接し方って、私、大好きよ。彼に多少とも関心を持っている大人はあなただけですもの。そして、私はそのことを本当に感謝している」

「ぼくはあの小さな鬼っ子が好きなんだ。掛け値なしにね。彼がある種、ねじ曲がった性格をしているのは知っているけれど、もっと深いところで、彼は自分の両親がろくでなしであることを知っていると思う」

ケイトはうなずき、悲しげな笑みをうかべた。「彼のなかに自分を見ているんでしょ？」

「ぼくが？　ぼくの子供時代はイーサンとは正反対だよ。なにしろぼくは、人あたりだけは抜群に良い子供だったから」

「私のいうのは、あなたは家にあまりいない両親のあいだに生まれた一人っ子だってことよ」

「なるほど両親はあまり家にいなかった。生きるだけで精いっぱいだったから。クレイグとスージーも大忙しだけど、それはボビーこと、ロバート・デ・ニーロとマジョルカ島へ出かけたりするための忙しさだ。あの二人は自分の息子に近づこうとさえしない」

「知ってるわ。ほんと、フェアじゃないわね」

「フェアじゃないとは？」私はケイトを見た。

ケイトの目には涙がうかんでいた。「私たちは子供を授かるため何でもしている。あの二人は幸運にも息子をひとり得ている。なのに、その子を無視し、その扱い方ときたらまるで……」ケイトは首をふった。「皮肉な話よね」

「じつはイーサンの子育て法について、ぼくなりの考えがあるのだが、それを彼らにぶつけてもいいかね」

「ダメ。たんに二人を怒らせるだけ。そしてこう言うわ。きみに何が分かる、子供もいないくせに。そんなことをやっても、現状は何にも変わらないわ。それより、あなたがイーサンに接するやり方、あれこそ、あの子の人生に実際の変化をもたらすものだわ」

「でも、クレイグに説教してやれたら、さぞかし愉快だろうな」

ケイトは笑ったけれど、また首をふった。

「ああ、そうだ」私は言った。「カートにエントロニクス社の職を世話してやったよ」

「カートって」

「カート・セムコだ。ぼくが出会った特殊部隊員」

「ああ、あのカートね。レッカー車の運転手。職を世話するって、どんな仕事？」

「セキュリティ要員だ」

「守衛さんみたいなもの？」

「違うよ。建物の守衛は契約で雇われたガードマン会社の人間がやっている。これは社内の問題を扱う部署だ。物品の紛失防止とか、人や物の出入りの監視とか、そうしたあれこれを」

「本当はその人たちが何をやっているのか、知らないんでしょ？」

「じつは皆目見当がつかなくてね。でも、保安部長はカートを雇えて、大喜びだったよ」

「ほらね。あなたって、誰に対しても善意で接するのよ。どちらも得するウィン・ウィン関係が好きなのね」

「そうさ」私は言った。「人生はやっぱりウィン・ウィンでなくちゃ」

14

翌朝、私はオーディオ・ブック『ビジネスは戦争だ』のビニールを外し、一枚目のCDをジオメトロのスリットにすべり込ませた。ナレーターが、映画『パットン大戦車軍団』のジョージ・C・スコットを彷彿《ほうふつ》とさせる渋い声で、朗読を開始した。「きみの戦闘計画」をこうすべきだ、「指揮系統」をああすべきだと〝パットン将軍〟は獅子吼《ししく》する。「すぐれた指揮官に率いられ、高度に訓練された、凝集力のある部隊は、最も犠牲が少ない」と。

敢闘精神の塊にふれた気がして、たちまち全身にやる気が満ちてきた。このナレーターはきっと、四つ星の陸軍大将にちがいないと想像した。まあ、実態はたぶん、AMラジオ界でも成功できなかったビン底眼鏡の、腹の突きでた、小柄な、さえない男なのだろうが。それでもCDの効用は大したものだ。このままゴーディのオフィスにどかどかと乗り込み、この俺を昇進させろと要求を突きつけてやり、ホントの私を見せつけ、一歩も退《ひ》かない覚悟を示したくなったのだから。

もっとも、自分のオフィスに着くころには、すっかり正気を取り戻していたけれど。

しかも、きょうは車でリヴィアまで出かけ、ワンダーランド・グレイハウンド・パーク（つまりドッグレース場だ）で、三六インチ・モニターのデモをやらなければならないのだ。競犬場にくるような人間が、通常の旧式ブラウン管テレビとプラズマ薄型モニターの違いを気にかけるとは到底思えないのだが。おかげで午後半ばになるまで社に戻ってこられなかった。まあ、それはそれで好都合でもあった。ゴーディは昼食を済ませたあと、機嫌が良くなる傾向があったから。

リッキーを見つけて、私のオフィスへ拉致《らち》する。現在作成中の二件の契約書を読みきかせ、判断をあおいだ。契約書の分析において、リッキー・フェスティノの右に出るものはいない。彼の場合、問題なのは、実際に成約にいたる件数があまりに少ないということだった。リッキーを見ると、かつてのイーサンをふと思い出す。彼が二歳のころ、クレイグとスージーは幼児用便座の訓練DVDを延々と流し、テレビに子守をさせていたことがあった。その結果、幼いイーサンはDVDの内容を丸暗記してしまったのだ。すべてのナレーション、音楽を残さず記憶した。彼は幼児用便座の理論面におけるエキスパートになった。だがしかし、イーサンは幼児用便座の使用をずっと拒みつづけたのだ。それと同じで、リッキーは契約書の腑《ふ》分《わ》けについては天才レベルだったけれど、実際の契約をまとめる面ではじつに覚束《おぼつか》なかった。

「あっ、ヒューストン。こちらシャトル。ちょっと問題発生だ」とリッキーが言った。

「この書類の価格条件には〝FOB（本船渡し）デスティネーション〟とあるけれど、たしか製品はフロリダ港で陸揚げされるんだよな。これだと、もし期限どおり機器類が荷役ドックに到着しなかった場合、打つ手なしになってしまう」

「ホントだ。きみの言うとおりだ」

「また、輸送中の機器類に何か問題が発生した場合、うちとしては責任を取りたくない」

「まいったな。でも、契約内容の全面的見直しなんてことを言い出したら、この話はなかったことになってしまうぞ」

「そう大層な話にはならないと思うよ。相手側に連絡して、見積もり超過分をこちらで引き受けるから、文言を一カ所だけ〝FOBオリジン〟に変更したいと申してるんだ。そうすれば機器類を六週間早く納入できると。そのさい、FOBオリジンにしておけば、おたくへの受け渡しが真っ先におこなわれますと併せて示唆《しさ》しておくんだ」

「なるほど」私は言った。「たくみな善後策だな、相棒。うまい手だ」

ゴーディのオフィスへ向かう。途中、直属の上司、ジョーン・トゥレック女史のオフイスから出てくるトレヴァーと行き合った。およそ彼らしくない沈鬱《ちんうつ》な表情をうかべていた。

「どうだい調子は、トレヴァー」私は言った。

「上々さ」彼は抑揚のない声で答えた。「文句なしだよ」

トレヴァーは全米最大級の映画館チェーンのCEOに待ちぼうけを喰わせたばかりだった。その一件について、さっそく最大級の、満腔《まんこう》の思いをこめた、お悔やみの言葉を述べようと思ったのに、彼は立ち去ってしまった。せっかくの好機を逸した私に対して、ジョーンが左手をくいっと曲げて、自分のオフィスへ招きいれた。

私はたちまち警戒モードに入った。さっきのトレヴァーは、自慢の家宝がじつは傷物であったと知らされたみたいだった。だとすると、その悪い知らせを彼に伝えたのはジョーンであり、次の通告相手は私かもしれない。

「坐《すわ》って、ジェイソン」彼女は言った。「ロックウッド社の成約、おめでとう。あなたがあの一件をまとめるなんて全く考えていなかったけれど、あなたという人間を過小評価すべきではないわね」

うなずきつつ、さりげなく笑みをもらした。「時おり、正しい言葉を口にするだけですべてがうまくおさまる時があるんですよ」私は言った。「私も肉食い人間なのだと、ゴーディに見せつけるべきだと考えています」

「ロックウッド社の商談については、すでにディック・ハーディCEOが記者発表をおこなっているわ」とジョーンは言った。「あなたも見たと思うけど」

「いいえ、まだです」

ジョーンは立ち上がると、オフィスのドアを閉めた。そして私に向きなおった。長く、大きな溜息《ためいき》をつく。あまりよい兆候とはいえないな。目のまわりの隈《くま》は、前回見たときよりさらに濃くなっていた。ジョーンは自分の席に戻った。「ゴーディは私をクロウフォードの後任に昇格させないことになったわ」彼女は疲れきったような声で言った。

「えっ、どういうことですか」

「ゴーディは私の何かが気に入らないのよ」

「ゴーディという人は、うちの全社員について、どこかしら気に入らないのでは。あとは、あなたが女性だってことぐらいですよ」

「あとは生理的に虫が好かない人間だってことね」

「単純すぎると言うかもしれないけれど、それって法律にはふれないんじゃ」

「ええ、あなたは単純すぎるわ、ジェイソン。いずれにしろ、虫の好かない従業員を、組織再編にかこつけて排除するのは昔からやられていることだし」

「そこまで露骨なことはできんでしょ」

「もちろん露骨にはやらないわよ、ゴーディはあたまがいいから。誰かの首を切るさいは毎回、もっともらしい理由づけをおこなうわ。私はしかるべき実績をあげられなかった。あなたたち部下が直近の四半期に業績見通しを達成できなかったから。いずれにしろ、合併統合チームは、私のポストは管理上もはや不必要だと判断するわね。削るべき贅肉《ぜいにく》だと。彼らはすでにエリア・マネジメントという階層全体の廃止を決定したわ。そしてゴーディは、クロウフォードが占めていた事業部副社長の椅子《いす》を、私以外の人間で埋めようとしているわ。あなたか、トレヴァーか、ブレットでね。そうなると、見事昇進をかちとった人間は一人ですべての重圧を引き受けることになるわ。中間にエリア・マネジメントが一段余計に挟まっていても、これだけきつい仕事なのだから」

「つまり、ゴーディはあなたを解雇するつもりなのですか」なにかひどく済まない気分になった。なんとか昇進をかちとろうと必死な私が、目の前にいるジョーンの仕事を奪おうとしているなんて。「残念ですなんて、言えないですよね」そこでふと、不謹慎な思いがあたまを過《よ》ぎった。ジョーンに私の口添えを頼んでおいたけれど、彼女はもはや死に体だ。よもやそれが逆効果にならないだろうかと。

「私は大丈夫。ホントよ」ジョーンは言った。「しばらく前からフードマーク社と、転職の話し合いもしてきたし」

「それって、あちこちのショッピング・モールで飲食店を展開している会社でしょ」声に否定的響きを持たせないよう努力したけれど、感情を十分に隠せたかどうか自信がなかった。

ジョーンの笑顔は弱々しく、やや戸惑いぎみだった。「そう悪い会社じゃないし、この仕事ほどプレッシャーがきついわけでもないから。それに、シーラと私はもっと二人旅をしてみたいとかねがね思っていたの。一緒に人生を楽しみたいと。だから、そう悪い結果ではないわけ。プラズマ・ディスプレーとブリトーに、そう大した違いはないでしょ?」

半端《はんぱ》な同情なんか断じて見せるまいと思ったけれど、おめでとうの一言を淡々と発することはできなかった。こんなときに、何が言えよう。「ご活躍をお祈りしています」

「そうそう」ジョーンは言った。「私が菜食主義者だって、あなたに言ったことがあったかしら」

「つまり肉食い人間ではなかったのが根本原因だと」彼女のブラック・ユーモアにきっちり応じたかったけれど、半分しか成功しなかった。二日前のディナーに出てきた、ケイトが焼いたステーキ肉のことをちらりと思った。食欲を減退させる、あの黒こげの物体のことを。あれならば、どんな人間も菜食主義者に、それも卵や魚もいっさい拒む真性ヴェジタリアンに、変身させられるだろう。

「たぶん」ジョーンは見ていて痛々しくなるような笑みをうかべた。「そんなところね。でもあなたは今日、トレヴァー・アラードにそうそう引け目を感じなくても良くなったかもよ。彼、大失態をやらかしたから」

「大失態って、何のことです」

「生涯最大の契約を失ったのよ」

「パヴィリオン・グループのことですか」

ジョーンはうなずき、唇を固く閉じた。

「タイヤがパンクして、面会時間に行けなかったという一件でしょうか」

「一回なら、単純ミスで済むけれど、二回立てつづけは、まずいわね」

「二回？」

「トレヴァーは今朝、パヴィリオンのワトキンズCEOと改めて面会するため、車で向かったの。その途中、何が起きたと思う？　彼のポルシェがまたも路上で立ち往生よ」

「そんなバカな」

「だといいのだけれど。電子系統の不具合だそうよ。まったく目も当てられないような偶然よね。二日連続だなんて。昨日の今日では、新しいケータイを確保する余裕もなくて、結局、面会時間までにワトキンズのオフィスに連絡をつけることができなかったの。それでおしまい。パヴィリオンは東芝と契約したわ」

「何てことだ」私は言った。「そんなことが起こるなんて」

「この商談は、ほぼ間違いなく成約可能と判断され、すでに次の四半期見通しに組み込まれていたの。だから、この一件は私たち全員にとって大災厄だったし、統合調整チームが鵜《う》の目鷹《たか》の目で社内をかぎまわっているこの時期だと、尚更《なおさら》問題だわね。おおっと、あなたたち全員、と言うべきだったわね。私はここを出ていく人間だから。ただ、あなた自身は、この一件をわたりに船と昇進に結びつけるんでしょうね」

「そんなことは、ないですよ」私はぎこちなく抗議した。

「状況は一変したみたいよ。今期は、あなたの数字がいちばんになりそうだから」

「瞬間風速みたいなものです」

「ゴーディはつねに今しか見ない人間だから、現時点では間違いなくあなたの味方よ。ただ、これだけは助言させて。あなたがこのポストをどれだけ欲しがっているか、私は知っている。でも、その要求を持ちだすさいには、よくよく考えることね。昇進がかなったあとで、自分がどんな立場に置かれるのか、今のあなたには想像もつかないでしょうね」


十分後、私はメールをチェックしていたが、いまだ気分は落ち着かなかった。ふと、戸口に立っているブレット・グリーソンに気づいた。

何の用かは知らないが、よい話ではなさそうだった。「やあ、ブレット」私は言った。

「いまごろバンク・オブ・アメリカへ、プレゼンに行ってるのかと思ったよ」

「バンカメの担当部署の場所が分からないんだ」グリーソンは言った。

「バンク・オブ・アメリカなら、フェデラル・ストリートだよ。知ってるだろ」

「フロアはやたらあるし、オフィスもやたらあるし」

「ネットで調べればいいじゃないか」

「担当者はまだ入行したばかりで、ウェブサイトの名簿に名前が載っていないんだ。それに、そいつのファミリー・ネームのほうは憶《おぼ》えてないし」

「電話番号ぐらいは分かるだろうに」でも何でまた、グリーソンのやつは私のオフィスにやってきたんだ。いつもは可能なかぎり私と口をきかないようにしているのに。いずれにしろ、グリーソンが私に助けを求めるはずなど金輪際ないのだから。

「それもないんだ」

「どういう意味だい。ないんだって」

「何がそんなにおかしいんだ」

「おいおい、ぼくは笑ってなんかいないぞ、ブレット。いったい何が言いたいんだ」

「だから〝死のブルー画面〟なんだよ」

「えっ、パソコンのハードディスクがいかれたのか？」

「永久に、とりかえしの付かないエラーだそうだ。だれかが俺のコンピューターをおしゃかにしたんだ」そして私を睨《にら》みつけた。「しかも今朝がた、パソコンとデータの同期を取ろうとしたら、どういうわけか俺の携帯情報端末《パーム・パイロット》のデータも消えてしまったんだ。すべての連絡先、すべての記録、みんな無くなってしまった。ＩＴ部門のおたく野郎に聞いたら、全面的に修復不能だそうだ。誰かさんの悪さのせいでな」グリーソンはそう言うと、踵《きびす》を返して去っていった。

きちんとバックアップを取っておけば、そんな問題に悩まされずに済んだのにと思ったけれど、まさか当人にそう言うわけにもいかず、私は固く口を閉じたまま、言い分だけを聞いていた。「本気で誰かがやったと思っているのか、ブレット」グリーソンの背中に向かって、最後にそう声をかけた。

だが、グリーソンは足を止めなかった。

とそのとき、私のパソコン画面にインスタント・メッセージが出現した。ゴーディからで、すぐに会いたいとのことだった。

15

ゴーディはパリッとした、ボタンダウンの白いシャツを着ていた。胸ポケットで、相変わらず大きなブルーの装飾文字が「KG」と存在を誇示していた。入ってきた私に握手するでもなく、ゴーディはデスクの向こう側に坐《すわ》ったままだ。

「ロックウッド・ホテルを物にしたそうだな」ゴーディは言った。

「ええ、そのとおりです」

「やるじゃないか」

「ありがとうございます」

「契約書の点線部分にサインをもらうまでは安心できないが、ともあれ感心したよ。この契約はどうしても欲しかった。アラードとグリーソンが最近ヘマをやらかした現状では特にな」

「そうなんですか。それは残念でした」

「おいおい」ゴーディは言った。「よしてくれ、まったく。おためごかしは、物を知らない人間に向かって言うものだ。グリーソンはバンク・オブ・アメリカへのプレゼンを吹っ飛ばしてしまった。しかも、コンピューターのデータが飛んだなんて、愚にもつかない言い訳までして。俺にかんするかぎり、やつはもはや死に体だ。そして今度はトレヴァーだ」とゴーディは首をふった。「じつを言えば、俺も人並みにゴルフは好きだ」とゴーディは隅のパターに目をやった。「だがな、マイオピア・ハント・クラブで九ホールを楽しむため、七千万ドルのクライアントをたばかったりはしないだろう」

「えっ、まさか」私は本当に驚いてしまった。およそトレヴァーらしくない所行《しょぎょう》だったから。

「俺もウソだと信じたいよ」ゴーディは言った。「俺が事実を知っていることを、やつは気づいていなかったが、パヴィリオン・グループのワトキンズから事情を知らされてな。なんとか挽回《ばんかい》しようと試みたものの、ワトキンズにその気はなかったよ」

「トレヴァーは本当にゴルフをやっていたのですか」

「やつは騙《だま》しきれると踏んでいたようだな。ワトキンズには二日つづけて、車が故障したと言い訳したそうだ。一日目はパンクで、二日目は発電機が不具合を起こしたとかなんとか。二日とも、携帯電話の調子が悪かったとも言ったそうだ」

「でも、それは実際に起こったことでは」

「まあな。で、あのバカはワトキンズのオフィスにどこから電話をかけたと思う。ゴルフ場からだ。秘書がその番号のＩＤを確認している」ゴーディは不快そうに首をふった。

「これじゃ、弁護のしようもない。もちろん、やつは否定したさ、だがな……まあ、ともかく、アラードにはもう一度だけチャンスを与えてやりたいと思っている。やつは本物の肉食い人間だからな。ただ、おまえにも別のチャンスをやろう」

「はい」

「みんなが好きなNECの男は誰だ」

「ジム・レタスキーのことですか。サインネットワーク社に食い込んでいる」

「そう、レタスキーだ。俺はサインネットワーク社を物にしたい。その唯一《ゆいいつ》の方法は、レタスキーをうちの営業チームに取りこむことだ。やつをリクルートしてこい。おまえの能力を十二分に使いきる結構なハードルだろ？　さあ、やつを奪い取ってこれるか」

「NECからですか。レタスキーはシカゴに住んでいて、奥さんとたしか子供が二人か三人。しかもすでに相当な稼ぎもあるし」

「なんだなんだ、まだ挑戦もしないうちにギブアップか」ゴーディは言った。「おまえさん、クロウフォードのポストはいらんのか」

「そんなことはありません。ただ、簡単な任務ではないと言っただけです。でも、試してみます」

「試してみますだあ？　そんなのは一言でいいんだ。『やります、ゴーディ』だ」

「やります、ゴーディ」

もたもたしている暇はない。ジム・レタスキーととりあえず接触しなければ。NECのウェブサイトを見ると、彼のオフィスの電話番号は分かった。だが、この種の電話は自宅のほうにかけたい。謀《はか》りごとは密なるをもってよしとするだ。残念ながら、自宅の電話番号まではリストにない。そこでゴーディが会議に出ていくのを待って、彼の秘書の小部屋《キユービクル》へ偶《たまたま》という感じで顔を出した。ゴーディの秘書メラニーは業界関係の名前や連絡先については厖大《ぼうだい》なデータベースを維持していた。彼女なら、あるいはレタスキーの自宅の番号も分かるのではと考えたのだ。

「ジム・レタスキーの自宅の電話番号ですか？」メラニーは言った。「ああ、分かりますよ。簡単です」

「名前を聞いただけで、どこの誰だか分かるの」

メラニーは首をふった。下唇を突きだしながら、光よりも速くキーボードをたたいていく。「はい、これです」

「どうすればそんな芸当が」

「魔法です」

「きみはNECの全営業マンの自宅番号を把握しているのか」

「そんなわけないでしょ。ケントは長年、レタスキーをリクルートしようと働きかけをおこなっていて、だからです。私はいつも、彼の妻に花を贈っています」メラニーは天真爛漫《らんまん》な顔をしていた。自分のボスが、レタスキーについてほとんど知らないふりをしているなんて、思いもよらないのだろう。「でも、レタスキーはなびきませんけどね。奥様がお気に入りの花屋の名前も知りたいですか。それも分かりますよ」

「いや結構だ、メル」私は言った。「花を贈るつもりはないから」

16

仕事が終わり、私はホンダ・アキュラを回収するため、ウィルキー自動車修理工場へと向かった。途中の車内でも、敢闘精神の塊のご託宣にますます耳を傾けた。「待ち伏せ攻撃から生き残る唯一《ゆいいつ》の方法は、敵が発砲してくる場所のまさに中心部にむけ、直ちに反撃を加えること、もはや攻撃どころではない状況に敵を追い込むことにある」などといったことを、大声でしきりに説いていた。

乗ってきたジオメトロは修理工場に置いていき、エンタープライズ・レンタカーにあとで回収してもらうことにした。トランクを確認すると、幸いなことに、企業社会でサバイバルするための自己啓発本の入った専用かばんがほぼ手つかずのまま残されていた。

自動車事故にも、それなりのメリットはある。修理工場から戻ってきた車体は、まるで新品同様だったのだ。わがアキュラは、工場出荷直後の新車に見えた。〝パットン将軍〟のCDを、今度はアキュラのプレイヤーに入れる。すると、閣下のお声は、そのサラウンド・システムのおかげで、いっそう指揮官らしく聞こえた。

そのあと、携帯電話でカートに電話した。たぶんいま、きみの新居から八キロメートルほどのところにいると（彼はホリストンに一軒家を借りたと言っていた）。で、じつは引っ越し祝いがあるのだがと言うと、そうか、だったら、ちょっと寄ってくれとカートは言った。

　その家はすぐに見つかった。彼は郊外の造成地にある小さな平屋に住んでいた。赤レンガ、白い羽目板、黒い雨戸、アメリカの都市近郊でよく見かけるごく普通のランチハウスだった。ひどくこぢんまりとした建物で、その分、手入れが行き届いていた。最近ペンキを塗りなおしたばかりのようだ。おまえさん、何を期待していたんだと自分にツッコミを入れる。まさか、古式ゆかしいかまぼこ兵舎か。

　アキュラを私道に停めた。漆黒で、こちらも最近舗装し直したばかりに見える。トランクから書籍の束を取りだし、玄関ベルを鳴らす。すでにどれも読み終えた本で、しかもいまの私より、カートのほうがずっとこれらの本を必要としていると思ったからだ。

　白いTシャツすがたのカートが現れた。

「わが『辺地要塞《ようさい》』へようこそ」そう言いながら、網戸を開けてくれた。「いま電気回りを改造しているところだ」

「そんなこと、自分でやれるのか」

　カートはうなずいた。「賃貸住宅なんだが、ブレーカーをしょっちゅう戻すのに飽き飽きしてね。百アンペアでは全然足りない。それに電線も相当古かったので、ついでだから四百アンペアの配電盤に交換した。こうしておけば、ここに住んでいるあいだ、ヒューズに悩むことはない」

そこでふと、私がかかえる本の束に気づいたようだ。「それが引っ越し祝いか」

「ああ、そうだよ」私は言った。

カートは本の背表紙に目を走らせた。「『共食い――ビジネス世界で生き残る』か」とタイトルを声に出して読んでいく。「『企業における〝決して捕虜は取るな〟の指針』こいつはいったい何だ」

「ビジネス書だよ。たぶんきみの役に立つんじゃないかと思って」と言いつつ、廊下のテーブルに本の束を置いた。「だって、きみはこれから企業世界に身を置くんだから」

「『海軍ＳＥＡＬの秘密のチーム戦法――ビジネスに活《い》かすエリート部隊の指導原則』」さらに読みあげながら、カートはどこか楽しげだった。「『企業戦士』か。どれもこれも軍事ものばかりですね、少尉《しょうい》。でも私には必要ありません。十分この目で見てきましたから」

なにやら自分がバカに思えてきた。なるほどここにいる男は現実世界でここに書かれたことをすべて実体験してきたのだ。そうした人間に、素人《しろうと》軍事おたく向けのビジネス書を、それも束にして進呈しようというのだから。それに、カートという男は本をまったく読まないタイプかもしれないじゃないか。「そうだね。でも、ほら、ここにある本はどれもこれも、きみがすでに知っていることをきみが知らない世界でいかに応用するかを説いた本だから」

カートはうなずいた。「なるほど。喜んでいただくことにしよう」

「まあ、見てみてくれ」私は言った。「要はどう読むかだから」

「そうします、少尉どの。必ず読みます。自分はなんでも独学でやる人間でありますから」

「カッコいいなあ。あっ、そうそう。じつはちょっと頼み事があるんだ」

「うかがいましょう。ご遠慮なく。そうだ、何か飲み物でも。あとで、私の戦利品コレクションもお見せしよう」

外回りと同様、カートの家は内部もきちんと片づいていた。清潔で、整理整頓《せいとん》が行きとどき、ムダなものがいっさいない。ほとんど仮の宿りといった風情《ふぜい》だった。冷蔵庫の中身といえば、まずはミネラル・ウォーターのポーランド・スプリング、スポーツドリンクのゲータレード、そしてプロテイン補充飲料と、ビンばかりだった。どうやらバドワイザーは望み薄のようである。

「ゲータレードはどうだい」

「いや、水でいい」私は言った。

カートは小さな飲料水のビンをぽんと投げてよこし、自分用にも一本取りだした。そのあと、彼の何もないリビング——カウチがひとつ、リクライニング・シートが一脚、古いテレビが一台——へと移動し、それぞれ腰をおろした。

私はカートに事業部副社長をめぐる出世レースについて概要を説明した。グリーソンがバンク・オブ・アメリカ相手の大事なプレゼンに失敗したこと、トレヴァーがパヴィリオン社の契約を失ったことなど。でも、トレヴァーは月曜日、フィデリティ相手にデモをおこなうことになっていた。こちらの成約はたぶん固いだろう。そして彼はふたたび、ゴーディの寵愛《ちょうあい》を取り戻すというわけである。

次に、ゴーディのいわゆる抱き込み作戦について説明した。NECのジム・レタスキーをリクルートしてこいとのご下命だった。「ちょうど『オズの魔法使い』のなかで『西の邪悪な魔女からホウキの柄を取ってこい』と命じられたドロシーみたいなものだ」と私は言った。

「どのへんが似ていると」

「そもそも不可能なことを命令している点がさ。つまりゴーディは私を失敗させるため、この任務を与えたんだ。私がしくじれば、昇進はトレヴァーのものだ」

「どうしてきみは自分が失敗すると決めつけるのだ」

「じつはゴーディの秘書から、彼がこれまで何度もレタスキーに働きかけをおこなってきたと聞いたからさ。それに、このレタスキーという男は妻子とともにシカゴ生活を享《きょう》受《じゅ》している。わざわざボストンくんだりに引っ越したり、エントロニクス社で新生活を始める動機づけがそもそも乏しいのだ」

「それほどの腕利《うでき》き営業マンに対して、社を代表して移籍話をもちかけられるほど、きみの地位は高いのか」

「形式的には問題ないと思う。ぼくの肩書きはエリア・マネジャーだから。本人に一度会ったこともあるし、そのさい互いに好感を持ったと思う」

「その男についてよく知っているのか」

「いいや、せいぜいいま話した程度のことだ。大して知らない。すでに通常の調査はやったし、あちこち電話もかけてみたけれど、突っ込んだ情報は入手できなかった。まさかきみの知り合いでNECのセキュリティ部門に勤めている人間なんていないよね」

「残念だが、いないな」カートは笑った。「そいつの背景知識を知りたいのか」

「そんなことできるのか」

「どこで何を探すかによるな」

「NECがレタスキーをどれほどの報酬で処遇しているのか、その条件をすべて列挙した文書なんて、見つけられると思うかい」

「もっといろいろなものを探しだせると思う」

「もし可能なら、たいへんありがたいんだが」

「二、三日くれないか。いったいどの程度のものが入手可能かチェックしてみたい。作戦可能性情報《アクショナブル・インテリジェンス》なんて言うのだが」

「恩にきるよ」

カートは肩をすくめた。「お礼なんてとんでもない。入社のため骨折りをしてくれたじゃないか、相棒」

「ぼくが？」

「スキャンロンにかけ合ってくれただろう。いわば、保証人になってくれた」

「あれでかい？　大したことはやってないよ」

「大したことなんだよ、ジェイソン」カートは言った。「本当に大したことなんだ」

「そうかい、そう言ってくれるなら、ありがたい話だ。そうだ、きみの戦利品を見せてもらおう」

カートは立ち上がり、予備の寝室みたいに見える部屋のドアを開けた。火薬か何かだろうか、鼻につんとくる、それでいて黴《かび》のようにも思える臭《にお》いが微《かす》かに漂っていた。どれも長いベンチにきちんと並べてあり、その中には奇妙な形をした武器もいくつかあった。カートは銃床がなめらかな木でできた古いライフル銃を手に取った。「こいつを見てくれ。第二次世界大戦期のヴィンテージ物、モーゼルK98だ。ドイツ国防軍の制式小銃だ。こいつでアメリカ軍のアパッチ・ヘリコプターを一機撃墜したと主張するイラクの農民から買ったものだ」カートは愉快そうに笑った。「ヘリにはかすり傷ひとつ付いてなかったけどね」

「それって使用可能なの」

「さあね。ただ、試してみる気はないが」カートは次に拳銃《けんじゅう》を手に取ると、ほれっという感じで私に見せた。はいよっと素直に受けとることを期待しているみたいだったが、私は見るだけでやめておいた。「ベレッタのモデル1934みたいに見えるだろ」

「間違いないよ」私は真顔で応じた。「疑問の余地もない」

「ところが、遊底《スライド》のマーキングを見てみると」と言いつつ、カートは拳銃をさらに私に近づけた。「メイド・イン・パキスタンって読めるだろ。ダラ・アダム・ヘルの工房による手造りの逸品だ」

「誰だい、そいつは」

「ペシャワルとコハートのあいだにある町の名前だ。世界のあらゆる銃器の、本物そっくりのレプリカを造ることで有名なところだ。本来はパシュトゥーン人向けの武器業者で、〝スタン〟のタリバン戦士がお客さんだ」

「スタン？」

「われわれはアフガニスタンをそう呼んでいた。その銃が本物か、ダラ・スペシャルかどうかは、遊底の刻印の並び方がどれくらい雑かどうかで判断できる。ほらね」

「パチもんなのか」

「無限の時間と、箱いっぱいのファイルと、九人の息子がいると、人はどれほどのことがやれるか、その可能性を示す格好のサンプルだな。驚嘆するしかない。次にこちらのやつを見てほしい」カートは黒い四角い物体を見せた。中央部には銃弾が貫通したような穴が開いていた。「こいつはSAPIプレートだ。SAPIというのは『小火器進入阻止』の頭文字をとった用語だ」

「穴が開いているけど、使用済みなのかい。それとも、元々欠陥品だったとか」

「命の恩人さ。そのとき私はイラクの国道一号線で戦車の砲塔から上体を突きだしていた。すると突然、ガクンと前のめりになったが、防弾チョッキのおかげで運よく命を拾った。ほら、銃弾が奥まで届いているのが分かるだろう。衣服も貫通して、ひどい銃創が残ったが、背骨はやられずに済んだ」

「これらの戦利品は帰国のさい、すべて許可を得てアメリカに持ち込んだんだろうな？」

「みんな、やってることさ」

「合法的に？」

カートは何やらのどに引っかかったような笑い声をあげた。

「どれか使える武器はあるのかな」

「ほとんどはレプリカ、つまりまがい物だ。信頼性なんてありはしない。実際に撃ったりしないほうがいいぞ。自分の鼻先で爆発するのが落ちだ」

そのほか、円筒状の物体を載せたトレイもあった。画家が使う、油性絵の具のチューブみたいな形状をしている。一本だけ手に取ってみる。液状金属脆化剤《ぜいかざい》(LME)——水銀インジウム合金というラベルが貼《は》ってあり、合衆国陸軍という文字も読めた。こいつは何だいと訊《き》こうとしたら、カートが言った。「銃器の扱い方を知っているか?」

「狙《ねら》いをつけて、引き金を引くんだろ」

「ううむ、正確性に欠けるなあ。狙撃《そげき》兵なんか、何年もかけて操作法を学ぶんだぞ」

「トレーラーハウスを家代わりにし、従妹《いとこ》と結婚するようなあたまの足りないやつでも、大した訓練も受けずに実際に使っているようだが」

「反動《リコイル》って分かるか」

「もちろん。発砲の瞬間に銃口が衝撃で上を向くことだろう。『バッドボーイズ』なんかで二十回は見ている。ぼくの知識のほとんどは映画から学んだものだ」

「本物の銃の撃ち方を学びたくはないか? ここからそう遠くないところに射撃場を持っている男を知っているのだが」

「銃はぼくの畑じゃないよ」

「是非とも試してみるべきだ。実際、銃器の扱いはアメリカ国民全員が学ぶべきだと思う。こんなご時世だし。きみには守るべき奥さんだっているじゃないか」

「もしテロリストがうちを狙ってやってきたら、きみに電話をするよ」

「本気で勧めているのだが」

「いいや、結構だ。興味がないんだ。銃ってやつが怖くてね。悪く受けとらないでくれ」

「そんなことはないさ」

「きみは特殊部隊の暮らしが懐《なつ》かしくて仕方がないような印象を受けるんだけど、なぜかな」

「私の人生を大きく変えた経験だからだよ、相棒」

「そんなにもか」

「本土の生活はみじめなものさ」

「どこで育ったんだい」

「ミシガン州グランド・ラピッズだ」

「いい町じゃないか。スティールケース社との商談で行ったことがある」

「グランド・ラピッズの、あまり良くない地域の育ちだ。あちら側の住民だな」

「なんか、ぼくが育ったウースターの話を聞くみたいだな」

カートはうなずいた。「ただ、私はいつも何かしら問題をかかえていた。自分がひとかどの人間になれるとは決して思わなかった。タイガースからドラフト指名されたときも、自分が大リーガーになれるはずがないと思いこんでいた。こんな腕では不十分だと。そこで陸軍に入り、結果的に自分の得意分野にめぐりあえたわけだ。特殊部隊への志願者はとても多いが、大半のものは選抜試験を乗り越えられない。Qコースをパスしたとき、私は自分がものすごい才能の持ち主だと実感した。クラスの三分の二は脱落したのだから」

「何コースだって」

「Qコース、適性《クオリフィケーション》課程だ。不適格者を落とすことだけを目的にしたコースだ。言ってみれば、一日二十四時間、休むことなく拷問《ごうもん》を加えられるような体験だった。睡眠時間を一日一時間に制限され、夜中の二時にたたき起こされ、素手で戦う闘技場へと追い立てられる。脱落者が出ると、昼夜の別なく、そのたびにスピーカーからクイーンの『地獄へ道づれ《アナザー・ワン・バイツ・ザ・ダスト》』が流される。〝さらに一名脱落〟というわけさ」

「なるほどゴーディ流の人事管理テクニックのお里はそれか」

「どんなものかやってみないと想像もつかないと思う。コースの最終課程はコマドリ《ロビン》・賢者《セイジ》と呼ばれている。ノース・カロライナ州にある面積五〇〇〇平方マイルの森のど真ん中に空から投入され、ランド・ナビをやらされる。言ってみれば、人間カーナビだな。道路をたどることは許されない。移動中は木の実や野生の果物で腹を満たさなければならない。最初だけ、何かの動物、ウサギとかニワトリとか、そんなものを投げてよこされる。それがタンパク源というわけだ。その週の終わりに、投げられた動物の後ろ足を試験官に示さなければならない。コースの最後まで行きつけたものは、決して諦《あきら》めなかった人間だけ。それが私だ」

「話を聞くと、なんか野外生活による自己啓発学校《アウトワード・バウンド》みたいだな」

カートは鼻先で笑った。「それが終わって、もし運がよければ、この世の地獄みたいなところへ送りこまれる。アフガニスタンとか、イラクとかへ。さらにもっと運がよければ、私のように、その二カ所を堪能《たんのう》できる」

「面白いんだ？」

「そうとも。イラクで、決してやまない砂嵐《すなあらし》のどまんなかにいると、まったく思いがけないことだが、砂漠のくせに夜は半端《はんぱ》でなく寒くなるんだ。手がかじかんでコーヒーを作ることさえできない。だから携行口糧は、一日ひとかけらで済むように、あらかじめ切断されている。十分な水がないので、入浴や髭《ひげ》剃りはできない。かと思うと、バスラのクソ・キャンプなんぞにいると、スナノミが全身をはい回り、あちこち嚙《か》まれるし、蚊はマラリアを媒介するし、そこらじゅうが赤いみみず腫《ば》れだらけになる。自分の身体《からだ》にも、空中にも、殺虫剤をたっぷりまくが、結果に大差はない」

うなずきつつ、私はしばらく言葉が出なかった。「相棒」私はようやく言った。「たぶん今度の仕事はおそろしく退屈だと思うよ」

カートは肩をすくめた。「でも、ようやく本物の仕事にありつけて、いい気分だ。そこそこカネにもなるし。いまなら車を買える。スキャンロンも一台買っておけと言っている。クライアントとの会合やら何やらに必要だからって。そのほかに新しいハーレーを手に入れられるかもしれない。節約して家を買うことだって。そうしたら、いつかいい娘《こ》を見つけて、また結婚生活を送る気になるだろう」

「前回の結婚はうまくいかなかったのか」

「一年ともたなかった。理由は分からないが、結婚とは疎遠《そえん》でね。特殊部隊の人間は大抵離婚している。家族が欲しかったら、特殊部隊はやめておいたほうがいい。それで、きみが欲しいのは何だい」

「ぼくがいま何を欲しいかって？」

「人生における望みという意味さ。仕事上でもいいが」

「レッドソックスのシーズン・チケットだな。それから、世界の平和だ」

「子供が欲しいんじゃないのか」

「もちろん」

「いつごろ持つ気なんだ」

私は半分笑いながら、肩をすくめた。「いつかは必ず」

「なるほど」カートは言った。「きみにとっては、大仕事なんだ」

「大仕事じゃないよ」

「いやあ、大仕事だよ。きみとかみさんは、その大仕事に奮闘中なのだな。あるいは努力はしているが、いまだ結果が出てこない。顔を見れば、それぐらい分かるよ」

「おやおや、この部屋には占い師の水晶球まであるのかい」

「本気で言っているんだ。その話題に触れてほしくないなら、それは構わないが、きみの顔を見れば、見当はつく。〝テル〟という言葉を知っているか」

「たしかポーカーの用語だろう。対戦相手がブラフをかけているかどうか、さりげなく教えてくれるちょっとした身体的兆候《サイン》のことだ」

「そのとおり。大抵の人間はウソをつくとき、落ち着かない気分を味わう。それゆえブラフをかけるときは、つい笑みをもらす。あるいは、無表情を装《よそお》う。あるいは鼻をちょっとかく。特殊部隊に所属する一部のものは、著名な心理学者から、人間の表情や脅威のレベルをいかに評価すべきか専門授業を受けるんだ。敵の欺瞞《ぎまん》をいかに見破るかのね。いま相手は拳銃を抜こうとしているのか、それともリグレーのチューインガムを取りだそうとしているのか、是非とも知りたい局面が時おりあるから」

「ゴーディがウソをつくと、ぼくはいつも分かる」

「おや、そうかい」

「そうさ。彼は唇を動かすんだ」

「そうそう、つまりそういうことだ」カートは笑わなかった。「だから、きみは子供が欲しい、もっと大きな家が欲しい、もっと高級な車が欲しい、もっとたくさんの玩具《おもちゃ》が欲しいということが分かるんだ」

「世界の平和を忘れないでくれ。それから、レッドソックスのチケットも」

「きみはエントロニクス社の経営者になりたいか」

「最後に確認したとき、ぼくは日本人ではなかったよ」

「だったら、エントロニクス社でなくてもいい。ひとつの会社を、自分の思いどおりに動かしてみたい、と思っているはずだ」

「やってみたいなと思うことはあるさ。六パックの缶ビールのうち、半分ぐらいまで飲んだときとか」

カートはうなずいた。「きみは野心的な男だな」

「かみさんに言わせると、ぼくの野心はハコガメ並みだそうだよ」

「彼女はきみを過小評価している」

「あるいはね」

「だが、私は違うぞ、相棒。前にも言ったが、ここでもう一度強調しておこう。私は受けた恩義は決して忘れない人間だ。いずれ分かる」

17

土曜の朝、私はジム・レタスキーの自宅に電話をかけた。

受話器から私の声が聞こえたので、レタスキーはちょっと驚いているようだった。少し話をした。まずは彼がアルバートソン社の契約をうちから見事かっさらったことについて祝意を述べた。そのあと、本題に入った。

「おやおや、ゴーディは今後、きみを勧誘担当者にしたわけか？」

「うちはきみにずっと目をつけていたんだ」私は言った。

「家内はシカゴを愛している」

「ボストンはもっと気に入ると思うよ」

「お誘いをいただき、光栄です」レタスキーは言った。「本当にそう思うよ。でも、転職の話はゴーディからすでに二回あって、いずれも断っている。いや、考えてみたら三回だな。ボストンがダメだというわけじゃなくて、私はシカゴを愛しているんだよ。そしていまの仕事も」

「これまで仕事でボストンに来たことはあるかい」

「しょっちゅう行っているよ」彼は言った。「週に一回ぐらいは。ボストンは私の担当地域の一部だから」

では次回、たぶん二日後あたりにボストンへやって来たとき、とりあえず顔合わせぐらいしようじゃないか、ということになった。面会場所は、知りあいと会いたくないので、エントロニクス・ビルは勘弁してほしい、とレタスキーは言った。あそこで私を見かけたという話がNEC側に伝わらないとも限らないからと。そこで彼のホテルで朝食時に会うことになった。

月曜の早朝、カートが私をサマーヴィルのジムに無理やり連れていった。楕円形《だえんけい》の真新しいトレーニングマシーンで、合成繊維ライクラ製のボディースーツを着込んだきれいなネエちゃんが汗を流す——なんて光景とは、およそ無縁の場所だった。フィジーのボトル入りウォーターを出してくれる小じゃれたバーも併設されていない。ただひたすらウェイト・リフティングに打ち込む者たちが集う、それはそれは男くさい場所だった。汗と、革と、アドレナリンの臭《にお》いが充満していた。床はだいぶ年季が入っており、裸足《はだし》で歩くと棘《とげ》がささりそうな厚板が張られている。スピードボールを吊《つ》す棚があり、メディシンボールやサンドバッグ、パンチングボールが並び、部屋のまんなかにはボクシングのリングまで置かれていた。男たちは縄跳びをやっていた。みなカー

ト と顔見知りらしく、彼に好感を抱いているようだった。トイレは木製の貯水槽が頭上にある昔ながらのタイプで、チェーンを引くと、中の水が流れ落ちた。「つば吐き厳禁」という注意書きが貼《は》ってある。ロッカー・ルームはだいぶ雑な造りだった。

だが、私はこのジムが大いに気に入った。これこそジムだと思った。会員になりながら一度も足を運んだことのないコープフィットなど、いわゆる〝フィットネス・クラブ〟に比べて、はるかに地道な感じがした。古いトレッドミルとステア・クライマーが二台、各種ウェイトを収納する棚もあった。

まず、自転車こぎでウォームアップをおこなった。カートと私、朝の五時三十分だった。十分ないし十五分、激しくペダルを踏むと、心臓が血液を激しく送りだすようになった。他の器具で本格的に運動する前に、まずは自転車こぎだとカートが主張したのだ。彼は忌々《いまいま》しいくらい見事な筋肉をまとっていた。巨大な二頭筋と三角筋がその袖《そで》なしシャツからグレープフルーツのように盛り上がっていた。

私たちは運動のかたわら、あれこれ話をした。社屋の監視カメラをデジタル方式に移行しようと思っている、とカートは言った。「すべての録画データをデジタルで保存する。しかもインターネット・ベースの。それから、社内各部署への侵入チェック・システムも手直ししないといけない」

「でも、いまだって、全社員が送受信方式の入室チェック・カードを身に着けているじゃないか」

「清掃員も着けている。彼らはどのオフィスにも自由に出入りができる。こうした許可なし入室の非社員を買収し、IDカードを入手するのに、いったいどれぐらいのカネが必要だと思う。百ドルか？　あるいはそうかもしれない。やはり生体認証が必要だ。指紋か、それとも掌《てのひら》によって本人かどうか照合できるような」

「きみはスキャンロンがそうした提案にゴーサインを出すと本気で思っているのか」

「当面は無理だな。スキャンロン自身は気に入っているが、なにせかかる費用が半端《はんぱ》じゃない」

「スキャンロンはこの件についてゴーディに話したのだろうか」

「ゴーディ？　いいや、スキャンロンによると、この手の案件はCEOのディック・ハーディ・レベルで決裁されるそうだ。数カ月待ちたいと思う、と彼は言っていた。まあね。実際に問題が生じるまで、誰もセキュリティにカネなど払いたくはないさ。カネが流れるのは、血が流れたときだけだ」

「まだ入社間もないのだから」私は言った。「あまり激しくスキャンロンの腕をねじあげちゃダメだよ」

「腕をねじあげたりはしないよ。戦いをいつ仕掛けるべきか、いつ撤退すべきか、きみはタイミングの見極め方を学ぶ必要があるな」カートは笑った。「ザ・ボックスで初めて習うことのひとつだよ。きみがくれた本の中にも書いてあった」

「ザ・ボックス？」

「あっ、すまんすまん。敵地、という意味だ」

「ああ、それで分かった」息切れがしてきて、私の言葉はしだいに短くなっていく。

「そうだ、あのビジネス戦争本は大いに気に入ったぞ。たしかにこの世界のことがよく分かったよ、相棒。心底理解したぞ」

「そうか」私は荒い息をした。「たぶんある意味……経営陣のほとんどは理解していないと思うが」

「そいつも了解《ラジャー》だ。だからニセモノ企業戦士は、敵の扱い方について、あんな戯言《ざれごと》を吐いているのだな。おかしくて笑ってしまうよ」カートはそこで、エクササイズ・サイクルから飛びおりた。「腹筋の準備はいいかな？」

シャワーを浴び、着替えをしたあと、カートはひとつのフォルダーを私に手渡した。私たちはジムの外、早朝の光のなかで道路に立っており、かたわらを車がうなりをあげて通過するなか、私はファイルを読みふけった。

いったいこれほどの調査を、カートはどうやってやり遂げたのか、見当もつかなかった。そこにはジム・レタスキーの過去四年間における、税引き後の手取り収入総額が、一ドル単位まで正確に記されていたからだ。サラリー、歩合給、そしてボーナスのすべてが。レタスキーの住宅ローンの金額、月々の支払い額、金利収入、収支のバランス状況まで把握されており、さらにエヴァンストンの持ち家の購入価格と現時点の資産価値までが書かれていた。

　自動車関係の支払い、妻と三人の子供の名前、彼がテキサス州アマリロで生まれ育ったことなども、ファイルに載っていた。レタスキーのかみさんは現在働いておらず（家の外ではという意味だが）、また三人の子供をいずれも私立学校にかよわせており、そのため教育費はかなりの負担になっていると思われるといった事実も、カートは指摘していた。小切手やクレジットカードの利用明細、おもな支出項目も載っていた。カートはレタスキーの情報をどこまで把握しているのだろう。読んでいて、空恐《そらおそ》ろしくなるようなリポートだった。

「こんな情報、いったいどうやって手に入れたんだい」カートのオートバイに近づきながら、私は言った。

　カートは笑った。「そいつはＮＴＫ事項だな、相棒」

「えっ？」

「知っておく《ニード・トゥ・ノウ》必要がある場合にのみ教える、ということだ。自分はつねに敵より良質のインテルを得られる、という点だけ分かっていれば、当面は十分さ」

きょうが正式の入社日なので、どうだい、いっしょに昼飯でも食って、お祝いしようじゃないかとカートには言っておいた。だが、さまざまな書類の作成や、社内オリエンテーションなどで、彼はなかなか時間が取れなかった。正午ごろ、トレヴァー・アラードがフィデリティ社から戻ってきた。予想したより早かったなと思いつつ、彼の小部屋《キュービクル》にさりげなく接近し、できるだけ他意のない調子で声をかけた。「首尾はどうだったい」

私たちは互いに虫が好くような関係ではないけれど、相手の腹を読むことはどちらも得意だった。二匹のオオカミがほんの数秒間で、ライバルの力量を見切るみたいなものだ。私の訊《き》き方には、対抗意識のかけらもうかがえないはずだが、その意図するところは、トレヴァーにはすべてお見通しだった。つまり、おい、例の商談はまとまったのかい、今後はきみが私のボスになるのかいということだ。

トレヴァーはうつろな表情で私を見た。

「デモの首尾だけど」と重ねて訊く。「けさの。フィデリティ社の」

「ああ」

「六一インチ・ディスプレーのデモをやってきたんだろ？」

トレヴァーはうなずいた。こちらを見ながら、鼻の穴がどんどん広がっていく。「デモは失敗だ」

「失敗？」

「ううむ。モニターは明るくさえならなかった。完全にいかれていた」

「おい、冗談だろ」

「いいや、ジェイソン。冗談なんかじゃない」トレヴァーの声は冷たく、強《こわ》ばっていた。

「俺は、冗談なんか、これっぽっちも、言ってない」

「もちろん、そうだよな。ううむ、失礼した。で、どうなったんだ。フィデリティ社の契約は取れなかったのか」

トレヴァーはまたうなずき、私の顔をしげしげと見つめた。「当たり前さ。誰だって、作動に疑問のあるプラズマ・モニターなんぞに一台一万ドルも払いたくないだろうから。そうさ、俺は契約を取れなかったよ」

「くそっ。しかも、フィデリティ社の契約は〝受注確実《コミット》〟だときみは言っていたよな」

この業界ではそれは、成約済みと同義語だった。

トレヴァーは唇を固く結んだ。「そこが問題なんだ、ジェイソン。俺とブレットは近ごろ、まったくついていない。俺の愛車はパンクするわ、電気系統が故障するわだ。ブレットのコンピューターはデータが丸ごと消えてしまった。で今度は、きちんと事前テストしたはずの俺様のデモ用モニターがなぜだか機能しなかった。結果的に、俺たちは二人とも大口の商談を失った」

「そうだね」

「さて、ブレットと俺に何か共通点があるだろうか。俺たちは二人とも、クロウフォードの後釜《あとがま》を狙《ねら》っている。おまえさんと競争してな。そして、おまえさんだけ、何も起きていない。だからついこう考えたくなるのさ。どうすれば、そしてなぜ、こういうことが起こるのかってね」

「きみはその理由を探しているのか。何か特定の原因があるのではと。そりゃ、お気の毒だし、その点について同情もするけれど、きみらは最近、運が悪いだけだと思うよ。それだけさ」

あるいは、たんに〝運が悪い〟では済まないのかもしれない。互いに競いあう二人の男、グリーソンとトレヴァー。この二人のライバルは、より多くの収入と管理職への道を求めて激しく争っている。二人が相手側に妨害工作を仕掛ける、なんてことがあり得るのだろうか。この二人なら、その可能性はゼロではない。いつもつるんでいる相棒どうしだが、ちょうど同じビンに入れられた二匹のサソリみたいに。あるいは、同じ女を奪いあう戦友みたいに。そもそも、うちみたいに淘汰《とうた》圧の高い会社では、もっと奇妙なことだって当然起こりえた。私は心のメモ帳にすぐに記入した。今後はすべてのデータ、あらゆるファイルのバックアップを取り、コピーのほうは自宅に保存しておくことと。

「運が悪い」トレヴァーは私の言葉尻《ことばじり》をとらえた。鼻孔がまたまた膨らんだ。「そうかな。俺はこれまでいつも、運にだけは自信があったんだが」

「なんだ、いま分かったよ。きみは、これまで取り損なった大口契約はすべて〝ぼくのせい〟だと言いたいんだな。そいつは悲しい話だ。いいかい、トレヴァー、運は自分で切り開くものだ」

私は日頃思っていることを全部吐きだしてやろうと意気込んだ。実際これまで、腹膨るる心地なりだったのだ。だがそのとき、廊下の向こうから悲鳴が聞こえた。私たちは戸惑ったような表情で視線を交わした。

さらなる悲鳴。しかも女性の声だ。さらに別の誰かが怒鳴っている声も聞こえた。いったい何事かと見に行った。

プラズマ実験室の外にはすでにちょっとした人だかりができていた。悲鳴の主は総務の若い女性だった。腰が抜けたのか、そのまま床にへたり込まないように、ドアの側柱を必死に握りしめていた。彼女のあげる悲鳴はだんだんと大きくなっていった。

「どうした」私は声をかけた。「何が起きたんだ」

「いくらノックしても、フィルが答えないんで、中にいるのか確かめようと、メリルがドアを開けたんだ」と電話営業課長のケヴィン・タミネックが説明した。「だって、彼はいつだってこの部屋にいるから。毎日、正午前後の時間帯には。そしたら、ああ神様」

ゴーディが息を切らしながらやってきて、一喝した。「こんなところで何をやっている」

「誰かセキュリティを呼んでくれ」別の男が言った。タミネックと同じ電話営業課の人間だ。「あるいは警察を。それとも、両方かな」

「なんなんだ、まったく……オー・マイ・ゴッド」ゴーディの声は大きく震えていた。

私もさらに一メートルほど接近し、室内をうかがった。思わず息をのんだ。

天井からフィリップ・リフキンがだらんとぶら下がっていたのだ。

見開かれた両目は膨れあがり、眼鏡はかけていなかった。口が一部だけ開き、舌の先端がのぞいている。顔色はどす黒かった。黒いコードが頸《くび》に深く食いこみ、後頭部で結ばれていた。そのコードは、彼がふだん大きな円筒形の軸に巻いて保管しているコンポーネント・ケーブルだった。一メートルちょっと離れたところに、椅子《いす》が転がっていた。よく見ると、着脱可能な天井パネルが一枚剝《は》がされており、天井を支えるスチール製の小梁《こばり》に、ケーブルのもう一方の端が結ばれていた。

「何てこった」トレヴァーはそれだけ言うと、視線を外し、のどを詰まらせた。

「まったく」私も思わず溜息《ためいき》をついた。「彼が自殺するなんて」

「セキュリティを呼べ！」ゴーディが大声をあげた。ドアの把手《とって》を摑《つか》むと、彼はすばやく閉めた。「そして全員、ここから出ろ。一人残らず。さっさと仕事に戻るのだ」

18

筋肉が燃えるように痛んだけれど、カートはやめさせてくれなかった。私はハーバード・スタジアムの石段を、駆け足で上り下りさせられていた。カートはこの運動を天国への階段と呼んでいた。

「一息入れたいんだが」私は言った。

「ダメだ、動きつづけて。肉体の緊張をほぐしながら。両腕を後ろまで、いっぱいに振って。肩と同じ高さになるまで」

「死んでしまうよ。筋肉に火がついたみたいだ」

「乳酸のせいだ。体内で急激に増えていく」

「それって身体《からだ》に害になるのかな」

「休まないで」

「きみは息切れさえしないんだな」

「私が息切れするには、まだ相当動かないとダメだろうな」

「分かった分かった」私は言った。「きみの勝ちだ。もう降参です。すべてを白状しますから」

「あと二往復」

上下運動が終わると、カートはチャールズ川の岸辺まで早歩きですすみ、道々クールダウンを心がけるようにと指示した。身体を冷やすのが目的なら、スタバのフラペチーノのほうがよっぽど効果があると思うのだが。

「この程度の運動じゃ、きみの身体は、ぼく並みの効果は得られないんじゃないのか」

依然として荒い息をしながら、私は言った。

「痛みを感じるのは軟弱さが身体から出ていってるからさ」カートは私の肩をぽんとたたいた。「そういえば、昨日は上のほうで大変だったそうだな。誰かが首を吊《つ》ったんだって」

「ひどいもんさ」ぜいぜい言いながら、私は首をふった。

「スキャンロンの話では、電線か何かを使ったそうだが」

「ああ、コンポーネント・ケーブルをね」

「やれやれ」

「スキャンロンは言ってたかい。リフキンがメモか何か残していたとか」

カートは肩をすくめた。「さあ、私は聞いていないが」

さらに数分歩くうちに、ようやく普通に呼吸ができるようになった。「トレヴァーは、ぼくが不意打ちを喰らわせたと考えているようだ。汚い手を使ったって。あいつが大口顧客を相手に製品のデモしたことを知っているか。フィデリティ社だ。六一インチのプラズマ・ディスプレーを売ろうとしていた。でも、スイッチを入れても、うんともすんとも言わなかったそうだ。もちろん、トレヴァーは契約を失ったよ」

「彼には災難、きみには棚ぼただな」

「たぶんね。でも、トレヴァーはぼくがモニターに細工したと思っている」

「やったのかい?」

「おいおい。そういうのはぼくのスタイルじゃない。しかもだ、仮にやりたいと思っても、ぼくにはやり方そのものが分からないのだから」

「ディスプレーというやつは、輸送中に故障することがあるのだろうか」とカート。

「あるよ。プラズマ・ディスプレーはさまざまな形で不具合を発生させる。二カ月前、家電量販店のサーキット・シティ社から、うちが納入した薄型テレビ六台がすべて壊れていたという苦情が来たことがある。調査の結果、うちのロチェスター倉庫の間抜けな清掃員が、トイレ掃除をやるさい、食器用洗剤と漂白剤のクロロックスを混合したことが判《わか》った。そんなことをしたら、塩素ガスが発生することを、そいつは知らなかったんだな。おかげでマイクロチップかプリント基盤かなんかが腐蝕《ふしょく》されて、モニターは完全におしゃかになったというわけさ。ことほど左様に、どんなことでも起こり得るんだ」

「だったら、きみにできるのは、トレヴァーを無視することだけだな。彼の非難を誰もまともに受けとりはしないだろう。自分の失敗を棚にあげて、必死に言い訳をしているようにしか聞こえないから」

私はうなずいた。もう少し歩いた。「そうだ木曜日の朝は、悪いが運動をパスしなければならない」私は言った。「例のレタスキーと朝食を共にするのだ」

「彼が断れないような好条件を提示するんだな」

「最善は尽くすよ。ともあれ、ありがと」

「役に立ててうれしいよ。私にできることなら、何でも言ってくれ」

私は一瞬黙った。「あのさ、きみがくれたファイルを隅から隅まで読んでみたんだが、あのインテルは途方もなく有用だったよ。途方もなく」

カートはさりげなく肩をすくめた。

「そして、あれだけのものを、ぼくのために集めてくれたことに心底感謝している。一部は、ああ……きみがどのように入手したのか見当もつかないほどディープな内容だった。だが、ああした情報の取り扱いには細心の注意が必要だと思う。一部の情報は一線を越えた内容だったから。そして、あんな情報を持っていることが他人に知れたら、ぼくらはいささか厄介な立場に置かれるかもしれない」

カートは黙っていた。朝の空気はしだいに暖まり、カートのタンクトップにはうっすらと汗がにじみだしていた。私のTシャツからはすでにポタポタと水滴が垂れていた。

無言の一分間が過ぎ去り、さらに一分が経過した。ガチョウの群れが、ラーズ・アンダーソン橋付近の川岸をよたよたと歩いていく。早朝のジョギングを楽しむ人もいた。男女のペアだった。

「レタスキーの背景情報を手に入れてくれ、ときみが頼んだのだ」そう言ったカートの声には何やら自己防衛の臭《にお》いがした。

「分かっているさ。きみの言うとおりだ。でも、頼むべきではなかったんだ。今回のことでは、ぼく自身、なにやら落ち着かない気分を味わっている」

さらに一分間の沈黙。ストロウ通りを車が一台、走り抜けていった。

「じゃあ、きみは、私が新たに入手したレタスキー情報にはまったく興味がないってわけだな」

私は歩道を見つめた。ゆっくりと息を吐く。そうさ、と言ってやりたかったけれど、そのひとことを発することはできなかった。

私の返事を待たずに、カートは話をつづけた。「過去二年間、レタスキー家はさまざまな場所でキャンプを楽しんでいる。ウィスコンシン、インディアナ、ミシガン、そういったところだ。だが、ジェームズ・レタスキーとその妻が心底行きたがっている場所は、マーサズ・ヴィニヤードだ。二人がハネムーンを過ごした思い出の地だ。彼らはずっと、もう一度あの島を訪れたいと願ってきたが、いかんせん、シカゴからでは遠すぎる」

「興味深い話だな」私は言った。マーサズ・ヴィニヤードは確かに、シカゴよりボストンのほうが遥《はる》かに近い。「きみはどうやって……」そこで私はカートの表情に気づき、口を閉じた。「分かった。NTKだな」

カートは腕時計を見た。「そろそろ仕事に行く時間だ」彼は言った。

「今夜、ソフトボールの試合には出るんだよな」

「いまから待ちどおしくて仕方がないよ」カートは言った。

19

NECのすご腕営業マン、ジム・レタスキーは、ふっくらとした丸顔の男で、年齢は三十代半ば。髪の毛はブロンドで、フランシスコ修道会士のように、プディング状にカットされていた。誰にでも笑顔で応じ、その魅力と人たらしの才能は右に出るものがいないほどだ。いきなり本題に入り、腹芸や無用な遠慮などいっさい抜きの交渉をする。私は彼のそうしたスタイルが好きである。うちが彼を是非とも雇いたがっていることをレタスキーは知っていたし、その理由も承知しており、しかも自分にはそんな気が全然ないことを隠そうともしない。でも、いきなりドアを閉じることもしない。こうしてケンブリッジのメモリアル通りにあるハイアット・リージェンシーで、私と朝食のテーブルを囲んでいるのだから。

私たちは業界にかんする毎度の情報交換をおこない、それから私は再度、彼のアルバートソン社との成約に祝意を述べ、彼もしかるべき謙遜《けんそん》の言葉で応じた。この商談であいだに入ったサインネットワーク社とレタスキーとの関係について、いちおう話をふってみたけれど、彼はこの話題に気乗りしないようすだった。その件は企業秘密です、以上——といった感じである。そのあと、彼が生まれ育ったテキサス州アマリロに話が及び、私はレタスキーに、じつは自分はかの地のビッグレッド・ソーダに目がないのだと秘密を打ち明けた。するとレタスキーも、自分もあの食紅入りのクリームソーダが大好きだよと応じた。

三杯目のコーヒーを飲みおえたとき、レタスキーが言った。「ジェイソン、きみと会うことはいつだって大歓迎だが、もっと率直に話せないかな。エントロニクス社には私を買うことはできないよ」

「ピカイチの才能にはそれに見合ったカネを当然支払うよ」私は言った。

「私がどれくらい稼いでいるか、きみは知らないだろう」

私は笑みをうかべないよう努力した。「移籍にはそれなりの支度金を用意しているが、その金額はうちが提示する報酬条件のごくごく一部にすぎない」私は言った。

レタスキーは笑った。「あまり小さすぎても困るけどね」

そこでおもむろに、報酬にかんするエントロニクス側の条件提示をおこなった。それは彼が現在、NECでもらっている実績分の、正確に二五パーセント増しの数字だった。しかも仕事面に関してはうちの方がはるかに楽だった。カート・ファイルには、彼の個人メールの内容も一部含まれており、レタスキーが現在の上司にひそかに不満をいだいている事実を私は摑《つか》んでいた。レタスキーは、出張の回数をもっと減らして、子供たちと過ごす時間をもっと増やしてほしいと訴えていた。移籍後にレタスキーがわが社にもたらす収益と、うちのボーナス制度を考えるなら、たとえ二五パーセント増しの提示額でも、うちにとっては差し引きプラスになるはずだった。

「数字も大切だが、わが社では営業マンに人並みの生活を保証したいと考えているんだ」と私は言った。ウソばっかり。かくも実態とかけ離れた言葉が、私の口からへろへろ飛びだしてくることに、自分でも信じられない思いがした。「今回の提示条件に従えば、きみはいまよりかなり短い労働時間でいま以上の高収入を得ることができるはずだ。まあ、誤解はしないでほしいのだが、うちに来たからといって、マイレージがどんどん溜《た》まる働き方から解放されるわけではない。ただ、それでも、うちの提示する条件下なら、子供たちの成長を見守る時間は確保できると思う。ケニーのホッケーの練習や、双子ちゃんのバレエの発表会にも、今後は顔を出せるということだ」

「どうしてそんなことまで……」レタスキーは疑問を口にしかけた。

「こちらも予習させてもらった。内情を正直に明かせば、きみがうんと言うまで、このテーブルから立ち上がるな——というのが、私の受けた指示なのだ」

レタスキーは瞬《まばた》きをし、一瞬おし黙った。

「おたくのお子さんたちはいま、人生の得難い時期にいる」と私は言った。じつは、このフレーズは彼が上司に送ったメールの文言のまんまなのだ。「そして、子供たちの成長は早い。もちろん、きみは一家の大黒柱だけれど、遅くまで働きづめで、彼らを寝かしつけてやることもできない生活を、きみは本当に望んでいるのだろうか。自分が何を見逃しているか、きみには考えてほしいと思う」

「そんなことは分かっているさ」レタスキーは小声で心情を吐露した。

「つまりだ。うちに来れば、きみはよりよい生活が送れて、しかも奥さんや子供たちと一緒にいられるということだ。日ごろの罪滅ぼしに一週間だけではなく三週間も、グランド・ティトンで過ごすことができる」いまのはズシリと効いたはずだ。上司へのメールで本人が言っていることだから。

「そうだな」レタスキーは両眉《まゆ》を勢いよく持ちあげながら言ったが、顔から笑みが失《う》せていた。「たしかに」

「それから、毎日の通勤にどうして片道四十五分もかけなきゃいけないのだ。長い通勤時間がなければ、子供たちとその分、多くの時間を一緒に過ごせるのに。宿題の手伝いをしてやるとか」

「おかげで大きな屋敷に住めるのだ」

「ボストン近郊のウェルズリーを見たことがあるかい」私は言った。「たしかゲイルはあの町の学校に行っていたはずだ」。ゲイルというのはレタスキー夫人で、彼女の母校はウェルズリー・カレッジだった。「あそこはうちの会社があるフレーミングハムから車で十五分。一三五号線をまっすぐ行けばすぐの距離にある」

「そんなに近いのか」

「エヴァンストンの屋敷を買えるだけの財力があるなら、こんな家に住むことだって可能だよ」と言いながら、ウェルズリーの不動産会社のウェブサイトからその朝ダウンロードし、プリントアウトしてきたばかりの写真をレタスキーに示した。「築二百年以上。古い農場の建物をもとに、歴史とともに増築されてきた高額物件だ。ねえ、いいだろ」

レタスキーは写真をじっと見つめた。「うわあ」

「クリフ通りはウェルズリーでも最高級の住宅街だ。土地建物の面積を見てほしい。子供たちは裏庭で存分に遊ぶことができるし、きみとゲイルはもう車の心配をせずに子育てができる。また、そう遠くないところにモンテッソーリ法で授業をおこなう名門校がある。たしか双子ちゃんはモンテッソーリ校で学んでいたのでは」

レタスキーは深い溜息《ためいき》をついた。「引っ越しはなにかと面倒だから」と言いかけた。

私はさらに一枚、書類をテーブル越しに滑らせた。「転職にともなう特別賞与としてわが社が準備している金額だ」

レタスキーは目を走らせ、瞬きを二度した。「この書類によると、受諾期限は本日となっているが」

「きみがゲイルと相談する時間については当然、考慮のうちだ。ただ、うちとしては、この申し出をたんに梃子《てこ》として使われ、ＮＥＣとより好条件の契約が結ばれるような事態は本意でないということだ」

「こんな好条件なんか、絶対提示できないよ」レタスキーは言った。私は彼の率直さが好きである。こちらも清々《すがすが》しい気分になれる。「これ以上ないような素晴らしい数字だ」

「きみは御社では成績第一の営業マンではない。弊社にきてくれれば一番になれる。だからこそ、うちはこれだけの金額を支払うのだ」

「返事は午後五時まで待ってもらえないだろうか」

「ボストン時間なら」私は言った。「シカゴ時間なら午後四時だ」

「おいおい、勘弁してくれよ。こんな、いきなりな話」

「でも、転職についてはもう随分と考えてきたんだろう」彼がつい最近、パナソニックのオファーを蹴《け》ったことを私は知っていた。「ときには目をつぶり、思い切って跳ぶしかないこともあるのだよ」

レタスキーは私のほうを見たけれど、その焦点は二人の中間辺りにあった。脳に汗をかくほど必死に考えている様子だった。

「余談だけれど、ボストンからマーサズ・ヴィニヤードはほんの指呼《しこ》の間《かん》だって知っていたかい」私は言った。「ぽんぽんぽんと乗り継げば、たちまち到着だ。あの島に行ったことがあるかな。きみの家族も大喜びすると思うけど」

そのうえで、いったん部屋に戻って、とりあえず奥方に電話をしてみたらどうだろうかと促した。私はこのままロビーに留まり、携帯情報端末《ブラックベリー》であちこち連絡したり、メール・チェックをやっているからと。時間はたっぷり用意してある、と私はまたもウソをついた。

四十五分後、レタスキーはロビーに戻ってきた。

ゴーディは口をあんぐりと開けた。そうした慣用表現をあなたは聞いたことがあるだろうが、誰かの顎《あご》があんなふうにがくんと落ちるさまを生で見ることは貴重な体験であった。開けっ放しの口をかかえ、ゴーディは数分間、何も言えなかった。

「な、なんだって」ゴーディは同意書に書かれたジム・レタスキーのサインをしばらく見つめ、次いで視線を私の顔に戻した。「おまえ、いったい、どうやったんだ？」

「そこにある提示条件を承認してくださったのはあなたです」私は言った。

「俺は以前、こんなものよりもっとスゲー条件をあいつに提示したんだぞ。おまえ、やつに何を約束した？」と疑わしそうな目でこちらを見た。

「そこに書いてあるとおりです。ここそこ裏取引なんかしてませんよ。たぶん今回、私と接触したことがひとつのきっかけとなって、彼の頑《かたく》なな心がついに解けたのでしょう」

「まあいい」ゴーディは言った。「よくやった」彼は両手を私の両肩に載せると、ぎゅっと摑んだ。「どうやったのか見当もつかんが、感銘を受けたよ」

ゴーディは嬉《うれ》しそうではなかった。

20

金曜日、昼食からオフィスに戻ると、ゴーディからヴォイス・メールが届いていた。三時にオフィスまで来いとのことだった。

折り返し電話を入れ、秘書のメラニーに面会の件について確認をとった。その後一時間半、電話や事務処理をあれこれこなしながらも、その間ずっと、ゴーディのメッセージがあたまから離れなかった。あの謎《なぞ》めいた声音の真意をなんとか解読しようと試みた。これは吉報か、それとも凶報か。

三時数分前には、彼のオフィスにつづく廊下を歩いていた。

「ドッカーン」とゴーディは言った。今回、彼は立ったままで待っており、ドアのところで私を邀撃《ようげき》した。ゴーディのかたわらにはヨシ・タナカがいた。分厚いレンズの奥で、目はどろんと死んでいた。「優秀なものが勝利を収める。うちの新しい営業担当副社長です。いや、おめでとう」

ゴーディは手を伸ばすと、じつはこんなこと嫌でたまらないのだと言いたげな感じで、私の手を握った。巨大な装飾文字を刻むカフスボタンがぎらぎらと光っていた。ヨシは握手をしなかった。小腰を、それもほんのわずか、かがめただけだった。彼は握手の作法をきちんと把握していなかった。まあ、逆にいえば、私だって正しいおじぎの仕方などとんと分からないのだが。二人の偉いさんは、どちらも笑みを見せなかった。ヨシはたぶん笑い方を知らないのだろうが、あのゴーディが何時《いつ》になくおとなしいことは不気味でさえあった。まるで背中に銃口を突きつけられて、嫌々そうしているみたいだ。

「ありがとうございます」私は言った。

「かけたまえ」とゴーディ。私たちはそれぞれ手近な椅子《いす》に腰をおろした。

「今回の昇進がきみ自身の成功に対する正当な評価であると言えたら本当に良かったのだが」ゴーディはつづけた。「それは決定の一要素にすぎない。たしかにきみは、若干のすばらしい成約をかちとった。大口契約も一部にはあった。実際、ホームラン級の成果もあった。レタスキーの獲得は目覚ましい成果で、正直いって、きみにそれができるとは思ってもみなかった。ただ、いちばんの判断材料は、バカげたミスを犯すやつをこの仕事に付けたくない、その一点にある。私が必要なのは完全に信頼のおける部下だ。ぼうっとして面会にも行けないグリーソンのような奴《やつ》はダメだ。トレヴァーまでが、フィデリティ社の商談で味噌《みそ》をつけた。ゴルフにうつつを抜かし、パヴィリオン社をたばかった」

「ええ、私は今回の昇進をチャレンジとして受け止め、頑張りたいと思います」私は言った。こんな言葉がすらすら口から出たことに、自分でも戸惑いを覚え、あやうく吐きそうになった。

「そう、まさにチャレンジとなろう」ゴーディは言った。「きみは分かっていない。今後はジョーンの仕事と、さらにクロウフォードの仕事と、その両方をこなすことになるのだぞ。まあいい。ここで、ヨシさんにひとこと頂こうじゃないか」

ヨシ・タナカは厳粛な面もちで軽く会釈《えしゃく》した。「さいこうの、およろこびを、あなたにおくりたい」

「ありがとうございます」

「あなたのしごとは、ほんとうに、たい……」

「本当にたい……ですか」

「たいへ……たいせ……な」

「たいせつな、ですね」

「わがしゃにとって、いまは、らくなじきではない」

私はうなずいた。

「ほんとうに……きびしいじだいです」

「分かります」

「どれほどたいへんか分かってないようですね」タナカは小声で言った。「どうも、どうもありがとう、ヨシさん」ゴーディは言った。「ではいまから、具体的な給料について、ステッドマンと協議したいと思います。ヨシさん、宜《よろ》しかったら、二人だけでちょっと話し合いたいのですが」

ヨシ・タナカは立ちあがると、やや前方に小首を傾け、部屋を出ていった。

「あっ、ドアを閉めていってください」ゴーディがその背中に声かけをする。「どうも、ヨシさん」

さてさて、ゴーディに弱虫呼ばわりされないためには、ここはいちばん、こちらから先手を打たなければいけないぞと私は自分に言い聞かせた。カート先生は、さぞかし生徒の上達ぶりを誇らしく思うだろう。「私の報酬については、しかるべき要望がありま す……」と始めた。

「おまえの要望だと」ゴーディは吐き捨てた。「おいおい、まさか交渉しようなんて考えているんじゃないだろうな。こちらの要求を呑《の》む気があるかどうか、それだけだ。嫌なら辞めろ。それだけ言うために、あのジャップを追いだしたんだ」

私はゴーディの視線を正面から受け止め、だからどうなんだという感じで相手の出方を待った。気のいい兄ちゃんを演じるつもりはもはやなかった。

ゴーディは会社側の案を通告した。私は笑顔を見せないよう努力した。期待を上回る好条件、たいへんな報酬金額だったのだ。

「おまえはいちばんの候補ではなかった。それはおまえも知っているな」ゴーディは言った。

そこでようやく、ヨシが同席していた意味が分かった。やはりヨシはお目付役だったのだ。東京側の意志がきちんと伝わっているかどうか、少なくともゴーディに、どちらが主人かはっきり分からせるため、外地に常駐する東京本社の代理人なのだ。ゴーディはさぞや、そうした状況を憎んでいることだろう。なにしろその役割に比してあまりに力不足な、ろくすっぽ英語も話せない人間に、あれこれ指図される立場なのだから。

「あなたの判断が間違っていることを、今後証明していきたいと思います」と私は言った。

ゴーディは邪悪な目で睨《にら》みかえした。「すでに言ったように、東京のメガ・タワーから、われわれの頭上に、クソが雨あられと降りそそいでいるんだ。このクソ変革をだれが断行しているか教えてやろう。おまえだって、ヒデオ・ナカムラの名前ぐらいは知っているだろう」

「ええ、もちろん」二週間前、社内に回覧されたメールによると、ナカムラとは、エントロニクス社の新しい社長兼CEO（最高経営責任者）だった。イケハラなんとかという人物が会長に〝昇格〟して、後任にそのナカムラが就任したのだ。雲の上の話だし、ナカムラ某がどういう人物なのかは誰も知らなかったけれど、前任のイケハラが日本人のいうマドギワゾクになったという話は伝わってきた。この日本語は「窓から外を望む人」というのが基本的な意味だそうだ。日本では、だれも解雇されないらしい。ただ、雇用しつづけはするものの、外の景色を眺める以外、いっさい仕事を与えないという屈辱的な状況に置いて、さらしものにするのだそうだ。坐《すわ》るべきデスクも、文字どおり窓《まど》際《ぎわ》に置かれる。アメリカでは見晴らしのよい角部屋は、企業のトップに立った証拠だが、日本ではそうした処遇はよくない証拠、企業人としての死を意味するらしい。

「俺はサンタクララまで飛んでいき、そのナカムラって野郎と会ってきた。じつに上品な、物腰の柔らかい男だった。万事にそつがない。英語も上手《うま》い。ゴルフとスコッチには目がない。だが、こいつは処刑人だ。今後、黒い頭巾《ずきん》で顔を覆《おお》い、首つりの縄を握りしめる可能性が大だ。やつが社長兼CEOに就任したのはメガ・タワーの上層部が現状をこころよく思っていない証拠だからだ。うちの数字に不満があるのだ。だからこそ、やつらはロイヤル・マイスターUS社を買収した。米国市場にもっと活《かつ》を入れるためにな」

「なるほど」

「だから、ナカムラにわれわれがどれだけやれるか、見せてやらねばならない。おまえにそれができるか」

「部下により一層働くよう発破をかけられるか。ビシッと、鞭《むち》の音を鳴り響かせられるか」

「できます」

「シルクハットからウサギを取りだすことができるか」

「できます」

私はもう少しで〝最善の努力をします〟とか〝必死で頑張ります〟と言いそうになった。「私の実力はご存じでしょ」

「おまえには、大いに期待して良さそうだ。これからは容赦なくおまえを乗りこなしてやる。さあ、もう出ていけ。週間電話会議の準備をしなけりゃならん」

私は立ちあがった。

ゴーディは片手を突きだした。「この決定が間違いでないことを祈っているぞ」

私は笑みをうかべないよう努力した。「間違ってませんよ」とだけ答えておいた。

オフィスを去るとき、秘書のメラニーが私に笑いかけた。「ボブによろしく」私は言った。

「ありがとう。ケイトによろしく」

ふたたび自分のオフィスへと向かう。途中、男性用トイレから出てくるキャル・テイラーと行き会った。彼は口の端を歪《ゆが》めてニヤリと笑い、手の甲で口元をぬぐってみせた。手近な密室で昼下がりの一杯を楽しんできたことは明らかだった。キャルの小部屋《キュービクル》にはプライバシーなんてこれっぽっちもないから。「よお、ジェイソン」キャルは軽く手をふってみせた。

「やあ、キャル」明るく返事をすると、私はそのまま歩きつづけた。

「おまえさん、まるでクリームを一舐《な》めしたネコみたいだな」キャルは言った。たとえアルコールが入っていても（彼の場合、ほとんどいつもそうだが）、勘の鋭さは怖いくらいだ。

さりげなく笑い声をあげ、親しげに片手をふっておく。それでも自分のオフィスに戻るまでのあいだ、私はニヤついていた。そのあとドアを閉じて、よっしゃっと数回ガッツポーズを決めた。

ケイトの携帯電話にかける。「やあ、仕事中だったかな？」

「いまはスターバックスにいて、クラウディアとコーヒーを飲んでいるところ」クラウディアというのは、私立学校から大学までずっとケイトとつるんでいた悪友のひとりである。莫大《ばくだい》な信託財産のおかげで、友人知己と外出する以外、人生に何もすることがない女性だ。現在働いている財団に、ケイトがどうしてそれほどこだわるのか、クラウディアにはさっぱり分からないだろう。

「いまゴーディと会ってきた」私は声に感情をこめないよう努力した。結果を先読みさせない工夫である。

「それで？　首尾はあまり良くなかったみたいな口ぶりね。ダメだったの？」

「やったぜ」

「えっ？」

「見事昇進さ」私は音量をあげた。「きみはいま、わが社の副社長様とお話になっているのだ。少しは敬意を払いたまえ」

ケイトから、ヒーイという大きな声があがった。

「オー・マイ・ゴッド。ジェイソン、それは大変なことよ」

「これがどういう意味か分かるかい。サラリーがどーんとアップするってことさ。ボーナスだって半端《はんぱ》じゃない」

「さっそくお祝いをしなくちゃね」ケイトは言った。「今夜はディナーね。ハマーズリーズの予約を取るわ」

「なんか体力を使い果たしたようなんだ」私は言った。「ホントに長い一日だった」

「いいわ。だったら、お祝いは家でやりましょう」

ジェイソン・ステッドマンが昇進したという話はたちまち社内を駆けめぐった。バンド・オブ・ブラザースの反応は興味深く、かつ大方は予想どおりだった。リッキー・フェスティノは私以上に喜んでいた。私が営業担当の副社長ではなく、合衆国大統領に当選したみたいな喜びようだった。ブレット・グリーソンは、「よい週末を」と声かけをすることで、私の存在を認めた。日ごろの彼からすると、全く似つかわしくなかったけれど、率直に言って、なかなか堂々たる態度だった。なにしろ、彼自身、望んだポストを失ったあとなのだから。トレヴァー・アラードは私を無視した。こっちの反応は基本的に予想どおりであり、おかげで無上の喜びを満喫できた。トレヴァーのやつ、実際ははらわたが煮えくり返っているはずだ。

いまや何をみても、バラ色に見えた。エレベーターに乗ると、壁のモニターにきょうの言葉が映しだされており、偶然ながらそれは「祝　賀《フエリシテイシヨン》」だった。そんなことまでが、良い兆候に感じられた。本日のエントロニクス株は上昇中だった。エレベーター内の誰も彼もが、美男美女に見え、かぐわしい匂《にお》いを放っているように思われた。

ロビーに下りた私はすぐさま保安部に立ち寄り、キュービクルにいるカートを見つけた。さっそく朗報を伝える。

「本当か」カートは言った。「そうか副社長か。やったな」

「ああ」

カートは立ちあがると、男どうしの親しみをこめたハグをしてくれた。「見事やり遂げたんだ。階級章に筋が増えたな。ブラボー・ズールーだ」

「ブラ何だって？」

「陸軍用語だ。おめでとう、相棒」

21

チェストナット・ヒルにあるアトリウム・モールへ行く途中、私は〝パットン将軍〟のご高説をさらに拝聴した。「敵の射線にいるとき、攻撃を受けたら」と敢闘精神の塊は獅子吼《ししく》した。「すぐさま行動に出なければならない。そこで逃げ出すと、簡単に背中を撃たれてしまう。敵にすれば立ち向かってくる相手より、逃げるものを倒すほうがはるかに容易なのだ。諸君がこの本のこの段落を読み終えるよりも短い時間に、諸君の仲間は一人、確実に死んでいるだろう。それゆえ命令は時を移さず、直ちに発しなければならない。ためらうな。なんでもいいから、まずは決断するのだ！」

ご高説を流しっぱなしにしながら、私は新たなポストのことをぼんやりと考えていた。ケイトはさぞかし大喜びだろう。なにしろ、亭主殿がついに本物のカネを稼ぎだしたのだから。引っ越しだって夢じゃない。彼女がお気に入りの豪邸だって買ってやろうじゃないか。

エスカレーターで、ティファニーのある階まで上り、ブローチを見せてほしいと頼んだ。信じられないかもしれないが、私がかのティファニー宝石店に足を踏み入れたのは、このときが人生最初だった。なので、宝飾品がカテゴリーに従って分類されていないことを、入店したあとで気がついた。ここはネックレスのコーナー、あそこはイヤリングのコーナーといった陳列法ではないのだ。客の出せる予算ごとに、すべての商品がそれぞれまとめられていた。一方の端には、普通におカネのある人なら誰でも購入可能な商品が並んでいた。純銀の製品や準宝石の大半はそこにあった。もう一方の端は、金とダイヤモンドを用いたものばかりで、ヘッジ・ファンドを自分で経営するようにでもならない限り、あえて近づく必要すらない場所だった。

このようなブローチを探しているのだがと説明すると、店員がその禁断の別格コーナーへと私を案内するではないか。ゴクリと唾《つば》をのむ。そのまま彼女はガラスケースの向こう側へ回り、問題のヒトデを取りだし、黒い四角いビロードの上にそっと載せて、甘くささやきだした。

「そう、これだ！」そう言うと、私はヒトデをひっくり返した。裏側のデザインをチェックするふりをして、値札を確認するためだった。数字を見て、またも唾をのんだ。私がかつてケイトに贈ったダイヤモンドの婚約指輪より、はるかに高額だったのだ。でも、おまえは今後、相当な昇給をかちとるし、巨額のボーナスだって手にできるのだぞと自分に言い聞かせた。そこで一閃《いっせん》、ＶＩＳＡカードを取りだすと、プレゼント用に包装してくれたまえと店員に頼んだ。

家に帰りつくころには、わが世の春を謳歌《おうか》する気分に浸っていた。ついに昇進を果たし、助手席には緑がかった淡いブルーのティファニーの可憐《かれん》なショッピングバッグ。なるほど車はホンダ・アキュラだし、新車でさえなかったけれど、なあに、それもいまのうちだ。なにせ俺は優秀だし（そうだとも！）、素晴らしい会社に勤めているのだから。俺は肉食い人間だ、文句あっか！

ケイトが走ってきて、玄関で出迎えてくれた。白いTシャツにジーンズ姿で、きれいだし、いい匂《にお》いがした。両腕を私に巻きつけると、唇をぶつけるような激しいキスをしかけてきた。当然ながらこちらもキスで応戦し、そのまま唇を合わせつづけた。私はたちまち固くなっていった。

結婚生活をそこそこ送っていると、燃えあがるような衝動的感情に捕らわれることはめったになくなるが、このときだけは、男性ホルモンが全身にみなぎるような感触があった。敵地の征服を果たした英雄が、溜《た》まりにたまったものを一気に吐きだすため、故郷に凱旋《がいせん》するみたいな高まりだった。さながら私は、その槍《やり》で見事に仕留めた毛むくじゃらのマンモスを携えて、洞窟《どうくつ》にいる女たちのもとへ意気揚々と引き揚げてくる巨人族の子孫《オーグ》、クロマニヨン人だった。

玄関の絨毯《じゅうたん》にブリーフケースとティファニーのバッグを落とすと、私はすぐさまケイトのジーンズの縁から両手を滑りこませた。指先で絹のように滑らかい、暖かい皮膚を目いっぱい感じつつ、背後の双丘をもみはじめた。

ケイトは吐息まじりの嬌声《きょうせい》をあげると、いったん身を退《ひ》いた。「きょうは特別な日なのかしら」

「きみと結婚して以来、毎日が特別な日だよ」そう言うと、ふたたびキスをした。

二人してリビングへ移動し、グラミー・スペンサーの木綿更紗《さらさ》に覆《おお》われた、石のように硬いカウチに彼女を押し倒した。本当は床のほうが快適だったのだろうが。

「ジェイソン」ケイトは言った。「ああ」

「例の標本を採取するプラスチック容器は、今回使わないでよい許可を得ております」

私はそう言いつつ、ケイトのTシャツを剝《は》ぎとろうとした。

「待ってちょうだい」ケイトは言った。「お願いだから、待って」身をよじって逃れると、ケイトは窓に近づき、カーテンを引いた。これでご近所に無料のシロクロ・ショーをお見せすることは不可能になった。まあ、小さな子供たちが将来、数十年にわたって治療薬を飲むようなトラウマを抱え込まずに済むと考えれば、それもまたよしだ。

ケイトがようやく戻ってきたので、Tシャツを剝ぎとる作業を完遂した。彼女の胸をこんなに間近で眺めるのはずいぶんと久しぶりだった。なので、初めてのときみたいについ興奮してしまった。「き、きみは本当にきれいだ。だ、誰かにそう言われたことはないの?」と言いつつ、ジーンズのジッパーを下ろす。すでに濡《ぬ》れており、私は驚いた。

「本当は……寝室に移動するべきじゃないかしら」ケイトは言った。

「とんでもない」とケイトを組み敷く。

ちょうどそのとき、私の携帯情報端末《ブラックベリー》がうなり声をあげだした。普段はベルトに装着しているのだが、ブラックベリーはいまや、床の衣類の山のなかにあった。もちろん無視する。上になると、それ以上の前戯もなく、難なく挿入を果たした。

「ジェイソン」彼女は言った。「ああ」

「そのまま、ここにいてちょうだい」終わったあと、ケイトは言った。

彼女はまずトイレに走り、小用を足し、次いでキッチンへ向かった。冷蔵庫を開ける音、グラスがカチカチとぶつかる音。そして二分後、ケイトはトレイを手にふたたび現れた。裸のまま、トレイをカウチのところまで持ってきて、コーヒー・テーブルのうえに置いた。クリュッグが一本、シャンパン・グラスが二個、銀の器には黒キャビアが盛ってあり、ベッコウ製のキャビア・スプーンと小さな丸いロシア式クラッカーのブリニが添えてあった。それとは別に、おしゃれな包装紙にくるまれた四角い平らな物体も置かれていた。

じつは私はキャビアが大嫌いなのだが、わが家ではめったに口にしないので、ケイトはきっと忘れているにちがいない。

私はこれまでの人生で身につけた最大級の興奮を発散させてみせた。「キャビアだ！」

「では、お祝いの儀式をお願いします」ケイトはきんきんに冷えたシャンパンのビンを私に手渡した。かつての私は、シャンパンというものはお祭りのようにポンと大きく音を立ててビンを開け、泡を間欠泉のように噴きださせるのが良いことだと思っていた。そんなやり方はするものじゃないわ、と蒙《もう》を啓《ひら》いてくれたのはケイトだった。フォイルをきれいに剝がし、ワイヤーケージをひねって外し、こうやってビンを回しながら、巧みな力かげんでコルクを緩めていく。吐息が漏れるような微《かす》かな音とともに、コルク栓が抜けた。こうすれば、泡が噴きだすことはない。二個のシャンパン・グラスにゆっくりとそそぎ入れ、発泡が収まるのを待って、さらにもう少しつぎ足した。そしてグラスの一方をケイトに手渡すと、チンチンと二人してグラスを合わせた。

「待って」私が唇をグラスにつけかけたとき、ケイトが言った。「乾杯の言葉を」

「ああ、いにしえより決して古びないものども へ」私は言った。「シャンパンと、キャビアと、そしてセックスに対し」

「ダメよそんなの」ケイトは笑いながら言った。「愛と欲望——偉大な勲《いさおし》にむけた精神の翼に。ゲーテ」

「ぼくは偉大な勲なんかあげてないよ」

「バルザックが言っているわ。『偉大な意志力のない偉大な才能なんてない』とね」

ケイトのグラスにもう一度カチンと当てたあと、私は言った。「すべての偉大な男の背後にはつねに偉大な女あり」

「彼女はやれやれという感じで目を回すと、舌を軽く突きだしてみせた」とト書きみたいにみずからの状況描写をおこないつつ、ケイトは笑った。「ねえ、あなた。自分が何をやり遂げたか分かっている？　まったく新しいキャリアへと、いま大きな一歩を踏み出したのよ」

私はうなずいたけれど、妻の顔をまともに見ることができなかった。父には食うための仕事しかなかった。しかしいま、私には今後たどるべき人生のキャリアがあるのだ。そしていま、私が得つつある援護射撃がどんなものなのか、彼女はほとんど知りもしないのだ。

「ミスター副社長、あなたをすごく誇りに思うわ」

「おいおい、よしてくれよ」私は言った。

「あなたって、やる気になれば、すごいのね」

「それはね、きみが背中を押してくれたからさ。だからロケットスタートが切れたんだ」

「そうそう」ケイトはトレイに載せてきた小さな包みを持ちあげると、私に手渡した。

「ちょっとした贈り物《アン・プティ・カドー》よ」

「ぼくに《モア》」私は言った。「ちょっとそのまま」そう言うと、先ほど床に落としたティファニーのバッグを取ってきて、ケイトに手渡した。「じゃあ、とっかえっこだ」

「ティファニー？　ジェイソン、あなた、なんて人かしら」

「さあ。まずきみから開けて」

「いや、まずはあなたから。大したものじゃないんだから」

私がラッピングをびりびりと破いていると、ケイトが言った。「出勤のお供に、何か新しいものが必要でしょ」

オーディオ・ブックのＣＤだった。タイトルは『いまやきみが上司——次に何をなすべきか、十項目の対策プラン』と読めた。

「ああ、こいつはいい」私は言った。まるで本気で言っているみたいに、声に力をこめた。「ありがと」じつはすでに四つ星の陸軍大将から、もっと強烈なやる気を日々充塡《じゅうてん》されていたのだが、ケイトには言わないことにした。

　彼女にとって、私が活動する世界はおよそなじみがなく、基本的に退屈で、しかも何がなにやらよく分からないことを、私は知っていた。でも、自分の結婚相手がヤノマモ族の戦士なら、族長になって悪いことはない。そこでケイトは、亭主殿の顔に少なくとも戦いの絵の具ぐらい塗ってやろうと決意したのだろう。私が日々何をやっているか、具体的には何も知らないけれど、それがどうした。彼女はタカの羽根でできた、夫のあたまの飾りをまっすぐに直してやろうと努力しているのだから。

「さあ、人生の第二章へむけ一歩を踏みだすのじゃ」ケイトは言った。「そのための武器を進ぜよう」そう言うと、ソファの下に手を伸ばし、はるかに大きな箱を取りだした。

「待てまて。いま中身を当てて進ぜよう」私は言った。

「分かりっこないわ」

「簡単さ。ヤノマモ族の吹き矢筒だろう。矢の先端に毒を塗って使う。ねっ？」

ケイトは思わせぶりな笑みをうかべた。ちらりと見えた歯がひどくセクシーだった。ああ、なんてすてきな笑顔だろう。このまま溶けてしまいそうだ。

大箱の包み紙を破りにかかった。中身は、それはそれは美しいブリーフケースだった。栗色《くりいろ》の革製で、真鍮《しんちゅう》の金具がアクセントになっている。そこそこのおカネがないと簡単には買えない代物《しろもの》だ。「ジーザス」私は言った。「驚いたな」

「ロンドンはセント・ジェームズの『スウェイン・アドニー・ブリッグ』の逸品でございます。クラウディアに手伝ってもらって選んだんだから。アタッシェケースのロールスロイスだって、彼女は言っていたわ」

「そしてたぶん、いつの日か、この鞄《かばん》がロールスロイスに載せられる日がやって来るのだろう」私は言った。「きみって人は、どうしてそんなに可愛《かわい》いのだ？」

「今度はあなたの番ね」

ブルーの包み紙を丁寧にはがし、箱を開けながら、ケイトの目は興奮とともに見開き、輝いた。が、目の光はたちまち薄れていった。

「どうしたんだい」

宝石をちりばめた金のヒトデを疑わしげに見つめながら、私が店内で値札を探したのとちょうど同じように、ケイトもヒトデを裏返してみた。「信じられない」平板な口調で、彼女は言った。「オー・マイ・ゴッド」

「これが何か分からないかい？」

「分かっているわ。ただ、あたし……」

「きみもこれくらい持っていても、スージーは気にしないと思うよ」

「そうじゃないわ。彼女のことなんか考えもしなかった。ジェイソン、これって一体いくらしたの」

「わが家は別に破産などしません」

「ホントに買えるのね」

「ホントだよ」私は言った。「階級章に筋が増えたんだから」

「階級章に筋？」

「陸軍用語だそうだ」私は言った。

ケイトはシャンパンを一口すすり、もう一度コーヒー・テーブルに向きなおった。ロシア式クラッカーの上に、見るからに気持ちの悪い、ヌラヌラとした黒い魚卵を塗りたくると、彼女は最高の笑みとともに、私に一枚手渡した。「セヴルーガはいかが？」

第二部

22

二週間して、ケイトが妊娠していることが分かった。ふたたびＩＶＦ（体外受精）病院へかよい出し、ふだんより大きな不安をかかえつつ、どこまでいっても身の毛のよだつあのプロセスを、ふりだしに戻って再度歩みだした、そんな時期だった。何本も注射を打たれ、くり返し体温を測定され、冷たい金属器具に固定され、たぶん今回も粉砕されるであろう期待を徐々に高めていく日々。スタッフはまず手始めに、血液検査をおこなった。詳細は私には理解しがたいが、何かホルモンのレベルを測ることが目的で、医師はそれにより次の排卵日がいつになるか判断するようだった。とはいえ、私がわざわざ理解する必要は少しもなかった。医師たちがやれと言うことを、こちらはただ淡々とこなすだけのこと。言われたまま、夫として作業に参加し、英雄的な義務を果たす――ただそれだけである。翌日、ドクター・ディマルコがケイトに電話をしてきて、興味深い状況が出来《しゅったい》し、結果的にＩＶＦは不要になるかもしれないと言った。彼はちょっと癪《しゃく》に触ったような口調だった、とケイトは教えてくれた。私たちは旧態依然の伝統的手法によって妊娠をかちとったのだった。金輪際起こらないと考えられていた、まさに異常事態の出来である。

ケイトには言わなかったけれど、今回の一件について、じつは私は心密《ひそ》かにある仮説をいだいていた。妻が妊娠したのは、夫である私の人生に転機が訪れたためなのだと。あたまがおかしいのではと思われても、私はいっこうに構わない。だが、たとえばみなさんもご承知のように、長年、子宝に恵まれなかった夫婦が養子をもらったとたん、あーら不思議、実子を授かるということがこの世ではまま起こり得るのである。養子をもらうという決断をしたことで、夫婦の生物学的障害は雲散霧消したのだ。たぶんそれは安心感のなせる業だろう。人は自分の現状にプラス評価をしているとき、生産能力がより高まるという研究もあるくらいだ。少なくとも、そんな学説を私は何かで読んだ記憶がある。

あるいは、こういう見方も可能かもしれない。何カ月にもわたり、ラボのプラスチック容器の相手をさせられてきた私が、ついに本物のセックスに及んだからこそ、ケイトは妊娠できたのだと。

理由はともあれ、私たち夫婦は嬉《うれ》しくてたまらなかった。心音が確認されるまで、みんなには内緒にしておきましょうとケイトは主張した。つまり七週か八週まで箝口令《かんこうれい》を敷くということだ。その時点で初めて、ケイトの父親（母親のほうは私が彼女と出会うずっと前に他界していた）と姉のスージー、友人知己に知らせたいと。私自身の両親はとうに亡《な》くなっている。二人ともかなりのヘビースモーカーで、短命だった。兄弟姉妹はなく、いずれにしろ私には改めて報告する相手などいなかった。

私はいつだって友人に囲まれていたけれど、早々に結婚してしまった。そうなると妻帯者どうしで交際するようになり、かみさんに電子式足かせを装着してもらわないと男一人では外出できなくなる。やがて夫婦には子供が生まれ、悪友との付き合いはほとんど絶えてしまうのだ。まあ、大学時代からずっと交流をつづけている友人も若干名はいたし、学生会で義兄弟の契《ちぎ》りを結んだものも二名ほどいた。ただ、心音を確認するまでは、そのどちらにも話すつもりはなかった。

いずれにしろ、他人への報告は私にとって最重要事項ではない。重要なのは、私が世界で最も美しい女性と恋に落ちたことであり、私たちが子供を授かったことであり、いまの私が今後の仕事について途方もなく前向きになっていることである。まさに順風満帆を地でいっていた。

十二週に入ったところで、私は社の仲間にこの話を告げはじめた。ゴーディはこれ以上ないくらい無関心だった。彼には子供が四人いたけれど、可能なかぎり遠ざけられていた。自分がいかに家族と会っていないか、彼は好んで自慢した。彼にとって、それはマッチョの証《あかし》なのだ。

リッキー・フェスティノは私の手をぎゅっと握った。消毒液のピュレルのことは、一瞬忘れてしまったようだった。「おめでとう。きみのセックスライフの死に、トラー」と彼は言った。

「まだ完全には死んでないよ」

「おやそうかい、まあ見ていてごらん。赤ん坊というのは最高の避妊用ピルなのだ」

「きみがそう言いたいのなら、あえて文句は言わないが」

「そうとも。俺とかみさんはいまや、わんわんスタイルだ。俺がちんちんのポーズをとり、お願いしますとあたまを下げる。するとかみさんが、ごろりと横になり、死んだふりをする」

私は空中で架空のバチをふるい、ボルシチベルトの呼び込み演奏をマネてみせた。

「ありがとうございます、最高にすばらしいお客様がた。土日に関係なくやっております」私は言った。「子牛の厚切り肉を是非ともお試しください。たいへん美味《おい》しゅうございます」

「まあ、いいさ。その余裕もきみが紫色の恐竜バーニーと出会って、挿入歌があたまにこびりついて離れなくなるまでのことさ」リッキーは言った。「まさに耳タコだ。もしくはチャンネル権を完全に奪われて、ザ・ウィグルズ以外の番組を見れなくなるまでさ。たまに外食でもしようとすれば、午後の五時から、チャック・E・チーズに行くぐらいしか手がないのだ。で、おたくはいつ、羊水穿刺《せんし》をやるんだい」

「羊水って、何だよ」

「知ってるだろ。先天性異常がないかどうか検査するためさ」

「きみってどうしてまた、そう物事の暗い側面ばかり見たがるのさ」私は言った。「ケイトは三十五歳まで、まだ間があるし」

「医者はいつも言ってるだろ。最悪な状況に備えよ、それだけのことさ」

いささかプライバシーに踏み込んだ発言に聞こえたけれど、私が最も驚いたのは、リッキーが親身になって心配してくれたことだった。「でも、その金言はたしか『最良の希望を持ち、最悪な状況に備えよ』だろ」私は言った。「上の句を吹っ飛ばしているよ」

「エッセンスを抜き出しただけのことさ」リッキーは言った。

ケイトの妊娠は、私が昇進した最初の数カ月におけるわが家の最大の出来事だったけれど、大きな変化はそれ以外にも多々あった。私たちはベルモントの小さな家を出て、ケンブリッジのタウンハウスに引っ越した。ケイトが夢見たブラトル通りの豪邸にはまだ手が届かなかったけれど、ブラトルにほど近いヒリアード通りにある美しいヴィクトリア朝様式の建物——最近、プリンストン大学に引き抜かれた元ハーバード大学教授が数年前に修繕したばかりの掘り出し物——を買うことができた。とはいえ、手を入れたいところはまだあちこちあった。たとえば、二階へいたる急な階段の絨毯《じゅうたん》はひどく擦り切れていた。まあ、その辺りの手直しはおいおいやっていけばいい。

ケイトがすぐにケンブリッジに移りたがったので、ベルモントの家はたぶん相場より安い価格で手放すことになった。売り出しから二日以内に処分することができた。なので、二カ月もたたないうちに、私たちはこの新居に暮らしている。あんなに幸せそうなケイトを見るのは本当に久しぶりで、それだけで私は幸せになれた。

屋敷にいたる私道には、二台の真新しい車がでんと腰をすえていた（信じてもらえないかもしれないが、ケンブリッジというおしゃれな地区にはそもそも車庫なんて無粋なものが存在しないのだ）。新車と見まがうばかりに修繕されたかつての愛車ホンダ・アキュラは、おニューのメルセデスSLK55AMGロードスターにその座を譲った。ケイトも長年乗りつづけ愛着のある日産マキシマを渋々手放して、レクサスのハイブリッドSUVに乗り換えた。車種の変更は、こちらのほうが燃費がよくて、環境負荷が低いからであって、別に高級車だからではないわと彼女は言った。で、私のベンツだが、ただただステキだった。

すべては怖《おそ》ろしいスピードで変化した。速すぎるくらいに。

いまではほぼ毎朝、カートと早朝のエクササイズに励んでいた。われわれは彼のジムや、ハーバード・スタジアム、あるいはチャールズ川の河畔《かはん》で汗を流した。カートは私の個人トレーナーになった。その太鼓腹はどうにかする必要があるな、とカートは言った。脂肪を減らせ、筋肉をつけろ。肉体が気持ちよいと感じはじめると、すべてが好循環するものだと。

もちろん、カートの言うことにウソはなかった。私は二週間で体重を四・五キロ落とし、つづく二カ月間にさらに一三・五キロの減量に成功したのだ。持っている服を一新しなければならず、ケイトはそのことを喜んだ。これを機に、メンズ・ウエアハウスのつるしを、ルイス・ボストンの高級スーツに置き換えようという魂胆だった。そのスーツときたら、分かりにくいヨーロッパ式寸法表示が採用され、とても発音できないイタリア人デザイナーの手になる代物《しろもの》なのだ。

カートは、私の食生活についても、ひとこと言いたいようだった。そんな有毒物質を食べつづけると、おまえ、死ぬぞと。そして高タンパク、低脂肪、「善玉」炭水化物をもっぱら摂取するよう迫った。つまり、魚と野菜が中心のメニューである。昼食は「茄子《なす》のパルメザンチーズかけ」と「オリーヴの葉のサンドイッチ」だけ。麻薬常習者のわが親友、グレアム・ランケルとは疎遠《そえん》になり、私は大麻を完全に断ち切った。そんなものは汚れた習慣で、一流企業の副社長たるもの、つねに心身を鋭敏に保っておくべきだ、とカートに説得されたからだ。健全なる精神、健全なる肉体、それこそがすべての始まりだと。

カートはまた、少なくとも週に一度は、エレベーターを使わず、階段を上り下りすべきだと主張した。〝俺のオフィスがあるのは二十階だぞ。おまえ、おかしいんじゃないか〟とブータレたい気分になったけれど、ある朝、いちおう試してみた。オフィスに到着したとたん、ワイシャツを着替える必要はあったが、実際やってみると、二十階分を上り下りすることは意外と苦ではなかった。もともと私はエレベーターが心理的にダメだったので、これなら垂直移動の棺おけに閉じこめられることを心配しないで済むなと、十分我慢が可能だった。

これら〝究極の肉体改造〟は、ケイトに感銘を与えていた。妊娠中は健康な食生活をずっと維持しようと決意するケイトだったけれど、いまや夫が伴走してくれるというのだから、大歓迎だ。カートなる人物に直接会ったことはまだないけれど、その男がわが夫に与えつつある影響について、大いに気に入っている様子だった。

ただ、彼のかかえるダークサイドについて、ケイトはもちろん知らない。

新たに移ったより大きなオフィスに、私は独自の飾りつけを施した。軍隊をモチーフにしたビジネス啓発ポスターを額縁に入れ、あちこちの壁にかけたのだ。たとえば、迷彩服に身を包み、顔も迷彩色に塗った狙撃《そげき》兵が地面に腹這《はらば》いになり、銃口をこちら側に向けている写真とか。そのポスターには大きな文字で「勇敢なる精神」と書かれていた。さらに「こんな危険に直面し、なおかつ沈着冷静でいるには並外れた人間が必要なのだ」とつづいている。戦車に乗った男たちのポスターもある。「堂々たる精神——最強のものが最後に勝つ」と書かれている。このほかに「不屈の精神」と「我慢の精神」もある。ずいぶんとベタな趣向じゃないかだって？　そうとも。でも、こうしたポスターを見ているだけで、なぜか全身に不思議と力が漲《みなぎ》ってくるのだ。

人生の好循環はとりわけ仕事面で顕著に現れた。まるでバットを振れば、すべてがホームランになり、パットすれば、ボールはすべて穴に吸い込まれ、スリーポイント・シュートは試みれば、ひとつ残らずネットに入るみたいで、まさにトントン拍子だった。

新しいベンツの購入さえ、大きな商機をもたらしてくれた。

その朝、私はオールストンにあるハリー・ベルキン系列のメルセデス・ディーラー店にいた。豪華な待合室で、革張りのソファに小一時間ほど腰かけ、セルフサービスのカプチーノを飲みながら、サラウンド・サウンド方式のテレビで「ライヴ・ウィズ・リージス・アンド・ケリー」を見ていた。

そこでふと思った。もしここに、エントロニクス社のプラズマ・テレビが設置され、ベンツの最新モデルのどの点が優れているかを伝える例の宣伝ビデオが流れていたらどうだろうかと。ほら、あちこちで見かける、ハッと息を飲むほど美しい、映像の交響詩の数々である。いやしくもメルセデスなら、それぐらいのカネはその辺に転がっているだろう。私の妄想はさらにすすむ。ハリー・ベルキン社は、ニューイングランド地方最大の自動車ディーラーである。その傘下《さんか》にはメルセデスだけでなく、BMWやポルシェ、マイバッハのディーラー店もあり、かなり手広く商売を展開していた。いっそ自動車メーカー側ではなく、ハリー・ベルキン社にこのアイデアをぶつけてみたらどうだろう。スーパーマーケット業界ではもうやってますよ。高級車ディーラーもやってみる価値があるのではありませんかと。

さっそくネットであちこち調べ、この話をもちかけるべき責任者を特定した。ハリー・ベルキン社の営業担当上級副社長で、名前はフレッド・ナシームといった。さっそく電話をかけ、このアイデアを大いに吹聴《ふいちょう》すると、ナシームはたちまち興味を示した。もちろん、価格面が問題だったけれど、それは毎度のことである。なので相手を摑《つか》んで離さない熟練の営業トークを炸裂《さくれつ》させ、ナシーム籠絡《ろうらく》に全力をあげた。スーパーでは各店舗のレジにプラズマ・スクリーンを設置して広告を打っている。自動車ディーラーの待合室はまさにレジの行列みたいなものでしょ？　ただじっと待つのが好きな人間なんかいませんよ。そんなのは時間のムダですから。逆に、人は知識の提供を受けることが大好きで、積極的に情報を得ようとしますし、またそれを楽しみともします。だから顧客を楽しませ、教育することが肝心です。新型モデルの、最もアピール度の高い特質を、積極的に売り込むのです——などなど。そうして外堀を埋めたところで「経費」の話へ持っていった。むろん「経費」とか「価格」なんて言葉はいっさい使わない。将来にむけた「投資」の話である。投資にかかる一日当たりの金額と、そこから生み出される金額を対比させる。実に簡単である。その後は「イエス」「イエス返事」のテクニックを用いることにする。畳みかけるように、相手が必ず「イエス」と答えるような質問を矢継ぎ早に浴びせていくのだ。おたくのお客さんは相当な見識の持ち主ばかりでしょうね。コーヒーやベーグルなど待合室のサービスはそれ相応に評価されているんでしょうね。そこの壁にエントロニクス社のモニターが掛かっていたら、おシャレな感じがいっそう増すのではないでしょうか。バンバンバン、そうだねそうだねそうだね。そこで一気に本題に入る。おたくのハリー・ベルキンさんは、各ディーラー店の売り上げ平均を向上させたいと願ってますでしょ、違いますか？　おたくの社長さんだったら、このアイデア、どう思いますかね。そこで最後の一手、肝心要《かなめ》の質問である。エントロニクス社のモニターが売り上げ増を確実にもたらすことは、もうご納得いただけましたでしょうか。

ああ、その点は納得したよ。

だがしかし、土壇場《どたんば》にきて、相手が突如として逡巡《しゅんじゅん》を見せる場面がしばしば訪れるのだ。そんなときは、マーク・シムキンズのＣＤから会得《えとく》した、もはや伝説の域にある最後のひとことを放つ。私が〝マーク・シムキンズ大学最終トーク上級課程〟と密《ひそ》かに呼んでいる一手により、餌《えさ》に食らいついた獲物を見事釣《つ》り上げるのだ。つまり、薄型モニターの需給動向を匂《にお》わせ、相手の飢餓感を高めるのである。在庫の現状からいって、たぶん六カ月後には納入できるはずですよと。すると相手方は、いますぐにでもブツが欲しい気持ちになっているので、ディーラー店の数だけ、即刻全量納入してくれと要望してくる。即刻は無理です。では、どうだね、その半分の期間、たとえば三カ月で納入して貰《もら》えないかと押し問答。

むろん可能です。やれと言うなら、二カ月でもなんとか納入できるよう努力はいたします。ただ、数量に対する要求は、私に可能なものにしてほしいのです。納期の短縮は可能だ、と私が明言した瞬間、相手はもう商品を受けとったような気分になっているはずだ。

そこで最後に、昔ながらの〝わざと内容を間違える〟締めの口上の登場である。おっとこいつは誤解しているようだと相手にわざと思わせて、向こうから訂正させる高等テクニックである。

「では、三六インチのモニターが六〇〇台、五九インチのモニターが一二〇〇台ですね」

「違う、違う」フレッド・ナシームは言った。「その逆だ。五九インチが六〇〇台、三六インチが一二〇〇台だ」

「あっ、これは勘違いしました。了解です」と私。

籠絡プロセスはこれにて終了である。相手だって自動車を商うプロの営業マンである。そのプロに商品を見事売りつけるという皮肉を、私は心より愛《め》でた。まったく世の中、油断も隙《すき》もあったもんじゃない。

ナシームはいまやる気満々の状態だ。実際、今回のモニター導入はいまや自分の考えたアイデアぐらいに認識されているはずだ（釣り竿《ざお》に感じる引きの強さで、それが分かった）。ナシームは早速、ボスのハリー・ベルキンに自分で電話をかけてくれた。そのあと、また電話をしてきて、ミスター・ベルキンはこのアイデアに大いに乗り気であった、ついては価格交渉に入りたいと言った。

時に、状況は思わぬ展開を見せ、驚きを味わうこともある。

一日たって、ナシームがまた電話をしてきた。「ジェイソン」と興奮ぎみの口調で言った。「いまからきみに最終希望台数を言うから、それにかかる代金が総額いくらになるか教えてくれ」そしてナシームは欲しいプラズマ・ディスプレーの台数を述べた。それは傘下の四六ディーラー店の壁に設置する大型モニターと、天井に取り付けるより小型のモニターの合計数字のはずだったが、私は首をひねった。数字がやたら大きいのだ。するとナシームが説明してくれた。今回設置するのはBMWとメルセデスだけじゃない。その他に現代《ヒュンダイ》／起亜《キア》のディーラー店にも設置する。それから、キャデラック、ダッジ、その他すべての系列店も対象だと。

私はほとんど言葉を失った。口から生まれたような男の一人として、これはまさに希《け》有《う》のことである。

衝撃からどうやら回復し、私は言った。「さっそくしかるべき金額をまとめ、あすにも折り返し電話を差しあげます。ムダな時間はとらせません。ご納得のいく、最高の価格設定をさせていただきます」

わが行く手を阻《はば》むものはいっさい無い——といった心境だった。

唯一《ゆいいつ》、ゴーディを除いては。ゴーディは相変わらずゴーディだった。私の新たなポストにとって最大の障害は、ゴーディが何にでも口を出すことだった。彼は午前七時に私を呼びつけた。また私のオフィスを定期的に襲撃し、さまざまな文句を浴びせた。すぐ来いと、さも急ぎの用件であるかのような口ぶりで人をオフィスに呼びつけておきながら、そのじつどうでもいいような用件だったこともある。以前提出しろといっていたメモを早く出せとか、表計算のデータがどうとか、その一瞬、たまたま彼が思いついた、不要不急の案件ばかりなのだ。

言いたいことは多々あったけれど、ケイトにグチって終わりにした。彼女は辛抱強く耳を傾けてくれた。ある晩、帰宅すると、彼女は本屋のものらしき白いビニール・バッグを手渡した。中身はＣＤだった。私がいっとき仕事を忘れ、楽しい時間を過ごせるようにとの心づかいだった。オーディオ・ブックは計二点で、タイトルはそれぞれ『職場のいばり屋暴君にいかに対処すべきか』と『だって首を絞めるわけにもいかないのだから』だった。

「ゴーディは消えはしないわ」ケイトは言った。「だったら、彼をどう扱えばいいか、その対処法を学ぶべきね」

「首を絞める」私は言った。「そうか、その手があったか」

「まったく、あなたって人は」ケイトは言った。「ところで、きみのほうは？　きみの一日はどうだったのって訊《き》いてくれないのかしら？」

まったく彼女の言うとおりだった。私はめったにそんなことは訊かない。だからいまこの瞬間、彼女に対し本当にすまない気分になった。「だって、ぼくは男だから、では理由にならないかな」

「ジェイソン」

「ごめん。きみの一日はどうだったの？」

ハリー・ベルキンとの商談がほぼまとまりかけたので、私はようやくゴーディのオフィスを訪れ、朗報を告げた。ゴーディはうなずき、二つ三つ質問したけれど、大して関心があるようには見えなかった。経費にかんする月間リポートを私に手渡し、それにすぐ目を通すようにと言った。「あと二カ月だ」とゴーディは言った。「第二・四半期の期末まで、あと二カ月しかない」エントロニクス社は日本式の九月中間決算を採用しているため、時々、混乱を生むことがあった。

言われたとおり、経費をめぐる報告書にざっと目を通した。「おやおや、バンド・オブ・ブラザースのT&E関連の出費は相当な金額ですね」と私は言った。ここでいうT&Eとは出張《トラベル》および交際《エンターテインメント》費の頭文字で、有り体にいえばホテル代、足代、食事代のたぐいである。

「そうだろ?」ゴーディが言った。「常識はずれの出費だ。これまで俺はかなり長期間、会社支給のクレジット・カードの濫用《らんよう》について、相当に締めてきたつもりだった。しかしいま、もう一段の締めつけが必要だと判断した。そこでおまえに、T&Eにかんする新たなガイドラインをまとめてもらいたい」

つまり憎まれ役を引き受けろと言っているわけである。〝なんでまた私なんだ?〟と思った。〝すでに万人に嫌われている男が若干一名存在するではないか〟

「分かりました」私は言った。

「もうひとつ。いまや査定による線引きを断行すべき時期にきていると思う」

つまり、成績によって営業マンをランク付けし、成績不良のものは解雇するということだった。だがしかし、それもまた、私にやれと言っているのか?

「冗談ですよね」

「楽な仕事だとは誰も言っていない。五項目の評価をもとに、俺とおまえとで、営業マン全員の能力を査定し、水準に満たないものは、おまえの口からきっちり申しわたすんだ。成績をあげろ、でないとクビだぞとな」

「水準を満たさないものとは、どういう意味でしょうか」私はゴーディに具体的な数字を言わせ、言質《げんち》を取りたかった。

「C級営業マンは全員解雇だ」

「ですから、C級とはどの範囲を言うのですか。最下位の一〇パーセントという意味ですか？」

「いいや」ゴーディは睨《にら》みつけるような視線でこちらを見た。「下三分の一を処分しろということだ」

「三分の一ですって」

「お荷物を雇っておく余裕が、うちにはもうないのだ。これからは、いわばダーウィン流の生存競争で行く。最もタフなものだけが生き残れるというわけだ。東京に対して、うちの数字が短期間で大幅に改善するところを示す必要があるのだ」

「短期間とはどれくらいのタイム・スパンでしょうか」

ゴーディの睨みは数秒間つづいた。彼は立ちあがると、オフィスのドアを閉めた。ふたたび腰かけ、腕組みをする。

「だったら教えてやるが、ステッドマン、おまえんところのバンド・オブ・ブラザースには毛ほども漏らすんじゃないぞ。第二・四半期末、つまりあと二カ月足らずで、エントロニクスUSA社のディック・ハーディCEOと、東京のメガ・タワーの連中がひとつの決断を下す。いったいどちらの営業部隊を残すべきか、という決断をな。俺たちのほうか、それともロイヤル・マイスター社のほうか。フレーミングハムか、それともダラスか。残すのは一方のみ、二つはいらない」

「経営陣はきっと、トップ営業マンだけを選り分けるはずです」私はひとりうなずいた。

「それが合併による整理統合のメリットですから。適者生存ですね」

ゴーディはサメのようにニヤリと笑った。「まだ理解が足りんようだな。二つの営業チームから精鋭を集めるわけではない。選ばれなかったチームは、全員用済みなんだ。一度きりの、全員参加の、最終決戦なのだ。業績のいいほうだけ生き残れる。低いほうは、お払い箱だ。〝軟弱〟チームに次はない。死刑宣告が待っている、それだけなのだ。次の四半期も同じような数字だったら、解雇通知はこのビルで働く全員に配られる。さて、次は悪い方のニュースだ」

「今のが良いニュースだったんですか」

「良いニュースになるかどうかは、おまえの腕しだいだ。あと二カ月で、シルクハットから見事クソ・ウサギを取り出してみせろ。さもないと、エントロニクス社のフレーミングハム・オフィスの全員が、おまえも、おまえのいわゆるバンド・オブ・ブラザースも含めて、皆殺しにされるぞ。すべてはおまえの責任だ。失敗する余裕など、ただの一度もないからな」

「このさい、状況の深刻さを全員に周知徹底すべきではないでしょうか」私は言った。

「そりゃ、考えちがいというものだ、ステッドマン。怯《おび》えた営業マンに物は売れない。額の汗を、客は見逃さない。狼狽《ろうばい》の臭《にお》いはそれと知れてしまう。そんな噂《うわさ》が廊下を走っただけで、大混乱に陥るだろう。だから、この件は俺とおまえのあいだで秘密にしておくのだ。おまえはいまや、俺の直属だ。だから、おまえがしくじれば、俺だって職探しだ。違いは、俺のほうはどこぞの部署で、幹部として再雇用されるが、おまえは東京から成績不良の張本人という烙印《らくいん》を押され、はいそれまでよ——ということぐらいだ。個人的には、そんな場面も見てみたい気がするがな」

管理職だって、額の汗を客に見咎《みとが》められるのはやはり問題でしょう、とかなんとか言ってやりたかったが、黙って聞いていた。

「おまえも知ってのとおり」ゴーディは言った。「俺はそもそもこの仕事をおまえにやらせたくはなかった。しかしいま、俺はおまえを抜擢《ばってき》して良かったと思っている。なぜだか分かるか」

つばを飲み込もうとしたけれど、口がからからに渇いていた。「なぜですか、ゴーディ」

「俺はおまえなんかより、トレヴァーのほうをずっと気に入っているからだ。おかげで、おまえのようなつらい目に、あいつを遭わせずに済むということだ」

ゴーディのオフィスを出た私は、廊下でキャル・テイラーの脇《わき》を通りぬけた。キャルはちょうどトイレから出てきたところで、ほのかに酔っているように見えた。朝の十時からか、かわいそうなやつだ。

「おやおや、ボス、そこにおられましたか」とキャルは言った。「何か悪いことでも」

「悪いこと？　別に悪いことなど何も」

「まるで腐った貝を喰わされたばかりって顔をしてますよ」キャルは言った。

〝おまえなんかに何が分かる〟と私は思った。

23

残りの午前中を使って、私はT&E関連の支出を精査し、ゴーディが望むような節約重視の新ガイドラインを作成した。もはや私は「気のいい兄ちゃんじゃないぞ」と宣言するような文書となった。相当に強面《こわもて》な内容であることは私自身、認めざるを得ない。ビジネスクラスの利用は今後許されなくなる。自分が溜《た》めたマイレージを上乗せして、乗る飛行機をビジネスクラスに変える場合はともかく、出張は今後、原則エコノミーとなる。豪華ホテルの投宿も今後は認められない。経費として計上できる上限は、一泊一七五ドルまでとする。すべての出張は最低でも七日前に事前申請することを義務づける。そうすれば、割引チケットが確保できるから。飛び込み出張にかんしては、私に事前許可を求めること。出張旅費の上限も今後は引き下げ、一日当たり五〇ドルまでとした。相当きつい数字だったが、工夫しだいで何とかなるだろう、と私は思った。顧客とテーブルを囲む場合を除き、個人の食事は今後いっさい経費とは認めない。顧客と食事まで至らず、お茶もしくはアルコール類だけの場合は、やはり経費とは認めないこととする。会議が昼食時間もしくは休憩時間に食い込んだ場合、それにかかった金額を経費として落とす例がこれまであまりにも多かったが、今後はこれも認めない。たとえば、オフィスでの会議に、弁当の仕出しを頼む例が多々あり、そのために多額の経費が計上されているが、今後これは無しとし、自前の弁当を使うこととする。

私はさまざまな数字をあれこれ計算し、新ガイドラインによって、社がどれほどの節約が可能かを算定し、推計結果をゴーディにメールで送付した。

ランチの直後、ゴーディから電話がかかってきた。「大いに気に入った」と言われた。ほっと溜息《ためいき》をつき、多くの電話に応対したあと、改めて自分が作成したメモに目を通した。言葉遣いを多少和らげ、受ける印象を軽くした。しかるのちに、その修正版をフラニーにメールで送り、通読して誤字脱字がないかどうかチェックしてくれと頼んだ。

フラニーこと、フランシス・バーバーは、昇進に伴って私に割り当てられた秘書である。彼女はこの会社に二十年以上勤務し、強いて欠点を挙げろといえば、三十分ごとにたばこ休憩のため席を外すことぐらいである。それ以外のときは、私の新オフィスのすぐ外側にある小部屋《キユービクル》に、彼女は控えていた。口元をギュッと結んでいるせいで、上唇に縦にくっきりと皺《しわ》が刻まれていた。一見すると生真面目《きまじめ》を絵に描いたような堅い印象を受ける。年齢は四十五歳だが、それより十歳くらい上に見えた。強烈な、鼻につくような香水を好み、殺虫剤のような臭《にお》いをあたりに発散させている。フラニーをよく知らない人は、おっかない女と誤解するかもしれないが、私たちの関係は非常に良好だった。

そうなるまでにちょっと時間がかかったけれど、彼女はいまでは、独特の乾いたユーモア・センスまで披露してくれるようになった。

インターコムが鳴り、フラニーの声が聞こえた。「ミスター・カトー様とおっしゃる方からお電話ですが」どう扱ってよいか戸惑っているような口ぶりだった。長年の喫煙習慣のせいでのどをやられたため、フラニーの声は男の私よりも低かった。「どうあっても日本人の発音には聞こえません。どちらかと言うと、サーファーみたいな軽いノリの人です」

フラニーはオリジナル版の「宇宙大作戦」に通じておらず、初代エンタープライズ号の操舵《そうだ》担当士官の名前に聞き覚えがないのも無理はない。「やあ、グレアム」私はさっそく受話器を取った。「お久しぶりやねェ」

「なんだ、働きすぎで擦り切れたみたいな声だな」

「ここの人使いは度を超しているからね」

「なんか、俺を避けてないか、Jマン。まるで自分がクリンゴンになったような気分だぜ」

「すまんな、グレアム。いまは自己管理をめざす一大努力の真っ最中なんだ」

「自己管理? はははあ、ケイトの差し金だな。ついに彼女が勝ったのか」

「いろいろあってな。ケイトはいま妊娠中なんだが、知ってるか」

「おお、そいつはめでたい。ホントか。あっ、それともここはお悔やみを言うべきところかな。どっちが希望だい」

「めでたいほうを貰《もら》っておくよ」

「赤ちゃんステッドマンか。なんか想像を絶する状況だな。あまりに気味が悪くて。トリブルみたいな小さな足が、パタパタと廊下を走っていくわけだ」

「宇宙生物のトリブルにはたしか足はなかったはずだが」私は言った。

「やられたな」グレアムは言った。「これでも自称トレッカーなんだが。まあ、あいさつはそのぐらいにして、じつはここに星間級のブツがあるんだ。効き目抜群のホワイト・ウィドーだ」

「なんかヘロインの仲間みたいな名称だな」

グレアムはジャマイカなまりで返事をした。「ガンジャですぜ。土から採れたものの中で、唯一《ゆいいつ》価値のあるもの」グレアムはつづける。「しかもただのガンジャじゃないんだ、白人旦那《だんな》。大麻杯争奪選手権で一等賞を取るような逸品だ。インディカ／サティヴァ・ブレンドで、サティヴァ色がより強く出ている。さあさあ、Jマン、熱気むんむんの大麻パーティをやらかそうじゃないか。のちに伝説になるようなやつをさ」

「どうもな」

「いいからセントラル・スクエアに来てくれ。すげえマリファナ煙草《たばこ》を巻いて、宇宙船エンタープライズ号のエンジンを点火して、それからラブ・バッグで出発だ！」

「言っただろ、グレアム」私は堅い口調で応じた。「ぼくはもう大麻はやらないんだ」

「でも、ホワイト・ウィドーをやったことはないんだろ」

「ごめんな、グレアム。でも、その……状況が変わってしまったんだよ」

「それって、赤ちゃんジェイソンが生まれてくるからか？　鎖付きの鉄球の足かせを嵌《は》められて、自慢のスパイク・ヒールをぺったら靴に履き替えるってわけか？」

「頼むぜ、相棒。そういうわけではないんだが」

グレアムの声が小さくなった。「分かったよ、相棒。真意は十分くみとれたと思う。いまやあんたは副社長さま、そうだろ。おたくの会社のウェブサイトにそう書いてあったよ。自分専用の秘書がつき、でっかい豪邸も手に入れた。でもって、過去のしがらみと現在の自分とのあいだに、ちょっとした仕切りを置く必要ができたってわけだ」

「それがいまの私だって言いたいのか、グレアム」

「さあね」彼は言った。「いまのあんたが理解できるのか、できないのか。俺にはそれさえ確信が持てないんだ」

「ちょっときつすぎる言い方だな。頼むから、ぼくに悪の烙印《らくいん》を押さないでくれよ」

「俺はただ見たままを言っただけさ、相棒。いつもそうしてるだろ」

「そう即断せずに、長い目で見てやってくれ。いまはちょっと仕事のことであたまがいっぱいだけれど。余裕ができたらすぐ、一緒にくり出そうじゃないか。晩飯でもおごるよ。なあ」

「そうかい」グレアムは不機嫌そうに言った。「それでは、あなたさまのお電話をお待ちすることに致しましょう」

「グレアム」と言いかけたが、電話は切れてしまった。ああ、悪いことをしちまったな。

秘書のフラニーが部屋に入ってきた。「あのお、ジェイソン」ドア付近にぎこちなく立ち、フラニーは眼鏡の位置をちょっと直した。「本当にこの文書を営業マンたちに送るつもりですか」

「何か問題でも」

「せっかく最近、あなたという人を気に入りかけていたのに。また別の上司に仕えることにいまいち乗り気ではないのですよ」

私は言った。「ゴーディがOKだと言っている」

「そりゃ、彼としてはOKでしょう」フラニーは言った。やや引きつるような笑い声をあげかけたが、たちまちゴホゴホとヘビー・スモーカー特有の、勲章ともいえる咳《せき》を連発した。「文書はあなたの名前で出ますから、火の粉を被《かぶ》るのはゴーディではなく、あなたです」

「たしかにやってて楽しい仕事ではないけれど、誰かがやらなければならないのだよ」

と言いつつ、視線をパソコン画面に向けた。

「よろしかったら、ちょっと席を外したいのですが。軽くたばこを吸ってきて、ついでに防弾チョッキを買ってきたいと思います」そう言い残すと、フラニーは自分のキュービクルへ戻っていった。

私は問題のメモをもう一度通読した。たしかに苛酷《かこく》な内容ではある。間違いなく反応は悪いだろうし、文書作成者の評判はがた落ちだろう。本当は私ではなく、ゴーディがやるべき仕事なのだが、まあ、どっちを選んでも、よい展開にはならないのだ。

私は送信ボタンをクリックした。

その結果、ハチの巣をつついたような大騒ぎとなった。

およそ五分後、リッキー・フェスティノが私のオフィスに駆けこんできた。「いったい全体、こいつは何だ」彼は言った。こいつと言いつつも、リッキーは別段、手には何も握っておらず、何かを指差してもいなかった。

「何だと言われても、何のことやら」私は穏やかな口調で応じた。

「俺が何の話をしているか、分かっているよな。T&Eのクソ・ガイドラインだ」

「おいおい、リック。あの制度はみんなが濫用《らんよう》し、だから、われわれはコスト削減の一環として……」

「ジェイソン。おーい。俺が話している相手は本当にジェイソン・ステッドマンか。俺にはおためごかしなんか要らない。俺とおまえの仲じゃないか」

「おためなんかじゃないよ、リック」

「おまえさんはたったいま、扉に『九十六箇条の論題』を釘《くぎ》でがんがんと打ちつけたんだぞ。だが俺には、こいつはステッドマン作というよりゴーディ作に見える。どんな悪い物を食ったかしらんが、どうしておまえ名義なんだ」

「免罪符に対するルターの疑義なら、『九十五箇条の論題』だろ？」

リッキーは私を睨《にら》みつけた。「ゴーディのやつが、おまえの名前で文書を出させたんだな」

私は首をふった。「彼の承認はもらったけれど、起草したのはぼくだ」

「おまえ、暗殺されたがっているのか。月夜の晩ばかりじゃないぞ」

「今後はこうしたやり方が普通になるんだ」私は言った。「これが新たな経営スタイルなんだ」

「社員の士気を高めようというのに、飴《あめ》は抜きの、鞭《むち》一本で行けると思っているのか。そいつはクイーグ艦長のやり方だぞ」

「なに艦長だって」

「おまえ、『ケイン号の叛乱《はんらん》』ていう映画を見たことがないのか」

「『戦艦バウンティ号の叛乱』なら見たことがあるが」

「まあいい、似たようなものだ。これからおまえさんが直面する事態がそれさ。トレヴァーやグリーソンだけじゃないぞ。モーテル・シックスに宿泊し、顧客をアップルビーズで接待しろなんてお達しにおよそ営業マンが我慢できると、おまえ、本気で思っているのか」

「モーテル・シックスやアップルビーズを使えなんて、ひとことも言ってないぞ。勘弁してくれよ」たしかにリッキーの主張は大げさだった。ただ、実態のほうだって、それほど胸を張れるようなものではなかった。

「ともかく、こんなガイドラインには全員が耐えられないってことだよ」

「でも、他に選択肢がないんだ」

「ほう、そうかい。ホントに自信を持ってそう言えるか」

その日は、そのまま退社するつもりだった。なんでこの私が……と思いつつも、ケイトにつきあって、赤ん坊のあれこれを買い整えるためだった。キュービクルがずらりと並ぶフロアの中ほどで、外出する途中のトレヴァー・アラードから呼びとめられた。

「いやあ、素晴らしいメモだな、あれは」トレヴァーが言った。

私はうなずいた。

「見事な作戦だよ。各種の役得をとことん奪い去るとは。自社のトップ営業マンを叩《たた》きだそうという算段だな」

「おやおや、どちらか別の仕事でもお探しですか」と言ってやる。

「その必要はあるまい。きみが高転びに転がるのを、ただ待っていればいいのだから。どうやら俺《アイ》が期待していた以上に、そのチャンスは早くめぐってきそうだ」

「TEAM《チーム》の綴《つづ》りに〝I〟なんか挟まってないがね、トレヴァー」

「なるほど。だが、MESSIAH《メシア》の綴りには〝ME《ミー》〟が含まれているぞ」

ベビーワールドに向かう車中でも、私の心はさっき送信したばかりのクソ・メモに奪われていた。いまや全員があいつをクイーグ・メモと呼んでいた。そもそもクイーグが何かさえ知らない連中までがクイーグ・メモと呼んでいるのだ。よもや送信の直後に、こんな怒りの反応が持ちあがるとは、さすがのゴーディも予想していなかっただろう。ただ、彼はいずれ時期を見て、この私を悪人に仕立てあげる気だったことは確かである。

「ジェイソン」というケイトの一声で、私は現実世界に引き戻された。

彼女のほうに視線を向ける。ケイトの声には真剣な響きがあった。彼女は髪の毛をひっつめにし、ゴムバンドでくるりと束ねていた。かつてはこけ気味だった顔の輪郭線は、いまやうっすらと丸みを帯び、顔はつやつやとして健康的だった。妊娠のプラス効果といえよう。

「どうした？」

「また階段でつまずいたの」

「そりゃまた。で、大丈夫だったか」

「大丈夫よ。でも、いま妊娠中でしょ。だから十分注意しないと」

「そうだね」

「絨毯《じゅうたん》があちこち擦り切れていて。そのせいで足元が悪いの」

「分かった」と生返事はしたものの、新居をどう手直しすべきか、議論する気にはなれなかった。ゴーディとトレヴァー、そしてクイーグ・メモについて、ちょっとケイトに相談したかったのだが、彼女はどうも関心がなさそうだった。

「どういう意味かしら？『分かった』って。具体的に何かしてくれるわけ？」

「おいおい、このぼくを見てくれよ。PBSの『ディス・オールド・ハウス』の熱烈な視聴者に見えるかい。古い家の手直しがメシより好きな休日男に。悪いな、ほかを当たってくんなってことさ、ケイト」

「どこを当たれっていうの」

「おいおい」私は言った。「このぼくが知ってるわけないだろう」

ケイトは数秒間、こちらをじっと見つめた。目が冷たかった。私の視線は道路に向いていたけれど、自分に向けられた視線は十分感じとれるものだ。ケイトは悲しげに首をふった。「ご協力感謝いたします」

「すまん、悪かった。いまちょっと別のことを考えていたものだから……」

「きっとそれは、これより重要なことなのね。ええ、存じてますとも」

「また今回もゴーディ絡《がら》みなんだ」

「まあ、なんて驚きでしょう。さあてさあて。まったく自分の赤ちゃんのベッドを選ぶときぐらい、仕事のことなんか、忘れて欲しいものですわね」

時おり、自分の妻がまったく理解できないことがある。夫にナポレオン・ボナパルトになれと発破をかけておきながら、その翌日、今度はミスター・マムになれと言うのだ。きっとホルモンのせいかなんかなんだろう。ただ、いまは余計なことを言うべきではない。そのことは、骨身にしみて分かっていた。


ベビーワールドは最高にうるさかった。要するに、そこは蛍光灯に隅々まで照らされた巨大倉庫である。詰まっている商品は、ピンからキリまでいろいろあるが、赤ん坊関連グッズのみ。「おたくの赤ちゃんはベストにふさわしくないのですか？」というのが店のモットーだった。それだけでもう逃げ出したい気分なのに、ケイトはいまや買い占めモードに突入していた。わが家の育児室をベビー用品で埋め尽くさんと、すごい勢いだった。しかも、同チェーンのテーマソングである薄気味の悪い音楽が、子供のはしゃぐ声や木琴の音などとともに、店内にエンドレスで流れているのだ。なにやら頭痛がしてきた。

ケイトはがらがらとカートを押していく。エイブラムズ戦車の車長のように、各コーナーを順々に回りながら、着せ替え用の台や、ベッドにぴったりの敷き布団《ぶとん》カバーや、天井から吊《つる》すモビール（農村の動物たちがぶらりと垂れ下がり、赤ちゃんの認知能力の発達を促すためクラシック音楽まで流れる）などを次々とかき集めていった。

その間、私はこそこそと携帯情報端末《ブラックベリー》や携帯電話をチェックしつづけた。店内では携帯電話は圏外になってしまう（この面でもベビーワールドは願い下げだ）が、ブラックベリーのほうは絶えずメッセージを受信しつづけていた。たぶんサービス業者が違うせいだろう。ブラックベリーには大量のメールが続々届き、みなクイーグ・メモについて文句を言っていた。

ほらこれっ、とケイトがベリーニのベビーベッドに注目するよう促した。「アンダーソンのためサリー・ウィンターが買ったのがこれよ」とケイトは言った。「で、これがベストだって彼女は言っているわ」その瞬間、私のブラックベリーが鳴った。ケイトは怒りの視線を投げつけてきた。「おーい、まだここにいますか？　それともお仕事かしら」

私は居たたまれず、ここではないどこかへ行ってしまいたかった。「すまん」そう言うと、私はブラックベリーをマナー・モードに切り替えた。これならケイトの耳を煩《わずら》わすことはあるまい。「そのベビーベッドって、組み立て済みなのかな」

「若干の組立が必要と書いてあるけれど。そんなに面倒なことはないと思うわ」

「きみがMITの出身ならね」私は言った。

次に私たちはおむつがいっぱいのコーナーへと移動した。ハギーズやパンパースの大型パックが、床から天井までびっしりと、途方に暮れるほどの高みにまで、積みあげられていた。そういえば、むかしケイトに頼まれて、ドラッグストアのCVSを訪れ、生理用ナプキン・コーナーでまごまごしたことがあったけれど、このおむつの長城にはそれ以上の戸惑いを覚えた。あの時は恐怖の悲鳴をあげ、退散してしまったものだ。

「紙おむつの処理ポットはどちらにすべきかしら。ダイパー・ジニーとダイパー・チャンプと」とケイトが言った。「こっちのポットなら、専用袋でなくて、通常のゴミ袋が流用できるのね」

「でも、こっちのポットなら、紙おむつがひとつずつ包装されて、ウインナー状になる仕掛けらしいぞ」と私は言った。「ちょっとシャレた趣向だね」おむつのウインナーというやつを、実際見てみたい気もした。

アイデア家電製品のコーナーへ移動する。棚にある何かの箱をひとつ摑《つか》むと、ケイトはカートに入れた。「まったく天才的な発明ね」と彼女は言った。「後部座席用のベビー・モニターよ」

「車で使うの？」

「シガレットライターにプラグを差しこみ、シートのヘッドレストの後方にカメラを取り付けて、ダッシュボードにモニターを置きますとあるわ。すると、わざわざふり返らなくても、ずっと赤ちゃんの様子をチェックできるんですって」

それこそ私の求めていたものだと思った。「イケてるね！」と私は言った。運転中にこちらの気を散らすものが現在でもごまんとあるのに、そのうえさらにひとつ、横目で確認できるものを思いついてくれるなんて。

「こっちにはビデオ・モニタリング・システムがあるわ」ケイトはそう言うと、棚から別の箱を摑みだし、私に見せた。「ほら、こんな小さなポータブル・ビデオ・モニターよ。これなら、どこへ行くときも持っていける。これがあれば、赤ちゃんから片時も目を離さないで済むし、夜間でも赤外線モードで寝顔が見られるわ」

すごいもんだ。昔のテレビ・ドラマ「プリズナーNo.6」を思い出した。たぶん主人公に扮したパトリック・マッグーハンだって、昨今の赤ん坊ほど、厳しい監視下には置かれていなかっただろう。

「しかしまあ、いったい誰が思いつくのやら」

「ああ、ようやく到着よ」とケイトが言った。「いちばん期待のコーナー」だという。彼女のあとを付いていくと、そこはベビーカートの展示スペースだった。たちまちケイトは一台のカートに魅了されてしまった。大きくて、薄気味が悪くて、黒い色に塗られ、でかい車輪をはき、骨董品《こっとうひん》のような外見をし、うっかり近寄れないようなオーラを発していた。映画『ローズマリーの赤ちゃん』から飛び出してきたようなベビーカートだった。

「ほーら見てみて、ジェイソン。これがシルヴァー・クロス・バルモラル乳母車よ」と説明する。「ねえ、信じられないくらい優雅でしょ」

「乳母車が石段をがたがたと下っていくのは、何の映画の一場面だったっけ」

「『戦艦ポチョムキン』よ」まったくこいつはという感じで、ケイトが首をふった。

私はさっそく値札を確認する。「二八〇〇って書いてあるように見えるんだけど、もう老眼鏡が必要になったのかな」

「そのくらいはするんじゃないの」

「たぶん単位はイタリア・リラだな」

「もうリラは使われていないわ。いまはユーロよ」

「じゃあ、やっぱり二八〇〇ドルなのか」

「忘れてちょうだい」ケイトは言った。「ちょっと法外だったわ。ごめんなさい」

「きみが欲しいなら、買えばいい、ケイト」

「それより安い金額でストッケ・エクスプローリーも買えるし」ケイトは言った。「そっちのほうが地面からより高いので、親子の絆《きずな》がいっそう深まると思うわ。ただ、カートの下の収納スペースがあまり広くはないけれど。でも、すごくマッチョな感じがするじゃない。望遠鏡みたいに伸び縮みする把手《とって》とか」そうは言いつつも、ケイトは私の目を盗んでちらちらとシルヴァー・クロス・バルモラル乳母車に、物欲しげな視線を飛ばしていた。

一方、私はといえば、「なるほど、マッチョだね」と言いつつも、そっとブラックベリーに視線を落としていた。ゴーディからメールが来ていた。用件は「至急！」とだけある。

「それにもちろん、次善の策だけど、バガブー・フロッグという手もあるし」とケイト。

ゴーディのメッセージをクリックし、中身を読んだ。「おまえに携帯電話をかけたが返事がない。〝タダチニ〟連絡せよ」とあった。

「ちょっとマウンテン・バイクに似てない？」ケイトの舌はとまらない。

「えっ、マウンテン・バイク？」

「『ベベ・コンフォート・ライト・シャシ』について、あたし、ずいぶんと聞かされてきたわ」ケイトは言った。「バガブーより若干高めだけれど、それでもシルヴァー・クロスに比べればほんの些細《ささい》な金額よね」

「ちょっと電話をしないと」私は言った。

「少し待てないの」

「重要な用件なんだ」

「こちらの話も重要だわ」

「ゴーディがぼくに連絡しろと言ってきた。しかも〝至急〟とまで言っている。悪いんだが、一分とかからないはずだから」

私は踵《きびす》を返すと廊下を足早にすすみ、ケータイの信号が拾えそうな駐車場へと向かった。ゴーディの携帯電話の番号を見つけたが、うっかり押し違えてしまい、もう一度押し直すはめになった。

「いったい全体、きさま、何をやっている」電話口に出た瞬間、ゴーディは猛然と吼《ほ》えた。

「ベビー用品の買い出しをしてまして」

「おまえが作成したT&Eにかんするクソ・メモのことだが。どういうつもりであんなものを送付したのだ」

「ゴーディ、送信前に、あなたの承認は受けていますが」

彼の逡巡《しゅんじゅん》はほんの一瞬だった。「厄介事を引き受けた覚えはない。すべておまえに任せた案件だ」

「問題が起きたのですか」

「問題が起きたのですか、だと？　トレヴァーがさっき俺のオフィスへやって来て、全営業部隊がいまや反乱を起こす寸前にあると告げていったぞ」

「トレヴァーが？」私は言った。ごろつきトレヴァーめ、陰でこそこそゴーディと通じているわけか。「トレヴァーには〝全営業部隊〟を代表して発言する権利はありませんが」

「おおそうだ、おまえさんに教えてやろう。今度の一件のせいで、うちはフォーサイスをたったいま失ったぞ」

「どういう意味です。フォーサイスを〝失った〟とは」

「あいつにとっては、今度のことが最後の決め手となったようだ。ソニーに逃亡した懐《なつ》かしのクロウフォードから、絶えず移籍のオファーを受けていたようだ。午後遅く、やつが電話をかけてきて、ソニーの申し出を受け入れることにしたと話した。なぜか？　おまえの、あの、クソ締め付け策のせいだ。おまえが部下にデニーズで飯を食い、安モーテルに滞在するよう強制したせいで、うちはスゴ腕営業マンをひとり失ったのだぞ」

〝私の〟締め付け策だって。

「さあ、次は誰かな。グリーソンか。アラードか。すべては連中のいうクイーグ・メモのせいだ」

「私にどうせよと」

「すでに対策は打った」ゴーディは言った。「新方針は撤回させると、すでに全員にメールを送っておいた。意志の疎通《そつう》に問題があったようだとな」

私は歯がみした。〝この、くされ、外道《げどう》が〟「それで、フォーサイスはどうしました」

私は言った。「それでも社を辞めると」

だが、ゴーディは電話を切ってしまった。

ベビーワールドの店内をずんずんと歩いていく。胸の悪くなるような木琴の音、子供たちの甲高い声が、黒板を爪《つめ》でひっかくみたいに、私の神経を苛《さいな》んでいく。接近してくる私を、ケイトはじっと見ていた。

「もういいの？」彼女は言った。「あなた、みぞおちに強烈な蹴《け》りでももらったみたいな顔をしているわ」

「蹴られたのはたぶん股間《こかん》さ。ケイト、会社ではありとあらゆる問題が発生していたよ」

「とりあえず、支払いだけ、済ませてしまいましょう。でも、あなたは今夜帰ってこなくてもいいわ。会社にずっといたらいい」

「どういう意味だい」

「だって、仕事のことであたまがいっぱいなんでしょ。買い物につきあってもらう必要はないわ、ジェイソン」

「私はつきあいたいのだよ」

「なんか義務感で言っているみたいに聞こえるわ」

「そんな言い方はフェアじゃないよ。ぼくらは、ぼくらの赤ん坊のための買い物をしているんだ。二人で一緒にやることが大切なんだ、とぼくは思うよ」

「そうよ。でも、あなたは心ここにあらずじゃないの。心はオフィスに残したまま」

「そしてぼくは誤解していると言うのか。きみが愛しているのは、じつはぼくの肉体だけなのだと」

「ジェイソン」

ケイトはレジの行列に向かってカートを押し、私は彼女のあとを追った。私たちは二人とも押し黙り、それまでの自分の言動を反芻《はんすう》していた。行列に並び、番を待つ。結局、私のほうから口を開いた。「どうしてまた、〝ローズマリーの赤ちゃん〟カートの荷札を取ってこなかったんだい」

「シルヴァー・クロス・バルモラル乳母車のこと？」ケイトは言った。「だって、怖《おそ》ろしく高いじゃないの」

「でも欲しいんだろ。だったら買おうよ」

「ジェイソン、ベビーカートにあんな金額を払う必要はないわ」

「おいおい、ケイト。ぼくらの赤ん坊を、ショック・アブソーバーもサイドインパクト・バーもないカートに乗せるなんて、それこそ途方もなく無責任だぞ」そこでいったん、息継ぎをする。「いいかい。ぼくは本気でそうしたいんだ。ステッドマン家のベビーは、移動するにもスタイリッシュでないと。パワー・ステアリングも付けてやらないと。なっ」

レジで合計金額が判明したとき、私は信じられない思いでレシートを数秒間見つめた。亡《な》くなった父が、仮にわが家がきょうベビー用品に費やした金額を知ったら、きっとテレビの真ん前に置かれたお気に入りの椅子《いす》に腰かけたまま、心臓発作に見舞われたことだろう。

私は勇気をふるってゴールドのマスターカードを取りだすと大声で言った。「私は資本主義社会の債務に圧迫されている」

24

ダグ・フォーサイスが翌朝出社してくるのを待って、私はさっそく彼の小部屋《キュービクル》まで行き、まずは肩を軽くたたいた。

「一分だけ、いいかな?」私は言った。

フォーサイスは視線をあげると言った。「もちろんですよ、ボス」どんな用件かはフォーサイスも先刻承知のうえで、別段それを隠す手間はかけなかった。

私のオフィスへと誘った。

「ダグ、ちょっと尋ねたいことがあるんだ。ソニーからのオファーを、きみは受け入れたのか」

フォーサイスは口を閉じたが、それも一瞬だけだった。「まだ口約束ですけど、受けました」彼は言った。「あなたにウソを言うつもりはありません。クロウフォードは途方もない好条件を提示してきたのです」

フォーサイスは〝口約束ですけど〟と慎重な言い回しをしている。つまり翻意の余地はいまだ存在するという意味だろうか。

「きみはうちで八年間働いてきた。何か不満でもあるのかな」

「不満ですか。いいえ、まったく。ええ、全然ありません」

「だったら、なぜクロウフォードと話をしたのかな」

フォーサイスは肩をすくめ、両のてのひらを上に向けた。「彼のほうからオファーがあったんです」

「きみが移籍を考えていると知らなければ、彼だって闇雲《やみくも》に条件提示はしないだろう」

フォーサイスはまた一瞬、口を閉じた。「だって、ジェイソン。一年後にここにいられるのかさえ、分からないのが現状なんですよ」

「そんなバカな。きみの立場は盤石《ばんじゃく》だよ。きみのように好成績をあげるものは、この世になんの悩みもないと思うよ」

「私個人がどうとかいう話じゃないんです。私たち全員がってことですよ」

「どうも話が読めないのだが」

「そのお、例の経費節減メモですよ。実際、ぼくたち全員はあれで心底震えあがったんです。ああ、エントロニクス社の現状はそんなにも厳しいのかと」

「うちはそんな厳しい状況にないよ」私は言った。「より競争力を高める必要があるだけだ。ムダな経費を削ってね。出張関係費の現状は、正直言って、度外れているから。ともあれ、ゴーディは私の案を却下した」ここで真相をぶちまけたい気分になった。私はゴーディの、体のいい弾よけにすぎないのだ。あいつ、陰であれこれ命令したくせに、手が付けられない混乱が生じると、あっさりとこの案を撤回してしまったのだと。しかし、私はここでぐっと堪《こら》えることにした。

「それは分かっています」フォーサイスは言った。「でも、今回の一件は氷山の一角にすぎないという印象を、ぼくは持っています」

「どうしてそう感じるのだろう」

フォーサイスは声を落とした。「うわさを耳にしたんです」

「どんなうわさだい」

「エントロニクス社は、映像システム事業部の営業部門を完全に廃止するつもりだというわさです。今回、ロイヤル・マイスター社を買収したので、もううちの営業チームは必要ないのだと」

「そんな話、どこから聞いたんだい」

「たしかなところからです」

「バカげた話だ」

「事実ではないと？」フォーサイスは私の目をじっと見た。

私は首をふった。クッキーの箱にうっかり手を突っ込んだところ、現行犯で捕まってしまったのに、それでもしらを切りとおす子供のように。「根も葉もないガセネタだ」

「本当ですか」フォーサイスは完全に混乱しているような口ぶりだった。

「きみだって、ソニーのあるニュージャージー州へわざわざ引っ越すのは嫌だろう」私は言った。

「私が生まれ育ったのは、ニュージャージー州北東部のラザフォードですが」

「そういうつもりで言ったんじゃない」すばやく言いかえす。「それにだ、うちだって、ソニー並みの好条件をきみに十分提示できると思うよ。きみを失いたくないからだ、分かるね」

「分かります」

「ほらほら、ダグ」私は言った。「私はきみに、ここにいてもらいたいんだよ。エントロニクス社はきみの家だろう」

フォーサイスは返事をしなかった。

「だから、そんなうわさは忘れてくれ」私は言った。「まったく愚にもつかないうわさだよ」

フォーサイスは瞬《まばた》きをし、ゆっくりとうなずいた。

「そうだ、今夜の試合、きみも来るんだろ」私は言った。「そうだよね」

どうやらオフィスをあとにできそうだと目処《めど》がついたのは午後六時前後だった。とそのとき、電話が鳴った。五時過ぎに電話をかけてくるのは、しばしば人間相手の電話を憚《はばか》るような用件を持ったものたちだ。アリバイにヴォイス・メールだけ残し、一方的通告でおしまいにしたいような用件をかかえた。その種の行為はドッジボールと呼ばれていた。しかし昨今、携帯電話やメールの普及で、ドッジボールはますます難しくなっており、だから誰かがそれを試みると、嫌でも目立ってしまうのだ。

秘書のフラニーはまだ退社しておらず、彼女がその電話に応対する声が聞こえてきた。

「少々お待ちください、ミスター・ナシーム。運がいいですよ。ステッドマンはちょうど退社するところでした」

フラニーに「私が出る」と声をかけ、デスクに戻った。この電話が待ちに待った吉報かもしれないな。私たちは数字をめぐって何度かやりとりした。前回、フレッド・ナシームと話したときは、あとはミスター・ベルキンの判断を待って、それで契約終了というところまでこぎ着けていた。この一件は私にとって、過去六カ月で最も大口の商談だった。

「やあ、フレディー」私は言った。「ぼくらの契約はどうなったかね」

「ジェイソン」というナシームの声には、よくない話を切りだすときの気配があった。

「ちょっと問題が複雑になって」

「心配するなって」私は言った。「きみとうまく対処するさ」

ナシームは言葉を切った。「いや、きみには……残念な話を伝えなければならない」

「うかがいましょ」私の聞きたい話ではないようだ。

「いま聞かされたのだが、うちはパナソニックからプラズマを買うことになった」

「何だって！」とつい声がでかくなる。声を落ち着かせて、改めて尋ねた。「パナソニックなんて話はこれまで聞いたことがないけど」

「ほかに選択肢はなかったんだ。ミスター・ベルキンはきみのアイデアをすごく気に入って、待ちきれなくなって、二週間後に三系列のディーラー店のすべてに薄型テレビを設置すると決めたんだ」

「二週間だって？　でも、三カ月ということで、私たちは合意していたんじゃ……」

「そしたら、パナソニックに在庫があって、来週納品できると言うんだ。だからね、私には選択の余地がなかったんだ」

一週間どころか、たとえ一カ月の余裕があっても、うちには数百台のプラズマ・モニターの納入は不可能だったろう。パナソニックはたぶん、北東部倉庫に過剰在庫をかかえていたにちがいない。

「でも……でも、これは私のアイデアだよ！」とつい言ってしまった。ああ、言わなければ良かったと、たちまち反省する。これではまるで、口をとんがらかせて泣き言をいう十歳の子供みたいじゃないか。「せめて私にチャンスをくれないか。うちの在庫をかき集めて、納品できるかどうか検討してみたいんだ」

「状況はその時点を超えてしまっているんだ」ナシームの声は固く、公式の通告めいていた。

「フレディー」私は言った。「私に何が可能か、試してみるだけのチャンスぐらい、与えてくれてもいいんじゃないか。そもそも、このアイデアは私が出したものなのだし」

「でも、私の手は縛られているんだ。時には、ミスター・ベルキンは私に相談もなく物事を決めてしまう。彼がボスだ。そしてきみも知ってのとおり、『ボスは必ずしも毎度正しいわけではないけれど、ボスはつねにボスなんだ』というわけさ」ナシームは虚《うつ》ろな笑い声をあげた。

「フレディー」

「すまんな、ジェイソン。本当にすまないと思っている」

私はゴーディに会いに行った。もしかしたら、何か裏の手を使って、在庫をやりくりし、数百台の薄型モニターを融通できるのではないかと期待してのことだった。

秘書のメラニーはもう帰宅していたけれど、ゴーディはまだオフィスに居残っていて、電話をかけていた。彼は立ったままの姿勢でピクチャースクリーンを嵌《は》めこんだ窓を眺めていた。大海原をわたってくる波が澄んだ白い砂浜に砕け散っている。まったく奇妙な光景だ。メラニーの小部屋《キュービクル》の窓には暮れなずむ夕方の景色が見えているのに、ほんの数フィート離れたところにあるゴーディのピクチャースクリーンの窓には、不自然なくらい美しい真夏の風景画があるのだから。ゴーディの想像上の世界である。

私は数分待った。たまたまふり返り、私のほうを見たけれど、私がそこにいるとは認識していないようだった。ゲラゲラ笑い、両手を大きくふり回すジェスチャーをした。ようやく話が終わったので、私はオフィスに入っていった。

ゴーディは顔に勝ち誇ったような表情をうかべていた。「おうおう、ステッドマン。おお、おまえか。いまのはハーディCEOだ。CEOはこの俺にハーディ至急電を送ってくれたうえに、みずから電話までかけてきてくれたんだ。そのうえさらに今度は、うちの新しいヨットで一緒に海に出ないかというお誘いまで受けてしまったよ」

「覚えめでたきことで。いったい何がきっかけなんですか」

「俺がハリー・ベルキンに売り込んだアイデアをちょいと披露したら、いたく喜んでくれてな、ステッドマン。自動車ディーラー四十六店にプラズマ・モニターを設置するというやつだ。俺自身、大いに気に入っているアイデアだ」

私はうなずいた。ゴーディは私に対してしかるべき敬意を払わないので、こちらとしても、ですがそれはと言うわけにはいかない。ゴーディはいま、自画自賛モードにあった。どうした加減か、どこかで私のアイデアは彼のアイデアにすり替わってしまったのだろう。

ゴーディは太く短い指を私に向けると言い放った。「分かるか。これこそハーディCEOが言うところの、ボウリング・レーン式宣伝効果の典型例だ。ボウリングのボールをしかるべきピンに見事当てれば、その波及効果で残りすべてのピンも一気に倒せるというわけだ」

「話がよく見えないのですが」

「これにより、決定的なくさびをぶち込んだってことだ。ハリー・ベルキンがひとたび契約を結べば、全米の自動車ディーラーがこぞってこう言うだろう。『どうしてその手を思いつかなかったのだ。俺にもプラズマをよこせ』とな。おお、すごいことになるぞ」

「すごいですね」私は言った。このオフィスを出て、さっさと帰宅したくなった。

「で、最新の進捗《しんちょく》状況はどうだ」

「ああ、最終的な詰めがもう少し必要です」と私は言った。

「頼むから、さっさと成約に持ち込んでくれよ。契約してなんぼの話だ。この商談は断じて失うわけにはいかない。まずこいつを固め、次にあと二つ三つ、大型商談をまとめ上げれば、俺たちの立場は盤石だ。そうそう、シカゴ長老派病院の話はどうなっている」

「もう少しで成約にいたるところです」

「アトランタ空港の一件はどうなった。あれは取れよ。本物の大口商談だからな」

「そちらのほうも鋭意進行中です」アトランタ空港では現在、フライト情報表示システムに使っているすべてのモニターを更新したいと考えており、それは数百、数千台のモニター需要を意味した。

「それで？」

「確定的なことを言うのはまだ時期尚早です。受注にむけた動きはまだ始まったばかりですから」

「アトランタに足場を築くためなら、どんな手を使ってもいい。分かるな」

「分かってます」私は言った。「その辺は抜かりありません。いいですか、私は……」

「ダグ・フォーサイスに話はしたか」ゴーディはスーツの下襟をきゅっと引っ張り、ネクタイをまっすぐにした。

「引き留めは、どうもダメそうです、ゴーディ。彼はすでに口頭で相手方にオファーを受け入れると……」

「なんだと。ダメそうですだあ。この俺様のために、いまの部分を分かるように説明してくれ。ダメという言葉は、俺様の辞書にはないんでな。そんな言葉、俺は口にしたこともない。そうとも、おまえがGチームのメンバーなら、敗北など決して認めたりはしないはずだ。フォーサイスが移籍しないように着実な手を打つはずだ。分かるな」

「はい、ゴーディ」

「おまえさんはGチームのメンバーか。それとも違うのか」

「はい、ゴーディ」私は言った。「Gチームのメンバーであります」

25

怒りやその他、どこにも持って行き場のないさまざまな感情が心のなかを渦巻いていた。猛烈なスピードで愛車を走らせつつ帰宅した。なにしろフレッド・ナシームにコケにされ、ゴーディに舐《な》められ、さらにゴーディに手柄を横取りされたその大口商談がいまや失敗に終わったときている。ここはいちばん、そんな巡り合わせに人生の皮肉を感じるべきなのかもしれない。だが、そんな気分には到底なれなかった。それぐらい、はらわたが煮えくりかえる思いだったのだ。

CDプレーヤーから、〝パットン将軍〟が語りかけてくる。「捕食者の意識を持つのだ」と将軍は獅子吼《ししく》する。「動物の世界となんら変わりはないのだ。われわれの九〇パーセントは捕食者の餌食《えじき》にすぎない。残りの一〇パーセントが他の動物を食って生き延びるのだ。さあ、おまえはどっちだ」

帰宅すると、わが家のレンガ敷きの狭い私道に黒のマスタングが停っていた。カートの車だ。ほとんど新品で、たしか例の自動車修理工場をやっている友人から買ったという話だった。

どうしてカートがわが家に来ているのだろう？　そう思いつつ、急ぎ足で屋敷に向かう。

カートはわが家の居間の椅子《いす》――来客の接待用なので、私たちですらまだ使ったことがない――に腰かけ、ケイトと楽しそうに談笑していた。きっと何かおかしいことでもあったのだろう。グラミー・スペンサーのティー・トレイには、バタークッキーが載っていた。

「いや、来てたんだ」私は言った。「遅くなってごめんよ」とケイトに声をかける。

「会社でいろいろあってね」

「ジェイソン」ケイトは言った。「カートがなんでも屋だって、あなた教えてくれなかったでしょう」

「素人《しろうと》なんでも屋ですがね」とカートは言った。

「やあ、カート。ちょっと驚いたよ」

「やあ、兄弟。ケンブリッジで業者との会合があってね。生体認証を使った社員識別システムの導入にようやくゴーサインが出て、私が最終調整を担当することになったんだ。打ち合わせが済んで、たしかきみの新居はこの辺だなって思い出して、寄ってみたんだ。ソフトボールの試合に私の車で出かけようかと思って」

「ああ、全然問題なしだ」私は言った。

「もっとも、あの堂々たる新品のメルセデスがあるけれどね。じつにいい車だ。王侯貴族の専用車だな」

「ちょっと階段を見てみてくれない」とケイトが私に言った。「カートの手並みを実況検分してちょうだい」

「やめてくださいよ」カートが言った。「大した仕事じゃない」

ケイトのあとから、二階につづく階段へと向かった。あのオートミール色をしたボロ絨毯《じゅうたん》は剝《は》ぎとられて、きれいな木製の生地が露《あら》わになっていた。古絨毯は四角に断裁され、きちんと脇《わき》に積み上げられていた。その傍らには、絨毯とともに剝ぎ取られた木片(見るからに痛そうな留め鋲《びょう》が突きでている)もやはりきれいに積み重ねられていた。近くには金梃子《かなてこ》と万能ナイフも置かれている。

「階段の木がこんなにきれいだったなんて、信じられないでしょ」ケイトは言った。「あの安っぽい絨毯に覆《おお》われていたので、これまで気づかなかったのね」

「安全とはいえなかったね」カートは言った。「うっかりすると、首の骨を折っていたかもしれない。ケイトは妊娠その他、いろいろあるので、実際、注意が必要だよ」

「どうもご親切に」私は言った。

「このあと、細長い絨毯《ランナー》を取り付けるべきだと思うのだが」カートは言った。

「ああ、でも私、この剝《む》きだしの木のままがいいわ」ケイトが言った。

「ランナーを敷いても、木目は見えますよ」カートは言った。「たぶんアクスミンスターの東洋風絨毯がいいと思う。裏側にしっかり厚い詰め物がされているので、このまま放置するより安全だし」

「それで、絨毯押さえは真鍮《しんちゅう》製にしたらどうかしら」ケイトが興奮ぎみに言った。

「そんなのわけないですよ」とカート。

「何でもかんでもカートに頼るのはダメだよ」私はちょっとイライラしながら言った。

「しかし、きみにこんな特技があるとは知らなかったよ。人殺しと古絨毯の剝ぎとりを同時にこなせるなんて」

そんな軽いジョークを、カートはさらりと受け流した。あるいは、彼にとってこの話題は、たんなるジョークで済まないのかもしれない。「剝ぎとるのは作業全体でも簡単な部分なんだ」軽く笑いながら、カートは言った。「高校を出たあと、建築会社で一時働いたことがあるので、変な仕事についていろいろ経験があるのだよ」

「で、この仕事はできると思う？」ケイトは言った。「ランナーと絨毯押さえとその他すべて。もちろん、お礼はきちんとしますよ。それはさせてね」

「お気遣いなく」カートは言った。「おたくのご主人は私に仕事を世話してくれた。彼には借りがあるんですよ」

「もう借りなんかないよ」私は言った。

「カートの話では、うちのリビングは電気がひどいタコ足になっているそうよ」

「混乱の巷《ちまた》だね」カートは言った。「向こうの壁にもう一カ所、電気の取り入れ口をつくる必要がある。そちらも簡単な作業で済む」

「あら、電気屋さんもできるのね」ケイトが言った。

「コンセントの設置なんて、電気のいろはさえ分かっていれば誰にでもできますよ。お茶の子さいさいだ」

「カートは家全体の配線を、自分の手で張り直してしまったんだ」私は言った。「しかも持ち家じゃないのに」

「すごいわ」ケイトはカートに言った。「あなたにできないことってあるのかしら」

カートがマスタングを驚くほど高速に、かつまた巧みに操ったので、私はいたく感心してしまった。ボストンっ子のドライバーは元来きわめて攻撃的な運転をするので、よそからこの地にやってきたドライバーの大半は怯《おび》えながらハンドルを握っている。ところが、ミシガン育ちのカートは、まるで土地っ子みたいに車を動かすのだ。

たっぷり十分間、私は無言の行をつづけた。カートが口を開いた。「なあ、相棒。何か機嫌を損ねたかい」

「機嫌を損ねる？　なんでそんなことを言うんだ」

「きみの家でさ。帰宅したら私がいて、ムッとしたんじゃないかと」

「いいや」発言内容ではなく、言葉の調子で真意を伝える、ご存じ男の流儀である。そのココロは〝おまえ、何、つまらんことをぐだぐだ言っているんだ〟である。

「ちょっと手助けをしようと思っただけさ、相棒。階段のことで。私は直し方を知っていて、一方きみは忙しい管理職だからと思ったわけだ」

「心配はいらないよ」私は言った。「というか、感謝しているんだ。ケイトもそうさ。きみの言うとおりだ。彼女は妊娠していて、ああしたことには注意を払うべきだったんだ」

「そうか。じゃあ、われわれのあいだで問題はないのだな」

「ああ、ないよ。ちょっと仕事でいろいろあってね」そこで私は、自動車ディーラーを対象にした、私のちょっとしたアイデアの提案や、その手柄をゴーディに横からかっさらわれたこと、そしてハリー・ベルキンがうちではなく、パナソニックに発注するという決断を下した経緯などを説明した。

「蛇蝎《だかつ》みたいな野郎だな」カートは言った。

「誰が？　ゴーディがか」

「その二人だ。ゴーディについては承知のうえだが。そのハリー・ベルキンなる野郎もだ。当初合意した条件の変更を求めるなら、少なくともきみに再提案の機会を与えるべきじゃないか。だって、きみのアイデアなんだろう」

「そうすべきだったのは確かさ。ただ、こちらも、うちは向こう二カ月間は納品できないと彼に言っていたからな。二カ月というのは業界の相場だ。だからパナソニックはたぶん今回、たまたま過剰在庫をかかえていたにちがいない。たとえば、こんな例が分かりやすいかな。ある車にきみが試乗してみて、大いに気に入ったところ、営業マンから、申し訳ありませんが、待機リストが長くて、納品まで二カ月はお待ちいただかないと、と言われてしまった。すると、きみだって言うだろう。二カ月だって。私は今日すぐにもこの車が欲しいのだと。たぶん、パナソニックはこう言ったんだと思う。『これは運がおよろしい。たまたまうちの倉庫にそれだけの台数があります。今日にも納品可能ですよ』とね」

「そんなのは正しくない。ひどい話じゃないか」

「たしかにひどい話さ」

「だったら、何か対策を講じるべきだろ」

「何もやれることはないよ。それが問題なんだ。うちは納品には少なくともあと一カ月かかる。商品はいま東京の倉庫にあるのだから」

「何もせずに結果をただ受け入れるのか、兄弟。何かすべきだろう」

「どうやって。私に何ができる。きみの拳銃《けんじゅう》のレプリカを一挺《ちょう》借りてきて、フレッド・ナシームの額に銃口を突きつけるのか」

「私が言いたいのは、時には静かな、表面から見えない手法が最良の策だってことだ。たとえばだ。われわれが〝スタン〟にいたとき、カンダハルに近い空軍基地にロシア製の古い大型ヘリコプターが一機あることに気がついた。地元の内通者によると、そのヘリはタリバン上層部の指揮官が山岳地帯にある秘密基地へ向かうときに使用しているという。そこで私は考えた。さっそく叩《たた》きつぶすべきか、それとももっと賢明なやり方を講じるべきか。そこで、私たちはTBの歩哨《ほしょう》が一人になる翌朝四時まで待った」

「TB?」

「ああ、タリバンのことだ、すまん。歩哨の背後に忍びより、私は首絞め道具《ギャロット》を使って、静かにそいつを片づけた。そして空軍基地内に入ると、ヘリの後ろに回り、後部ローター、ローター・ブレードの付近にLMEを少々塗りつけた。完全な隠密《おんみつ》行動だった」

「LME?」

「液状金属脆化《ぜいか》剤《ざい》だ。私の戦利品コレクションのなかにあったチューブ状のものを憶《おぼ》えているか」

「ああ、分かった」

「まったく素晴らしい液体だ。秘密のハイテク兵器。水銀のような液状金属と若干の金属の混合物だ。銅の粉末かインジウムか、そんなところだ。鋼鉄に塗布すると、化学反応を引き起こす。鋼鉄がまるでクラッカーみたいに砕けやすくなる」

「やるな」

「たぶんタリバンの連中も、爆弾等が仕掛けられていないかと、飛行前点検は一応やったはずだ。だが、何もおかしな点は見つからなかった。そうだよな。で、その夜、大きな墜落事故が発生した。ヘリは空中で突如分解した。タリバンの将軍六人が、コンビーフのいため料理に変身だ。空っぽのヘリを吹き飛ばすより、はるかに効果的な作戦だった」

「それがエントロニクス社とどこでどうつながるんだい」

「私が言いたいのは、時に隠密作戦は、持てる力の何倍もの効果を発揮できるということだ。それが戦いに勝つ方法だ。銃器や爆弾や迫撃砲ではなく」

「フレッド・ナシームの首をこっそり絞めるのはよしにしてくれ。会社の評判が落ちるから」

「フレッド・ナシームのことは忘れろ。裏工作が必要な局面もあると言っているだけだ」

「たとえば、どんな」

「さあね。もう少し情報収集が必要だ。ただ、それが何であれ、きみに援護を提供できる人間がここに一人いるってことは知っておいてくれ」

私は首をふった。「陰でこそこそやるやり方は好きではないのだが」

「ロックウッド・ホテルのブライアン・ボークを裏情報で動かした一件はどうなんだ。あるいはジム・レタスキーの一件は」

私の声にはためらいがあった。「正直に言うとあれは何か妙な感覚の残る経験だった」

「だったら、きみはパナソニックが……陰でこそこそやらなかったというのか。きみの話では、ハリー・ベルキンの契約を横からかっさらっていったんだろ」

「そうだよ、彼らはそうした。でも、報復合戦がいいとは思わない。ぼくは蛇蝎になりたくない」

「では訊《き》きたい。人目につかない場所で誰かを殺せば、そいつは殺人犯だ、そうだな。しかし、戦場のどまんなかで誰かを殺すことは英雄的行為だろう。その違いはどこにあるんだ？」

「簡単なことさ」私は言った。「一方は戦争、もう一方は戦争ではない」

「私はビジネスは戦争だと思っていたが」カートはニヤリと笑った。「きみがくれた本はどれもこれもそう書いていたよ。私は隅から隅まで読破したんだ」

「それは言葉の綾《あや》だよ」

「おや、おかしいな」彼は言った。「言葉の綾うんぬんは見逃してしまったようだ」

その夜、われわれはEMC——ホプキントンに本社のあるコンピューター記憶装置の大手メーカー——と対戦し、またも勝利をおさめた。EMCの連中は事前に情報収集をおこなったらしく、わがエントロニクス社が完全に生まれ変わったと知って球場に現れる前、それなりに練習を積んできたようだった。うちのチームは、残念ながら、一人だけメンバーを欠いていた。ダグ・フォーサイスはとうとう現れなかった。いい兆候とはいえない。

私自身のプレーも、見違えるように改善した。バッターボックスに立っていても、もはや向かってくるボールに腰が退《ひ》けたりはしなかったし、大きな自信とともにバットを強振できた。余裕をもってボールを呼び込めるため、打球は外野深くまで飛んだ。守備もまた、良くなっていた。

ただ試合中、トレヴァーが私を目がけて二度も、ボールをわざと投げてきたのは気になった。一度目はあわや直撃、二度目もかろうじて脇をかすめるような球だった。また、さも私が信用できないというふうに、私の投げたボールを途中でこれ見よがしにカットしたりもした。あわや直撃という球は、私がちょうど背中半分をトレヴァー側に向けて、まったく無防備のとき、狙《ねら》いすましたように飛んできた。危うくこめかみに当たるところだったのだ。

試合後、私はカートと一緒に駐車場へと向かった。トレヴァーは愛車ポルシェにすわっており、私が傍らを通りすぎるときを見計らって、カニエ・ウェストの歌「ゴールド・ディガー」を大音量で響かせた。〝やつは野心満々だぜ、ベイベ、あいつの目を見てみろ〟と。この選曲は決して偶然ではあるまい。

私はカートに言った。どこにも寄らず、わが家に直行したいのだが、乗せてくれるかな。

「つまりあの連中と一緒に行きたくないということか」カートは言った。

「まあな。長い一日だった。それに、なるべく家にいるとケイトに約束したし。最近、ぼくが夜に外出するのが嫌らしいんだ」

「妊娠中の女性には、誰かに守られているという実感が必要なのさ」カートは言った。

「原始の本能みたいなものだ。おっと、こいつは知ったふうな物言いだったな。でも、彼女はすばらしい女性だ。しかも美しい」

「そして、ぼくのだ」

「銃後の備えは万全か」

「悪くはないよ」と私。

「たいへんな仕事だな。結婚てやつは」

私はうなずいた。

「銃後を固めることは重要だ」カートは言った。「銃後がガタついていると、その他すべてが悪影響をこうむる」

「そうだな」

「そうそう。ダグ・フォーサイスに今夜、何かあったのか」

「たぶん近々、ソニーにダグを取られるだろう」

「きみの節約第一メモのせいでか？」

「たぶん、あれでとうとう心を決めたのだと思う。何としてもダグを慰留しろ、とゴーディはわんわん言っている。なので、ダグの片腕をひねりあげ、同時に懇願もしたけれど、効果はなしだった。ぼくにできるのはそれぐらいがせいぜいだ。あいつは本気でこの会社を辞めたがっている。そして、彼を百パーセント非難するわけにもいかない。ゴーディという上司は一緒に働いていて気持ちのいい人間ではないからね」

「ゴーディみたいな人間はどこの会社にもいると思うぞ」

「そんなこと、信じたくもないね」私は言った。「でも、知りようはないな。社会に出てから、ずっとこの会社で働いてきたんだから」

「なあ」カートは言った。「別に私があれこれ言う問題でもないのだが、トレヴァー・アラードのきみに対する侮辱行為をやめさせる手はないのか」

「たかがソフトボールじゃないか」

「たかがソフトボールじゃ済まないぞ」カートは言った。「球場であのような侮辱が通るとなれば、いずれその気分は職場にまで持ち込まれる」

「大した問題じゃないよ」

「大した問題なんだよ」カートは言った。「大した問題だし、放置できない問題なんだ」

26

午前七時三十分、ゴーディはこの日三杯目のコーヒーを巨大なマグカップで飲んでいた。カフェインを過剰摂取したゴーディは見ていて気持ちのいいものではない。異常なほどテンションが高いのだ。

「さあ、査定と処分の時間だ」ゴーディは言った。急流下りを前にしたキャンプのインストラクターみたいな口ぶりだった。「そうそう、このさいだから言っておこう。きさまの一部営業マンに対する評価リポートはおっそろしく甘いな。忘れるなよ。あいつらがどんな人間か、この俺様はしっかり心得ているんだからな」ゴーディはそう言うと、私のほうにゆっくりと顔を向けた。

私は何も言わなかった。ゴーディの言うとおりだったから。たしかに私は大甘の査定をおこなったのだ。リッキー・フェスティノやキャル・テイラーなど一部の戦力外営業マンには、若干のゲタまで履かせた。ゴーディにだけは、いっさいの非難材料を提供したくなかった。もっとも、彼はそんなものは必要としなかったけれど。

「テイラーおよびフェスティノには、もはや引導をわたすべき時機が来ているのだ」とゴーディは言った。だったら、なんでまた、わざわざ私に「評価リポート」なんか出させたんだ。Aランク以外は端から切り捨てるつもりなのに、あらゆる項目について、全員を五段階評価させたりして。

「キャル・テイラーはあと二年で定年です」私は言った。

「とっくの昔に引退すべきだったんだ。あいつは営業活動すらやってない」

「フェスティノは単に、若干の実地指導が必要なだけです」

「昨日今日の新入社員じゃあるまいし。やつに何年、ただ飯を食わせて来たと思う。あいつには居残り学習までやってやった。ずいぶんと我慢してやったのだ」

「外回りから電話営業に回すというのはどうでしょう」

「どうして？　やつは電話営業もダメかもしれん。第一、電話営業はタミネックがいれば十分だ。フェスティノはもう長いこと、生命維持装置のおかげで何とかやってきただけだ。法科大学院を出ておくべきだったな。もはや栄養剤のチューブを引きぬく頃合いだ。やつは追い出しリストのナンバーワン候補だ」

「ゴーディ」私は言った。「彼は家族思いの男でして、住宅ローンをかかえ、子供も私立学校に行っていて」

「おまえ、分からんのか。俺はおまえの意見など訊《き》いてない」

「私にはできません、ゴーディ」

ゴーディは私の顔をじっと見た。「そう聞いても、驚きはないな。というか、俺はなんでまた、たとえ一瞬でも、おまえにGチーム入りが可能だと思ったんだろうな」

誰かにクビを通告したことはこれまで一度もなかったけれど、その初体験をこれから、六十三歳の老人相手にやらねばならぬのだ。

キャル・テイラーは私のオフィスで泣きだした。

彼をどう扱っていいか、分からなかった。デスク越しにクリネックスの箱を押しやり、今回の決定はきみ自身の資質に問題があったからではないと明言した。だが、ある意味、完全に資質の問題だったのだ。われわれ営業マンは電話をかけては、絶えず断られつづけるという憂《う》き目に日々遭遇している。だが、テイラーはそういう目に遭うと、ついジャック・ダニエルに手を伸ばす癖があり、結局そこから抜けだせなかったのだ。きみと同様、ぼくもつらいんだよと言う気はなかった。ただ、それでもひどい気分だった。目の前に坐《すわ》るテイラーは、灰色の安物のサマースーツを着ていた。彼は一年中、そのスーツを羽織り、おそらくそのスーツは、全米がまだ偽りの楽観主義に浸っていたジョンソン政権のころに買ったものだった。ワイシャツの襟は擦り切れていた。白髪はヘアクリームで後方になでつけられ、ニコチンで黄色くなった口ひげはきちんと手入れが施されていた。喫煙からくる空咳《からせき》は以前よりもひどくなっていた。

そして、彼は泣いていた。

エントロニクス社には誰かを解雇するさい、準拠しなければならない〝終末シナリオ〟がある。そのため、自由裁量の余地はほとんどないのだ。直属の上司である私の通告につづき、テイラーはこのあと人事部へ行き、再雇用斡旋《あっせん》の相談に臨む。人事担当は、医療手当やサラリーが今後いつまで受け取れるか等々、事務的事項についてキャルに伝える。次いで、保安部の人間に先導され、会社の外まで連れだされるという手順を踏む。特にその最後の部分はきわめて侮辱的な扱いといえよう。なにしろ、勤続四十年のベテラン社員がまるで万引き犯みたいに、シーシーと社屋から追い払われるのだから。

かくして通告が終わると、キャルは立ち上がって言った。「で、きみはどんな気分だ」

「私がどんな気分か、だって」

ムッとしたような目で、キャルは言った。「それで幸せかい。ゴーディの首切り役人になれて。あいつの最高処刑責任者か」

別に具体的な答えを期待した質問ではなかったので、私は何も言わなかった。ただ、股間《こかん》を一発蹴《け》り上げられたような気分だった。キャルがどんな気分だったかは、想像するしかない。私はオフィスのドアを閉め、デスクチェアに腰をおろした。私にできるのは、キャルが肩を落とし、小部屋《キュービクル》の並ぶフロアをとぼとぼと自分のスペースへ戻っていくさまを見つめることだけだった。

ブラインドの隙間《すきま》から、彼がフォーサイスとハーネットに話しかけている声が聞こえた。私の電話が鳴ったけれど、秘書のフラニーに受話器を取らせた。インターコムでフラニーが、シカゴ長老派病院のバリー・ウラゼヴィッツ様ですが、電話に出られますかと訊いたので、会議中だと言ってくれと伝えた。私が電話に出るような、あるいは誰かと会話するような気分にないことは重々承知していたので、フラニーは一声かけてくれた。「大丈夫ですか」

「私は大丈夫だ、ありがと。一、二分、時間が必要なだけだ」

すでに誰かが白い段ボール箱の束を持ち込み、キャルのために、箱を組み立てはじめていた。数人が彼のキュービクルの周囲に集まり、キャルは私物をその箱に詰めこみだした。トレヴァーが悪意に満ちた視線をこちらに送ってくる。

失職という題のパントマイムを見せられている気がした。情景はしっかり目に映るのに、そこで交わされる会話の内容までは分からないのだ。キャルがクビになったという話は、池の表面のさざ波のように社内に広がっていった。人々がやってきては短い慰めの言葉を述べ、足早に去っていく。キャルの傍らを通りながら、大げさな身ぶりはするけれど、歩くテンポをまったく緩めないものもいた。解雇されたものをめぐる人間模様は、なかなかに玄妙であった。クビを切られるというのは、いわば重度の伝染病にやられたようなものである。立ち止まって、その悲しみを共有するものがいる一方で、病気を移されるのが怖くて、しっかり距離を置くものもいた。その比率はおよそ一対二だった。あるいは感染が怖いのではなく、哀れなキャル・テイラーと同類だと思われるのが嫌なのかもしれない。自分は中立の立場だとあえて誇示したいのかも。

私が受話器を握って、リッキー・フェスティノを入れてくれと告げる前に、ドアがノックされた。

リッキーだった。

27

「ステッドマン」リッキーは言った。「キャル・テイラーを刺したのは俺じゃない、と言ってくれ」

「まあ坐《すわ》れ、リッキー」私は言った。

「そんなこと、信じられない。誰かと身体《からだ》が入れ替わっちまったのか？　合併統合チームなんだよな。やつらがそうしろとおまえに命令したんだよな」

〝私の発案じゃない〟と言いたかったけれど、それもどこかズルい気がした。たしかに実態はそのとおりなのだが。「ともかく坐ってくれ、リッキー」

リッキーは坐った。「なんでゴーディが自分でやらないんだ。こういうことは自分でやりたい口だろうに。嬉々《きき》としてクビを言いわたすはずだ」

私は返事をしなかった。

「友人として言わせてもらうが、おまえさんの最近の言動はまったく気に入らん。おまえ、ダークサイドに落ちているぞ」

「リッキー」なんとか口を差し挟もうとした。

だが、リッキーの口は止まらなかった。「まず最初が、あのバカげたクイーグ・メモだ。そして今度は、ゴーディの処刑人。こういうのは良くないぞ。友人だからこそ、ホントのことを言っているんだ」

「リッキー、少し黙ってくれないか」

「まず真っ先に、キャル・テイラーが魚さんと泳ぐはめになった。島を追い出された一番手だ。で、次は誰だ。俺か？」

私はリッキーを二秒ほど見たあと、視線を逸《そ》らした。

「本気かよ、ええ。冗談を真に受けんでくれ、ジェイソン」

「成績不良者の下から三〇パーセントは、辞めてもらうことになっているんだ」私は穏やかな口調で言った。

リッキーの顔から血の気が引いていくのが見えた。彼は首をふった。「もし、俺がいなくなったら、誰がおまえさんの契約書をチェックするんだ」リッキーは小声で言った。

「本当にすまない」

「ジェイソン」声に泣きが入ってきた。「俺には食わせていかなければならない家族がいるんだ」

「分かっている。本当にこんなことは私もやりたくないのだ」

「いいや、分かってなんかいるもんか。エントロニクス社は現在、かみさんや子供たちの医療保険の面倒も見ているんだ」

「即座にうち切られるわけではない、リッキー。きみの医療扶助は最高一年半、継続されるはずだ」

「俺は子供たちの授業料も払わなければならないんだ、ジェイソン。それがどれだけかかるか、おまえも知っているよな。一年で三万ドルだ」

「きみには……」

「社は資金面の補助はしない。特に、俺のような男には」

「きみの近所には良い公立学校だってあるじゃないか、リッキー」

「ダウン症の子供に向いた学校ではない、ステッドマン」リッキーの目は険しくなり、潤《うる》んでいた。

私は数秒間、口がきけなかった。「それは知らなかったよ、リッキー」

「これはおまえさんの決定か、ジェイソン」

「ゴーディのだ」とうとう言ってしまった。言ったあと、自分が臆病者《おくびょうもの》に思えた。

「そしておまえはその命令に従っただけ――か。まるでニュルンベルク裁判だな」

「そう思われても仕方ないよ」私は言った。「ただ、非常にすまないとは思っている。これがどれほどひどい決定かは分かっている」

「承服できないときは、どこに抗議すればいいんだ。ゴーディか。それが何か役に立つなら、俺はゴーディと話をしたい」

「役には立たないと思う、リッキー。彼はすでに決めている」

「じゃあ、俺のために口添えしてくれないか。いいだろ？　おまえさんはいまや、やつのゴールデンボーイなんだから。おまえの話なら、ゴーディも耳を貸すだろう」

私は口を閉じた。

「ジェイソン、頼むよ」

私の口は開かなかった。腹のなかは修羅の巷《ちまた》だ。

「よりにもよって、おまえに刺されるなんて」リッキーは言った。彼はゆっくりと立ちあがると、ドアに向かった。

「リッキー」私は言った。彼は立ち止まった。背中をこちらに向けたままで、手はドアノブにかかっていた。

「ゴーディにかけあってみるから」

ゴーディのオフィスの手前で、秘書のメラニーが私を止めた。「いま、ハーディCEOと電話中です」

「では、出直してきます」

メラニーはブラインド越しにゴーディのようすを窺《うかが》った。「あの感じからすると、もうすぐ電話を切ると思います」

そこでメラニーと私は、彼女の夫ボブの話をした。ボブは何人かの仲間と、ボストン繁華街で本当に人気のあるチリ風サンドイッチのフランチャイズ店を買おうと、現在計画中だそうだ。ボブが購入資金をどうやって調達するのかは分からないが、彼は現在、とある保険会社に勤めていた。

ようやくゴーディが電話を終えたので、私はオフィスに入っていった。

「フェスティノの一件でお話があるのですが」私は言った。

「騒ぎを起こすやつがいたら、保安部を呼べ。おまえも分かっているだろうが、フェスティノならやりかねん。キレるかもしれん。やつにはそんな傾向がある」

「いいえ、騒ぎなんか起こしていません」そして私はリッキーの子供のことをゴーディに縷々《るる》説明した。特殊な学校というと、われわれはつい、青いブレザーにつば無し帽の制服という、気取った寄宿制私立学校を想像しがちですが……。

ゴーディは目が点になった。その目をのぞき込むことができなかったので、私はゴーディのオールバックの髪の毛に目をやった。どうやらゴーディは最近、髪を染めたようだ。「そんなご託につきあっている暇はない」

「そんなこと、できません」

「おまえ、会社経営を慈善行為と勘違いしてないか。あるいは、社会保障を担当するそこらのクソ政府機関かなんかと」

「私にはそんなこと、できません」私は言った。「フェスティノのクビを切るなんて。仲間をそんな目に遭わすなんて」

ゴーディは小首を傾《かし》げ、ひどく興味深そうな顔をした。「つまり俺の命令は聞けんということか」

私はつばを飲みこんだ。そのゴクンという音が聞かれないことを心底祈った。一瞬、会社暮らしにおける一種のルビコン川を渡った感触があったからだ。「ええ」私は言った。

それはそれは長い沈黙だった。彼の視線には一片の慈悲もなかった。「いいだろ。当面そのままとしよう。だが、テックコムが終わったら、おまえとはじっくり話をせんとな」

テックコムというのはこの業界における一大商品展示ショーで、わが社はいつも最大口の顧客を対象に、豪華なディナー・パーティを催していた。昨年の開催地はラスベガスだった。そして今年はマイアミだ。テックコムのパーティでは、ゴーディが毎回、凝った趣向の寸劇を企画し、主役を演じた。今年は何をテーマにするのか、社員である私たちに対してさえ、ゴーディは秘密主義を貫いていた。「テックコムが終わるまでは、ゴタゴタはご免だからな」

「もちろんです」私は言った。

「まったく、おまえには今の仕事をやりとおす手腕がないのかもな」

さすがに、何も言えなかった。

28

きょうは定時に退社したかった。じつはカートがレッドソックスのチケットを入手したのだ。いったん帰宅して、スーツを着替えて、ケイトにキスをし、午後七時までにフェンウェイ・パークに到着するという段取りだった。

革張りの高級ブリーフケースに私物を詰め終えたとき、ダグ・フォーサイスが私のオフィスの戸口に立っているのが見えた。

「やあ、ダグ」私は言った。「入ってこいよ」

「ちょっとお時間をもらえませんでしょうか」

「もちろん、いいとも」

フォーサイスはゆっくりと腰かけ、探るような目で私を見た。「昨日おっしゃっていたこと、あれは心に浸《し》みました」

うなずいてはみたものの、フォーサイスが何を言っているのか見当がつかなかった。

「あれからずっと考えていました。それで、あなたのおっしゃるとおりだと思ったのです。エントロニクス社はたしかにぼくの家です」

私は仰天した。「えっ、ホントかい。うわ、そいつはすごいぞ」

その瞬間、私のパソコン画面にインスタント・メッセージが出現した。ゴーディからだった。〝すぐに電話をよこせ〟と書かれていた。

「そうなんです」フォーサイスは言った。「それこそまさに正しいことだと思ったんです」

「ダグ、そう聞いて、非常にうれしく思うよ。きみが社に留まってくれたら、みんなどれだけ喜ぶことか」

メッセージの第二弾が出現した。〝いったい全体、きさま、どこにいる？　すぐさま出頭せよ！〟

キーボードのある側に回りこむと、私はキーをたたいた。〝会議中。一分ください〟

「ええ、本当にそうです」フォーサイスは言った。あまり嬉《うれ》しそうではなかった。なにか変な感じだった。「それがベストの判断だと思います」

「ダグ」私は言った。「言いたいことがあったら言ってくれ」

「言ったとおりですよ。それが正しいことだ。だから……それだけです」

「ソニー側が提示した条件と同程度のものを提供してほしいんだな」そう言って、探りを入れてみた。「きみにも言ったよね、そうするって。だから、メールでも手紙でもいい。私にそう言ってくれれば、待遇面で善処するよ」

フォーサイスはゆっくりと深い息を吸った。「いいえ、結構です」彼は言った。「これ以上、報酬の引き上げは望みません」

西洋文明の歴史を繙《ひもと》いてみても、こんなことを言う営業マンなんて前代未聞《みもん》だろう。あるいは建前にすぎず、本音は別のところにあるのかもしれない。私はたちまち警戒モードに入った。いったい何が起きているのだ。

「ダグ」私は言った。「私はきみに約束したんだ。だからいまさら、下手《したて》に出る必要はないよ」

フォーサイスは立ちあがった。「本当に、いいのです」彼は言った。「私はこれまでも、今後も、この会社に留まります。それで問題ありません。居心地がよくて、本当にここが好きなんです」

フォーサイスが立ち去ったあとも、私は納得がいかず、数秒間そのまま坐《すわ》っていた。パソコンを見ると、ゴーディからの第三弾のメッセージが入っていた。〝いますぐ来るんだ〟と読めた。〝一体どうなってるんだ！！？？〟

私は返事を送った。〝いま出ました〟

フォーサイスとともに私のオフィスを出ると、トレヴァー・アラードが自分の小部屋《キュービクル》から暗い情念のこもった目でこちらを睨《にら》みつけているのに気がついた。デスクトップ・パソコンの背景画面が見えた。トレヴァーの愛するポルシェ・カレラの写真だった。私は訝《いぶか》った。トレヴァーのやつ、フォーサイスの引き抜き工作のことをどの程度知っているのだろう。フォーサイスをうちから厄介払いしたくて、寝ている彼の耳に毒でも垂らしたのだろうか。そして、フォーサイスが結局、居残る決断をしたことを、彼は知っているのだろうか。

ゴーディはデスクチェアのうえで目いっぱいふんぞり返り、背後で両腕を組みながら、どこかあぶない人のように笑みをうかべていた。

「ずいぶん手間取ったな」

「ちょうどダグ・フォーサイスがやってきまして」私は言った。「彼は転職しないそうです」

「ほう。そりゃ、ホントか」ゴーディがおちゃらけた口調で言った。「となると、その理由をよくよく考えてみんとな」

「どういうことでしょ、ゴーディ」

「フォーサイスはなぜ、突如として、ソニーに寝返る気持ちを失ったのか。文字どおり突如としてな」

「たしかに奇妙な話です」

「さて、どうしてだろう」ゴーディは言った。「フォーサイス・クラスの好業績をあげている営業マンが、いまうちでもらっている金額より少なくとも三〇パーセント増しの高報酬を提示されて、しかもそれを断った。なぜだと思う」

「ニュージャージーに移り住むのが嫌だったとか」

「やつはおまえに、ソニー並みの報酬アップを要求したか」

「それがまったく」

「およそ奇妙なこととは思わんか」

「ええ、不思議です」

「ソニーが具体的にどんな条件を提示したか、おまえ、訊《き》いてみたか」

「どういう意味でしょ。ソニーの一件は、フォーサイスのブラフだとでも」

「いいや。あのフォーサイスはそんな変化球は投げんだろう」

「だったら、何だと」

ゴーディは今度はデスクチェアを前方に思いっきり傾け、両肘《ひじ》をデスクに着き、勝ち誇ったように言った。「クソ移籍話が、チャラになったんだ」

「チャラになった？」

「ソニー側が引っ込めたのさ」

「そんな、ありえません」

「冗談で言っているわけじゃない。じつはさっき、ソニーにいる知りあいが電話をしてきた。何かが起こったんだそうだ。想定外のことが。ピラミッドのもっと上のほうで、どこぞの偉いさんがダグ・フォーサイスに難色を示したそうだ。クロウフォードよりもっと上級レベルで、と俺は睨んでいる。で、きょうの昼過ぎ、やつに白紙撤回の通告があったわけだ」

「でも、なんでまた」

ゴーディは首をふった。「さてな。誰も知らん。ただ、何かが起こったことだけはたしかだ。具体的に何かは分からんが、まあそれで、はいそれまでよってことだな。で、フォーサイスのやつはしおしおと母船に帰投するしかなかったわけだ」ゴーディはクックックッと、のどを鳴らして笑った。「世の中、一寸先は闇《やみ》だな。愉快愉快」

帰宅の車中でも『ビジネスは戦争だ！』のCDがかかっていたが、私は〝パットン将軍〟のご高説を上の空で聞いていた。キャル・テイラーがセキュリティ要員（カートではなかった）に付き添われて、ビルから追い出される光景をあたまの中で反芻《はんすう》していた。またリッキーのことを思った。さらにダグ・フォーサイス。どうしてソニーはいったん出した提案を引っ込めたりしたのだろう。そんな話、聞いたことがない。

ナレーターの朗読はつづく。「サメの一種、シロワニは繁殖期に通常、たった一匹だけ子供を産む。なぜか。母親の子宮内で、最大の胎児が兄弟姉妹を食い尽くしてしまうからだ。あるいはブチハイエナ。彼らは生まれたとき、すでに完全な前歯を持っている。なぜか。同時に産み落とされた同性のきょうだいを、誕生時点で始末するためだ。イヌワシは一度に二個の卵を産むが、卵から孵《かえ》ってほんの数週間のあいだに、強いヒナがしばしば弱いヒナを食ってしまう。なぜか。適者生存のためである」

私はスイッチを切った。

家に着くころには、気持ちもかなり落ち着いていた。私は静かに中へ入る。ケイトは早引けしてきて、居間で午睡《ひるね》をしていた。朝方の体調不良はどうやら収まっていたが、だいぶお疲れのようすだった。

玄関ロビーの床は年代物の石灰華《トラバーチン》なので、そのうえを歩くと足音が反響する。だから私は靴を脱ぎ、靴下のまま居間の前を通りすぎた。エアコンがいっぱいにかかっていた。

「ずいぶん早かったのね」ケイトはグラミー・スペンサーの硬いソファーに坐っていた。グラミー・スペンサーの家具もさすがにようやくわが家になじんできた。

近づいて、キスをする。ケイトは本を読んでいた。黒い表紙のペーパーバックで、アリス・マンローの短編集だった。「やあ、ただいま。気分はどう？」彼女は出勤時の服装から、吸湿性のよい部屋着に着替えていた。私はTシャツの下に片手を滑りこませると、ケイトの腹部をやさしく撫《な》でた。

「よく分からない。ちょっと変な感じ」

「変な感じ？」心配して尋ねた。

「軽い吐き気があるってこと。胸焼けと。いつものことよ」

「なら、よかった」

「ねえ、ジェイソン。ちょっと話があるんだけれど」

「ああ、いいとも」〝ちょっと話があるんだけれど〟は、〝ちょっとシコリが見つかりまして〟と並んで、英語における最も剣呑《けんのん》なフレーズのひとつである。

ケイトはとんとんと、ソファーの隣のスペースを叩《たた》いた。「ここに坐って」

私は腰をおろした。「で、何かな？」ちらりと腕時計に目をやる。最大十分間の余裕があれば、ジーンズとレッドソックスのジャージへと着替えて、時間までにフェンウェイ・パークに行きつけるよなと算段した。

「ねえ聞いて、あなた。私、あなたに謝りたいの。あんなに頑張って働いてくれたのに、私って、ずいぶんあなたにつらく当たって、でもそれってフェアじゃないなって思ったの」

「気にする必要はないよ」私は言った。「そう言ってくれるだけで十分さ」とってつけたような印象を与えたくなかったけれど、このまま長話モードに突入するわけには行かない。

「ゴーディがどんなにあなたをこき使っているか分かっているし、あなたの働きぶりに、私がどれだけ感謝しているか知っておいて欲しいから。ベビーワールドでは、私、本当に失礼だったわ」

「気にしてないよ」私は言った。

「気にしてないの？」とオウム返しをする。「だってあの時」

「全然、何でもないさ」

「私が言いたいのは、この家を見て」ケイトは両腕を大きく広げた。「この屋敷の贅沢《ぜいたく》なこと。すべてあなたのおかげ。あなたが一生懸命働いたから。これ全部が。そして、私はそのことを一度も忘れたことがないわ」

「どうも」と言いつつ、立ち上がり、私は再度ケイトにキスをした。「でも、もう行かなくちゃ」

「行かなくちゃって、どこへ」

「フェンウェイ・パークに」私は言った。「前に言っただろ」

「言ったかしら」

「言ったと思うよ。いや、たしかに言ったとも」

「カートと行くの」

「そうだ」私は言った。「まず着替えないと」

二階から下りてくると、ケイトはキッチンにいて、健康によいボカ・バーガーと若干のブロッコリーを自分用に作っていた。当てつけだな。

行ってくるよとキスすると、ケイトが言った。「きみの一日は、どうだったって訊いてくれないのね」

「ごめん。きみの一日は、どうだった」

「信じられない一日だったわ。マリーがサウス・エンドの画廊で展覧会を開いたので、私は財団を代表して出席したの。彼女は三人の子供たちと姿を見せたわ。アメリカには子供の面倒を見てくれるような親戚《しんせき》もいないし。それで彼女がボストン・グローブ紙の美術評論家のインタビューを受けているあいだ、私が子供たちの世話をしたの」

「きみが三人の子供の世話を？」

ケイトはうなずいた。「一時間ぐらいかな」

「オー・マイ・ゴッド」

「あなたがどんな想像をしているか、見当はつくわ。そいつは災難だったなってところでしょ？」

「違うのか」

「最初はそうだったわね。最初の十分くらいは。このままじゃ、正気を失ってしまうって気がして。でもそのあとは……なぜだか分からないけれど、きちんと世話をしてやれたわ。全然オッケーだったの。むしろ見事な子守りぶりよ。そして私は気づいたの。分かる。私には出来るんだって、ジェイソン。私にはやれるって」

ケイトの目は涙でいっぱいで、そして私の目も同様だった。彼女にキスをすると、私は言った。「ごめん。でも行かないと」

「行ってらっしゃい」ケイトは言った。

29

フェンウェイ・パークの周辺は、いつもどおり人、人、人でいっぱいで、チケットはいらないか、余ってないかとダフ屋が声をかけてくるし、イタリアンソーセージやら、ホットドッグやら、プログラムやらの売り子も次々に襲ってきた。打ち合わせどおり、Aゲートの回転木戸《ターンスタイル》のところでカートを発見した。女性の腰に腕を回して立っていたので、ちょっと驚いた。

そのお姐《ねえ》ちゃんは、細かく縮れた真鍮色《しんちゅういろ》の髪の毛をし、それが滝のようにどっと垂れ下がっており、ピンク色のタンクトップがそれはそれは見事な巨乳をぴっちりと包んでいた。腰はきゅっとくびれ、おしりはでんと張り、ほとんどホットパンツと呼んでもいいような短パンのせいで、張り具合がより強調されていた。濃いアイシャドー、派手なまつげ、そして明るいレッドの口紅。

見た瞬間、生々しい動物的興奮が体内からわきあがってきたけれど、その興奮は一瞬後、失望感に変わった。カートが連れて歩くようなタイプの女性にはおよそ見えなかった。第一、いま女性とつきあっているなんて、彼はひとことも言わなかった。しかも、人はふつう、レッドソックスの試合に見知らぬ第三者を連れてきたりはしないものだ。なにしろレッドソックスの入場券は入手困難なゴールド・チケットだったから。

「これはこれは少尉《しょうい》どの」カートは左手を伸ばし、私の肩にふれた。

「すまん、遅刻してしまった」私は言った。

「まだ第一球を投げてもいないさ」とカート。「そうだ、ジェイソン、レスリーを紹介しよう」

「ハーイ、レスリー」私は言った。私たちは握手をした。彼女は赤いマニキュアを施した非常に長い爪《つめ》をしている。レスリーが笑ったので、私も笑い、私たちは何を話したらいいのか分からないまま、数秒間、互いを見つめた。

「さあ、盛大に楽しもうぜ」とカート。

私は二人とともに球場の洞窟《どうくつ》のような通路をすすみながら、私たちの席のあるセクションを探した。なにか自分がおじゃま虫になったような気分だった。

目的のセクションにあがる階段までたどり着いたとき、レスリーが女子用トイレに行っておきたいと言った。女子用というのは、彼女が使ったとおりの言葉である。やれやれ第一球は見逃しそうだな。

「かわいい子じゃないか」レスリーが女子用トイレに行ったので、私は言った。

「そうだな」

「レスリーの名字は何ていうんだい」

カートは肩をすくめた。「本人に訊《き》いてくれ」

「彼女とはどれくらい長くつき合っているんだ」

カートは腕時計にちらりと視線を落とした。「約十八時間というところだな。昨夜、バーで出会った」

「チーズステーキサンドを買おうと思うんだけど。きみも一個いるかい」

「そんなクソは食わないほうがいい」カートは言った。「自分の肉体がどれだけ進歩したか見てみろよ。そうすれば、身体《からだ》にクソなんぞ入れたくなくなるはずだ」

「フェンウェイ・フランクはどうだろう」と訊いてみる。この球場で売っている名物ホットドッグだ。フェンウェイ・パークに足繁《あししげ》くかようようになると、人々はみなしっかり学習するようになる。きちんと火の通ったホットドッグがお好みなら、決してスタンドで買ってはいけないと。スタンドで売られているホットドッグはしばしば生焼けだったり、まだ冷たかったりするのだ。ウェー。

「私はいらない、ありがと」

こちらまで食欲を無くしそうだ。「仕事はどうだい」

「上々だ」とカートは言った。「背景調査や社員証の更新などをおいおいやっている。今日はウェストウッドまで車で出かけなければならなかった。あとは日々同じことのくり返しだ。ただ、社員の何人かについては、より突っ込んだ調査が必要だが」

「へえ。そいつは誰だい」

「言えないよ。きみが知らない人間さ。液晶モニターを横流ししているやつだ。ネットオークションのイーベイで売っていた。監視カメラを増やし、そいつのハードディスクを確保する必要がある」

「そいつを捕まえられそうかい」

「まあ、見ていてくれ。それから生体認証の読みとり装置《リーダー》もついに導入されるぞ。なので明日と明後日《あさって》、社員全員に保安部に顔を出してもらい、指紋採取をおこなう予定だ」

カートは私を見た。「睡眠が足りていないようだが、何かあったのか」

「十分に眠っているよ」

「十分ではないな。銃後に問題でもあるのか」

「そちらはまったく」私は言った。「問題はゴーディだ」

「やつはクサレ野郎だ」カートは言った。「いわばお山の大将の〝選抜試験《Qコース》〟試験官だ」

「そうだね。ただ、ゴーディがぼくを痛めつけるのは、別に愛の鞭《むち》をふるっているわけではないけれど」

「言えてるな。やつは実際、きみを排除しようと必死なだけだ。やつはきみに悪意を抱いている。何か対策を立てんといかんな」

「どういう意味だい、悪意を抱くって。何か知ってるのか」

カートの沈黙は長すぎたため、ああ、本当に何か知っているのだなと分かってしまった。「私の担当する仕事には、社員のメール監視もふくまれている」

「そんなこと、実際やってるんだ」

「必要があってね。キーワードとかを元にして、検索をかけるんだ」

「でも、彼のメールを覗《のぞ》いたのは、別の理由からだろ？」私は言った。

カートは瞬《まばた》きをした。

「そんなことを、してはいけない」

「これも仕事の一部だ」カートは言った。

「彼はぼくについて何か言っているのか」

「きみにとっては明らかに脅威だ。われわれは、あの男をどうにかすべきだな」

「きみはぼくの質問に答えていない」

「言わずもがなだろう。それに、ゴーディ自身は自覚していないようだが、やつの立場だって、あいつが思っているほど安泰じゃないんだ」

「それはどういう意味だい」

「日本人は、やつの経営スタイルが好きではないのだ。汚い言葉遣い。粗野な態度」

「そちら方面は知らない」私は言った。「でも業績をあげている限り、日本人は彼に満足だろう。そして、彼には実績がある。なら、彼の地位は安泰だ」

カートは首をふった。「あいつは人種差別主義者だ。日本人を憎んでいる。そして、日本人はそこが気に入らない。いろいろ本を読んだんだ。日本人は強い意志を持ったアメリカ人経営者のスタイルを称賛している。しかし、彼らは反日的な人種差別を容認する気はない。信じてくれ。やつが公開の場でそうした差別意識を示した瞬間、やつはお払い箱だ。めまいがするほど、アッという間に」

「彼だって、そんなバカなまねはやらんだろう」

「たぶんな」カートは言った。

とそのとき、レスリーが安物の香水の匂《にお》いをプンプンさせてやってきた。片腕をカートにからみつかせると、彼の尻《しり》をぎゅっと掴《つか》んだ。

「さてと、じゃあ、席を探しにいこう」カートは言った。

フェンウェイ・パークにはすでに何十回、たぶん何百回と来ているが、階段をあがり、眼前に突如としてフィールドが出現するとき、私はつねに何かわくわくした気分に駆られた。太陽のもと、あるいは強烈なライトに照らされて、目にも鮮やかなグリーンの芝生と赤土が広がる。そして客席を埋める大群衆の壮観なこと。

私たちのその夜の席は最高だった。レッドソックスのダッグアウトの真後ろ、しかも前から二列目。スポーツ専門チャンネルESPNのカメラマンがレンズやら何やらを交換するところや、ブロンドの髪をした中継嬢が口紅を塗っているところまで、間近で見られるのだ。

レスリーは野球についてあまり詳しくなく、試合のようすを説明するようカートにせっついていた。カートは、あとでな、のひとことで彼女を退けた。

「散々な一日だったけれど、ひとつだけちょっとした良いことがあった」試合を見ながら、私は小声でカートに話しかけた。「ダグ・フォーサイスが居残りを決めたんだ」

「ほう、それはそれは」

野球というスポーツのいいところは、風がふと凪《な》ぐような、合間の時間がたっぷりあって、その間に会話ができることだろう。「そうなんだ。ソニー側に何かが起こったらしい。上のほうの誰かが及び腰になり、オファーが撤回された。そんな話、これまで聞いたことがないよ」

「ねえねえ、カート」レスリーが言った。「あなたの星座《サイン》を、私、まだ教えてもらってないわ」

「俺のサインだって？」カートはレスリーのほうを向いた。「俺の合図《サイン》は〝邪魔するな〟だ」

私たちはつい話に夢中になり、せっかくの好プレーを見逃してしまった。そのため二人とも、巨大な電子式スコアボードを見上げた。直前の好プレーがそこでプレイバックされるからだ。

「あんな映像じゃ、何が起きたか分からんな」カートが言った。

「ひどいスクリーンを使っているな」と私。

「もっといい装置をうちが導入すべきだな」エントロニクス社が、という意味だろう。カートがすでに「うち」という言葉を使っていることが、私には興味深かった。

「ホントにそのとおりだ。あいつは発光ダイオードを使った旧式のRGBモニターで、できあいのビデオ映像をただ拡大して映しているだけだ。この方面の技術は秒進分歩だというのに、あれは六、七年前のものだな。うちなら、怖《おそ》ろしいくらい鮮明な巨大ハイビジョン映像を提供できるのに」

「で、どうする」

「で、どうするって、何を」

「装備部門の副主任を知っているんだが、そいつに話してみたらどうだろ。彼なら、どこに話を持っていったらいいか分かると思う」

「スコアボードの全とっかえを提案するんだな。面白い」

「そうとも」

「すごいアイデアじゃないか、相棒」

「私のあたまにはアイデアがぱんぱんに詰まっているんだ」とカート。

突然、レッドソックスが満塁ホームランを打ち、観客は総立ちになった。

「何か起きたのね」レスリーが尋ねた。「ねえ、それっていいことなの、悪いことなの」

30

オフィスには七時ちょうどに到着した。カートのジムで十分汗を流したあとなので、気分は一段と活性化され、身体《からだ》のコリが解《ほぐ》れたような感じがした。書類を作成したり、報告書に目を通す。この時間ならまだ出社していないだろうと、直接話したくない相手の留守録にメッセージだけ残すドッジボールを、今度はこちらから仕掛けたりもした。私が現在かかえている三十数件の案件のうち、現時点で最も大口なのは、シカゴ長老派病院と、アトランタ空港（大口中の大口だ）の二件である。それらにかんし、メールを何通か送った。ハリー・ベルキン社の契約は、フレッド・ナシームに煮え湯を飲まされて、空ぶりに終わってしまったけれど、腐らずに、ベルキン社以外の大手自動車ディーラーについて、さっそく調査に入った。なんだこの分野、ずいぶんと多くの会社があるではないか。フォート・ローダーデールのオートネーションとニュージャージー州セコーカスのユナイテッド・オート・グループはどちらも手広く商売しており、この二社と比べると、ハリー・ベルキンなんて、近所の盗品ショップみたいなものだった。大手ディーラーのリストを眺めると、ハリー・ベルキン社は全米第十四位にすぎない。クソ忌々《いまいま》しいのは、あれほどの労力を傾け、あわや成約まで行ったのに、すべてが徒労に終わったことぐらいだ。

一方、レッドソックスのスコアボードを全とっかえする案は、今後大きく化ける予感がして、何やらぞくぞくしてきた。調べれば調べるほど、私はこのプロジェクトに夢中になった。フェンウェイ・パークのスコアボードは基本的にLED（発光ダイオード）技術を用いたビデオ・スクリーンである。大きさは縦二四フィート（約七・三メートル）、横三一フィート（九・四メートル）。非常に多くの画素がおよそ一インチ（二・五四センチ）間隔で並んでおり、各画素は通電するとそれぞれ異なる色を放つ化学物質をふくんだ小さなLEDで構成されていた。その全体を、デジタル・ビデオ・ドライバーが制御している。遠くからみると、そこそこ見栄《みば》えがし、目には巨大なテレビ画面みたいに映る。ただし、遠くからみた場合に限ってである。

この技術はいまでは全世界の電子式デジタル看板に利用されている。LEDというキーワードで検索すると、その最大のものはベルリン市中心部のショッピング街、クアフュルステンダムにあるそうだ。ニューヨークのタイムズ・スクエアにある巨大なコカコーラの看板や、NASDAQの電光掲示板もそうだし、ロンドンのロイター本社ビルの屋上やピカデリー・サーカス、そしてもちろんラスベガスの各所にある巨大スクリーンもこれである。

この手の看板のすぐれた点は、コンピューターのキーを数回たたくだけで、画面全体の表示を変えられることにあった。広告板とはかつて、人間が実際によじのぼり、古いポスターを引き剝《は》がし、新しいポスターを糊《のり》付けするものだったが、そうした時代と比べるとまさに隔世の感があった。いまやほんの数秒で、同じことが可能なのだ。

たしかに優れた発明ではある。ただ、全体にざらっとした感じがあり、独特のきめの粗さが目についた。そう思って見直すと、たしかに小さな色のついた点々で出来ていることが改めて意識されてしまう。およそ十年前に開発された技術なので、無理もない。さて、わがエントロニクス社だが、わが社はこれまで巨大野外ディスプレーを手がけた実績がない。その方面には独自の技術が必要だし、しかもうちが得意とする液晶やプラズマ方式のディスプレーでは、野外で使えるほど十分な明るさが確保できないからだ。

しかし、それはもはや過去の話である。新型の薄型表示装置は、いまやより明るくなり、画像表示の面でも格段の進歩が見られる。しかもわが社には自由に曲げることのできる画期的な有機LED技術がある。ゴーディが自分のオフィスの窓に嵌《は》めこんでいるピクチャースクリーンこそ、まさにそれだ。こいつは解像度が高く、映りこみがほとんどなく、雨風にさらされても大丈夫で、ある意味、他のいかなるディスプレーより優れたものといえよう。

フェンウェイ・パークはもはや手始めにすぎない。いわば、ボウリングの一番ピンである。ボストンのいちばん目立つところにエントロニクス社のピクチャースクリーンを設置できれば、ほかの野球場、フットボール競技場にも続々と採用されるだろう。さらにタイムズ・スクエア、ピカデリー・サーカス、クアフェルステンダム、そしてラスベガスにも。野外広告板には映画の予告編が流れるだろう。ロック・コンサートでも大活躍だ。ツール・ド・フランスでも、F1レースでも、カンヌ映画祭でも。

極めつけはバチカン市国だ。サンピエトロ広場をぐるりと囲む巨大なテレビ群。多くの人々が見上げ、ローマ教皇がミサをおこなうさまを、あるいは教皇の葬儀がおこなわれるさまを、その目にすることだろう。潤沢な資金を誇るバチカンが、最高の技術を欲しがらないわけがない。

東京本社の経営トップだって、こんな大構想は思いつけないだろう。こういうのを、本物のブレインストーミングと呼ぶのだ。すごいことになってきたぞ。

しかも話は野外展示にとどまらない。屋内の広告板だって行けるじゃないか。空港しかり、ショッピング・モールしかり、巨大小売店しかり、会社のロビーしかり……。

時々、ひとりでニタニタ笑った。

私は熱にうかされたような状態で、ビジネス・プランを書き上げた。エントロニクス社のピクチャースクリーンの将来像を展望する、いわば世界征服計画である。報告書のなかで、私は既存技術がかかえる欠点についてもざっとおさらいした。また、世界中で電子式デジタル看板を提供しているトップ企業についても、きっちり調べあげた。なぜなら、われわれはその会社と交渉をおこなう必要があったからだ（うちにはこの製造技術を製品にまとめあげる経験と実績がなかった）。この画期的提案はきっと、業界のあり様を一変させる津波のような衝撃を与えるだろう。

午前九時、報告書の草稿をおおむね書きあげた時点で、私は確信した。この提案はエントロニクス社そのものも一変させるだろう。わが事業部を救いだし、さらには私自身を社のトップまで昇進させるに違いない。まあ、トップといっても、東京本社のトップではない。私は日本人ではないから。でも、トップ近くまでは、結構行けるんじゃないか。

さて、問題はこれからどうするかだ。次なる一手に必要なものは何か。この提案書をうっかりゴーディに提出したら、彼はさっそく剽窃《ひょうせつ》し、自分のアイデアだと触れ回るかもしれない。だが、社内メールで東京のメガ・タワーに直訴するのは不可能だった。この会社はそういう風には動いていない。

そのとき、私のオフィスの前を誰かが通過する気配がして、ふと視線をあげた。パイロット用の眼鏡をかけた痩《や》せこけた日本人。

ヨシ・タナカだった。

かのボストン探題、特命全権大使、東京本社上層部につながるパイプ役である。

そうだ、ヨシを伝令役に使おう。ともかく彼に話をしなくては。私は手をふり、彼をオフィスに招きいれた。

「ジェイソンさん」彼は言った。「こんにちワ」

「こんにちは、ヨシ。ちょっと凄《すご》いアイデアを思いついたんです。あなたに見てもらって、感想を聞きたいのですが」

ヨシは眉間《みけん》に皺《しわ》をよせた。さっそくいま書きあげたばかりのメモの内容を説明する。この方向で事業化すれば、社にどれほどの利益がもたらされるかを話して聞かせた。うちはすでに関連技術の開発を終えている。つまり、それに要する経費はすでに過去の損失として計上済みなのだ。追加の研究開発費《R&D》はいらない。「ほらね。わが社の技術を使えば、もはや小さなパネルを合体させて一面の大きなパネルをつくる必要はないのです」私は言った。「うちのピクチャースクリーンの前では、既存のLED表示技術などは、まるで一九八五年のジャンボトロンみたいなものですよ。将来の収入見通しはじつに厖大《ぼうだい》なものになりましょう」話せば話すほど、見通しがどんどん明るくなっていくようだった。

とそのとき、ヨシの表情を見た。理解不能を絵に描いたような虚《うつ》ろな目がそこにはあった。この男は、私が発したことばを一語も理解できなかったのだ。私は五分間も空ぶかしをつづけ、時間を無為に過ごしてしまったわけだ。

どうやら私は延々話しつづけていたらしい……英語で。

昼食のあと、私は保安部に立ちより、およそ三十秒間、生体認証リーダーに人差し指を押し当てた。これでこいつは私の指紋を学んだはずだ。戻ってきた私は、ゴーディのオフィスへ行き、ちょっとしたアイデアを思いついたので、数分間説明させてほしいと告げた。

好むと好まざるとにかかわらず、大型電子広告板という私のアイデアを実行に移すにはゴーディのゴーサインが必要なのは分かっていた。彼の承認がなければ、このアイデアはアイデア止まりで終わってしまう。

ゴーディは椅子《いす》を後方にいっぱいに倒し、後ろ手で腕を組んだ。彼得意のどっちがボスか教えてやるのポーズだった。

私はさっそく説明した。世界征服計画のハードコピーも一部手渡した。

「ほう、おまえさん、今度はプロダクト・マーケティングの分野まで手を広げようというのか」ゴーディは言った。「俺たちは営業マンだ、忘れたのか。それとも、おまえ、サンタクララへの異動を考えているのか。それとも東京行きか」

「独自のアイデアを社に提案することは認められていると思います」

「時間のムダだな」

やる気が一気に萎《な》えていく。「どうして時間のムダなのですか」

「じつはな、その手のアイデアは怖《おそ》ろしく昔からあって、もはや古色蒼然《そうぜん》なんだよ。東京で開かれた前回の製品計画会議でもまたぞろ出てきたが、ジャップの技術屋は、うまく行かないと判断した」

「どうしてうまくいかないのです」

「野外で使用するには光度かなんかが足りないそうだ」

「私はピクチャースクリーンの技術スペックを検討しましたが、LED並みの明るさはあります」

「それにグレアも問題だ」

「グレアは問題になりません。これは画期的なスクリーンなんです」

「いいか、ジェイソン。そんなことは忘れてしまえ。俺は技術屋じゃない。だが、そいつはうまく行かないんだ」

「このアイデアは東京に伝える価値がないと思われるのですか」

「ジェイソン」ゴーディはイライラを抑えているような口ぶりでそう言うと、私の計画書の表紙を指先でとんとんと叩《たた》いた。「なるほど俺は変化の触媒だ。品質管理《シックス・シグマ》の有段者《ブラックベルト》だ。会社の変化を推進すべく訓練も受けている、分かるな。だが、ムダな戦いをやめる潮時ぐらいは承知しているつもりだ。おまえもそれぐらい学んだらどうだ」

私はためらった。正直がっかりしてしまった。「分かりました」と言って、立ち上がると、私の計画書を回収しようと手を伸ばした。しかし、ゴーディの手のほうが一瞬早く、彼はその書類をぐしゃぐしゃと握りつぶすと、かたわらのゴミ箱に放りこんだ。

「さあ、本来の業務に目を向けろ。テックコムだ。いまから二日後、俺たち全員がマイアミに到着した瞬間から、おまえにはうちの販売代理店、流通パートナー相手の太鼓持ちに徹してもらうからな。そして忘れるな。テックコムの最初の夜だぞ。そこで俺たち営業チーム全員は、大口顧客のため一大ディナー・ショーを催すんだ。もちろん、MCは俺がつとめる。だから、おまえにはいまから全面戦闘モードに入ってもらいたい。いいな。テックコムに全力で集中せよ。われわれは事業部全体を救わねばならんのだ」

Title : KILLER INSTINCT (vol. I)
Author : Joseph Finder

Published in agreement with the author,
c/o Baror International, Inc., Armonk, New York, U.S.A.
through Tuttle-Mori Agency, Inc., Tokyo

最《さい》高《こう》処《しよ》刑《けい》責《せき》任《にん》者《しや》（上）

新潮文庫　フ - 42 - 7

Published 2008 in Japan
by Shinchosha Company

平成二十年十一月一日発行

訳者　平《ひら》賀《が》秀《ひで》明《あき》

発行者　佐藤隆信

発行所　株式会社新潮社

郵便番号　一六二—八七一一
東京都新宿区矢来町七一
電話　編集部(〇三)三二六六—五四四〇
　　　読者係(〇三)三二六六—五一一一
http://www.shinchosha.co.jp

価格はカバーに表示してあります。

印刷・株式会社光邦　製本・憲専堂製本株式会社

ISBN978-4-10-216417-4 C0197